POSTCOLONIAL TAIWAN

ESSAYS ON TAIWANESE LITERARY HISTORY AND BEYOND

FANG-MING CHEN

後殖民台灣

文學史論及其周邊

陳芳明

後殖民台灣　文學史論及其周邊

目錄

第二輯　史觀的討論

紀念吾友

吳潛誠教授，以及

他的果敢與憂悒

苦惱的殖民地文學
——《後殖民台灣》新序

一九九五年回到學界時，才開始運用我在海外所閱讀的文學理論，包括女性主義、後殖民論述、後結構主義。回到學院之初，我從來不覺得文學理論有多重要。任何一個議題，只要憑藉自己的理性思維，以及長期以來所培養起來的美學價值與人文思考，應該就可以貼近所有的文本閱讀。每位大師所建構起來的理論，其實都是以龐大的閱讀為基礎，並且也熟悉他所賴以生存的社會與歷史背景。當他意識到，自己的知識即將應用在自己的生活裡，在進行理論建構之際，絕對不可能從社會或歷史脈絡裡抽離出來。我並不覺得理論有多偉大，反而比較相信所有的文學書寫，永遠都是在跟自己所處的社會對話。西方的各種文學理論，其實是為了解釋西方社會與文學的議題。遠在東方的讀者或學者，只有在恰當時候，才借用西方理論來協助自己釐清思考。沒有任何理論是萬能或萬用，必定有它的時代局限與社會局限。

記得第一次申請國科會研究計畫時，是一九九五年的初秋。那時第一次把自己關在研究室裡，構思我生命中的第一篇學術文章。所謂學術文章，其實是依照國科會研究計畫的形式規範而完成的論文。那種書寫方式，與我個人的浪漫性格其實是背道而馳。但是，學術有它一定的紀律，既然選擇回到學界，就必須接受學術的遊戲規則。往後十年，參加不計其數的學術會議，也生產無數的學術論文，生命軌跡從此朝向充滿倫理規範的校園生活。一九九八年，出版《左翼台灣》與《殖民地台灣》兩本專書，協助我升等為教授。那時我已經習慣了學院的紀律生涯，也習慣了不斷自我質問、自我要求的思維方式。經過授課、演講、會議、研究的途徑，我更加相信自己可以從事文學與文學史的解釋。

收在《後殖民台灣》這本專書的第一篇文章：〈後現代或後殖民——戰後台灣文學史的一個解釋〉，其實是我國科會計畫的第一篇研究。改寫成學術論文正式發表後，果然就立刻引起學界的辯論。撰寫這篇論文時，讓我更加確信，台灣歷史與台灣文學潛藏著複雜而矛盾的文化性格。最主要的原因是，台灣歷史一直受到帝國的影響，而這種影響戰前來自日本，戰後來自美國。無論是文學或文化的走向，都不可能依照島嶼的主觀意願去發展。台灣學界有一派是主張，一九八〇年代以後的台灣文學屬於後現代。又有一派則強調，政治權力的支配，貫穿了戰前與戰後的台灣社會。這樣的論爭相當精確，反映了台灣學術性格的相生與相剋。而這種矛盾性格，恰恰就是台灣歷史本質的延伸。

後現代的解釋，在於彰顯台灣文化生產的多元與跨界。在一定程度上，其實就是跨國公司所帶來的重大影響。而跨國公司，正好就是晚期資本主義的重要標誌。無論是商品符號，或後設小說的創作，都挾帶著全球資本主義的高度影響。這種在西方流行的文化生產，終於也相當深刻地影響台灣社會。但是從另一個觀點來看，接受西方後現代主義的衝擊，在一定程度上也是一種後殖民的特色。畢竟，這也是帝國權力在海島的知識分子身上發生了作用。當某些學者在主張後現代主義時，其本身恰恰就是後殖民的特質。這種矛盾性格，並非只發生在學界而已，整個台灣社會很早就已經被整編到晚期資本主義的範疇。當我們在強調消費社會、資訊爆炸、性別越界這樣的名詞時，就已經顯示台灣社會的雙重性格。一方面是後現代的，一方面也是後殖民的。

這本書分成兩輯，其中第一輯有關戰後文學史論的論文，都在於建構我即將撰寫的《台灣新文學史》。例如，〈葉石濤的台灣文學史觀之建構〉、〈張愛玲與台灣文學史的撰寫〉、〈歷史的歧見與回歸的歧路——鄉土文學的意義與反思〉，都協助我建立文學史的解釋。沒有這些論文為基礎，我就無法解決一些困難的問題。當我決定把張愛玲寫進台灣文學史裡，頗引起學界內外一些人士的議論與批判。他們認為，張愛玲小說從未寫過與台灣相關的文學作品，而作者本人也從未在台灣土地上生活過，無論如何，是沒有資格進入台灣的文學史。我個人的看法是，張愛玲當然不是台灣人，但是她的文學影響卻貫穿三個世代。沒有這樣的影響，台灣文壇不可能出現張腔小說與張派散文。

我一直覺得，對於文學與藝術，都應該抱持開放與寬容的態度。梵谷是荷蘭人，但是他對法國的影響甚鉅，荷蘭美術史與法國美術史都以極大篇幅來肯定他的歷史地位。同樣地，畢卡索是西班牙人，但是法國美術史與西班牙美術史也都同時肯定他。我始終是使用加法來看待文學與歷史的發展，縱然作家不是台灣人，但是作品影響論卻注入了台灣作家與作品的性格。在撰寫文學史之際，我深深相信台灣文學之所以如此精彩，無論在美學價值上或人文思考上，都突破了過去支配台灣社會的儒家傳統與民族主義。

這本書的第二輯「史觀的討論」，所收的三篇長篇文字，是我與陳映真先生論戰時所留下來的記錄。到今天為止，縱然經過了激烈的論辯，我一直還是非常尊敬這位論敵。沒有經過這場論戰，我的後殖民史觀就不可能如此鮮明，又如此清晰。兩個人在議論之際，有時不免使用了一些冒犯的字眼。但是直到今天，我還是深深感謝他。就是經過這樣的討論，我才更清楚確立對台灣文學史的解釋，同時也更清楚書寫文學史所應負起的責任。那時我曾經建議陳映真先生，如果他的理論是可以成立的，我也請他撰寫屬於符合他個人史觀的文學史。晚年的陳映真為病痛所苦，最後又孤寂地去世於北京。在遙遙祭悼他之際，我內心不免感到遺憾。對於這位可敬的論敵，我的致敬方式便是持續書寫下去，讓台灣文學可以升格成為受到尊敬的學問。

——二〇一七年四月二十三日　政治大學台文所

自序：我的後殖民立場

初識後殖民理論，是在一九八九年左右，一個值得深思的年代。當時我的左翼文學研究已經持續一段時期，而《謝雪紅評傳》的撰寫也接近完成階段。自己的左翼思考日趨穩定之際，我的心情卻頗不平靜。

發生在地球另一端的「蘇東波」浪潮，使我目睹到社會主義政權的次第崩解。我第一次體會到馬克思主義的理論與實踐之間誠然存在著巨大落差，從而也開始質疑左派的終極理想是否屬於烏托邦。就在陷於困惑情緒的深處時，中國發生了血腥屠殺的天安門事件。具有中國特色的社會主義，終於暴露它虛構、虛偽、虛矯的身段。我不能不表達對中國共產黨最嚴厲的批判，而這樣的批判都寫進了《謝雪紅評傳》的最後幾章。

我之接觸薩依德（Edward Said）的《東方主義》（*Orientalism*）便是在我情緒動盪、思想危疑時期的一個偶然。對於出版於一九七八年的這冊書來說，我的閱讀確實已經遲到。當時我遠離學界將近十年，治學方法與問學態度漸呈荒疏。不過，縱然翻騰於海外政治運動的漩渦裡，我也曾經耳聞後殖民理論的崛起，只是未嘗有機會窺探究竟。一九八九年秋天，在加州柏克萊的舊書店翻閱薩依德的作品時，我就深深受到吸引。自此我便從容閱讀全書，那種在思考上產生的震盪，即使在十餘年後的今天仍然可以感受。

《東方主義》乃是以系譜學的建構方式，追溯並剖析西方殖民主義的根源及其擴張。薩依德從想像（imagination）、論述（discourse）與實踐（practice）等三方面，分別探討西方白人對東方展開周密的、有計畫的權力干涉。白人以他們豐富的想像力劃分地理上東方與西方的疆界，從而以龐大論述來建構進步西方與落後東方的文化觀念。這種刻意製造出來的文化位階上的落差，正是西方殖民主義擴張的理論基礎。在文化實踐方面，西方殖民者不斷透過旅行書寫官方文書，調查檔案，歷史紀錄，以及私人日記等等文字，塑造東方人的形象。由這些點點滴滴所累積起來的學問，便是薩依德探索東方主義的重點所在。具體而言，東方主義最可懼之處，就在於殖民者還未採取軍事行動侵入之前，就已經對還未占領的殖民地人民、文化、歷史、風俗、記憶充滿了種種虛構的想像；而這種想像，往往是負面的；如果是正面的，必然永遠是次等於西方的。

我的知識盲點，在生命的不同階段總會出現一些突破或克服的時刻。閱讀過薩依德的系列作品之後，我對於文學的分析與詮釋，不再停留於美學探索的層面。就像我在七〇年代末所讀的米列（Kate Millett）的《性別政治》（*Sexual Politics*），以及在八〇年代初期閱讀傅柯（Michel Foucault）的《訓誡與懲罰》（*Discipline and Punish*），都不懈不止地要求我必須挖掘語言符號背後的權力結構。做為後殖民理論奠基者之一的薩依德，在知識論的啟發上提供了一個全新的視野。這個世界從來就不是這樣的，人們會這樣看世界，無非是受到主流文化或霸權論述的影響。更為重要的是，別人對我們的解釋，或者我們對異己（the other）的解釋，都無可避免會投射偏頗的自我意識。薩依德的後殖民理論，乃在於重新塑造我們對於世界的看法。他的理論一方面在於抗拒強勢文化的支配，一方面也在於泯除過度膨脹的自我。這種開放的態度，對於台灣文學研究誠然具有無窮的暗示。

《東方主義》一書的論點，並不全然能夠適用於台灣。這當然是可以理解的。薩依德是巴勒斯坦人，他的立場純粹是從中東出發。他批判的對象，不只是以色列而已，同時也指向支持猶太人復國運動的西方帝國主義。因此，薩依德筆下定義的「東方」，事實上只是以中東阿拉伯世界為中心。他的東方疆界最遠也只是到達印度而已。具體而言，他的後殖民理論乃是建基在白人的殖民主義與巴勒斯坦獨立運動之間的衝突歷史之上。在援引薩依德的詮釋觀點時，就不能不注意到他的理論所受到歷史條件的限制。

台灣社會穿越過的殖民歷史，並不涵蓋在《東方主義》書中。在台灣的反殖民支配過程中，西方殖民主義（如荷蘭、西班牙、葡萄牙）確實也具有舉足輕重的分量。不過，在討論新文學運動的發展時，殖民經驗並不是來自西方的殖民主義，而是來自東方的日本。這種特殊的歷史現實，絕對不是薩依德能夠理解。事實上，全球的後殖民論述日益成為顯學之際，台灣近代的殖民經驗恰巧沒有與西方白人世界掛鉤，因此台灣歷史與台灣文學並不出現在國際學術的焦點之內。如果受到討論，台灣也只是擦身而過的一個名詞。正是受到這樣的邊緣化，台灣文學的研究就更加能彰顯其嚴肅的意義。

嚴肅的意義乃在於台灣經驗在全球的殖民史中所具備的特殊性與差異性，絕對不能以第三世界的普遍經驗來概況。在第三世界蔓延的英國風（Anglophone）與法國風（Francophone）作家不斷受到討論時，存在於台灣殖民史上的東洋風作家卻是國際學界中的失語族群。從而，台灣殖民史的受害經驗也未能找到恰當的發言位置。構成這種現象的主要原因當然非常複雜，而要釐清這些複雜的問題，可能需要一些嘗試。

台灣後殖民研究的遲到

後殖民研究在台灣的起步，可謂相當遲晚。這可以分成兩個層次來看。先就國內的條件來說，台灣文學的研究是在解嚴之後才正式開展的。戒嚴體制本身，就是一種變相的殖民體制。它對台灣歷史、文學、語言、文化等等刻意壓制與扭曲，造成這方面的研究長期停留於缺席狀態。對台灣文學研究的禁錮，也是透過《東方主義》書中所描繪的西方白人殖民策略那樣，亦即以想像、論述、實踐三方面進行有計畫的權力干涉。當教育權掌控在戒嚴者的手上時，他們以想像的方式，認為台灣歷史與中國歷史是沒有兩樣的。不僅如此，當權者認為，台灣歷史經驗的格局過於狹小窄化，遂逕自以中國的歷史經驗來取代台灣的這種混亂的教育方式，終於使台灣歷史淹沒在龐大的中國論述之中。

中國論述對台灣文化主體的傷害，毫不遜於戰前的日本殖民論述。今日仍然蔓延於台灣的省籍問題與統獨爭議，便是這種歷史傷害的殘餘。台灣文學研究的遲到，以致後殖民研究的跟著遲到，並非是島上知識分子欠缺歷史反省，而是因為戰後的再殖民體制阻礙、限制、鄙夷這樣的反省。戰後戒嚴文化與戰前殖民文化之間的共犯關係，由這個角度來看，可以說最為明顯不過了。

再從國外的條件來看，自八〇年代北京改善與華府的外交關係以降，台灣文學史書寫已經形成中國對台政策的重要一環。他們的文化攻勢，顯然與曾經支配台灣作家的官方文藝政策有很大不同。戒嚴時期的當權者，採取高壓方式破壞台灣人的歷史記憶，而現階段中國的文化政策則是殫思極慮重新建構台灣人的歷史記憶。在這一破一立之間，縱然雙方的當權者策略儘管不同，但是東方主義式的權力支配卻毫無二致。中國以同樣的歷史想像方式來建構台灣文學。其中最為重要的論點，便是堅持中國與台灣在近百年來都遭到帝國主義的侵略，因此在反帝、反封建的立場上應該是互通的。以這種解釋為基礎，中國大量支持各種台灣文學史的書寫，企圖形成無可抵擋的論述。

中國近代史，無非是一部充滿血淚的帝國主義侵略史。猶似台灣近百年來的歷史，乃是一部受損害、受侮辱的殖民統治史。不過，中國的文化策略似乎有意在帝國主義（imperialism）與殖民主義（colonialism）之間劃上等號。這種混淆的歷史解釋，達到了創造性模糊的效果，然而卻禁不起檢驗。帝國主義，以嚴格定義來說，乃是強權使用軍事侵略方式，迫使弱國必須接受不平等條約，必須開放門戶接受資本主義式的剝削與掠奪。在政治上、經濟上，弱國無法維護獨立自主的身分。然而，在文化上，弱國就不必然完全喪失其主體性。相形之下，殖民主義帶來的傷害較諸帝國主義還嚴重，因為，強權者不僅在借來的空間進行直接的政治、經濟支配，並且在文化上展開抽樑換柱的工作，終至使殖民地人民喪失其固有的歷史記憶與文化傳統。

比較帝國主義下的中國與殖民主義下的台灣，就可發現雙方在政經結構與文化性格方面已產生極大的歧異。中國受到資本主義的侵蝕，大部分集中於沿海地區的城市，但是整個廣大的農村腹地並未受到多少動搖。帝國主義者在中國可能培育了不少代理人，卻未直接在中國本部建立永久文化的政權。中國知識分子強烈感受到國家的危機，不過，他們的思維方式與語言使用卻絲毫不必受到帝國主義的影響。殖民地台灣的政經發展則全然不同，而文化主體的喪失更是較諸中國還更不堪設想。台灣總督府的設立，周密而徹底掌控了殖民地人民生活的全部內容。台灣島上幅員極小，並不存在類似中國的農村腹地，因此就完全不能避免資本主義的深刻滲透。自三〇年代以後，日語思考逐漸成為台灣知識分子的書寫依據。包括最具左翼批判精神的作家楊逵、王白淵、張文環、吳坤煌、蘇維熊、呂赫若、吳新榮、郭水潭等人，都已承認不使用日語便不足以表達他們的文學思考。右翼現代主義作家如巫永福、翁鬧，以及風車詩社的楊熾昌、林修二、李張瑞等，又何嘗不是需要訴諸日文才能進行文學創作。相形之下，中國三〇年代作家並沒有被迫使用帝國主義者的語言來從事文學想像的工作。殖民主義對於文化主體所構成的傷害，由此可以證明較諸帝國主義還來得深化深刻。

迂迴討論帝國主義與殖民主義之間的分野，主要在於指出強勢的中國論述長期蒙蔽並阻撓台灣的後殖民視野。中國透過國際上有利而有力的發言位置，使許多後殖民研究者，無法分辨台灣歷史經驗與中國歷史經驗有何不同。從後殖民的觀點來看，台灣文學絕對是屬於第三世界的文學。台灣作家在語言思考與國族認同上的混亂，乃是不折不扣第三世界文學的主要特色。中國社會並沒有這種現象，即使以最寬鬆的定義來看，中國文學並不能劃入第三世界的範疇。飽受帝國主義侵略的中國，未曾喪失過歷史記憶與歷史發言權。中國文學的傳統，也從未因帝國主義的干涉，而發生過斷裂。甚至在國族認同與文化認同方面，中國知識分子也不曾受到嚴厲的政治挑戰。當其文化主體仍然保持得極為完整時，中國自然就不符合第三世界文化的規格。

然而，自一九七〇年以降，中國自封為第三世界的代言人；在聯合國，在任何國際場合，北京自命為亞非拉的人民仗義直言。恰恰就是占據了這種發言的位置，遂使許多國際學者誤認中國的歷史經驗乃是第三世界文化的重要一環。詹明信（Fredric Jameson）便是持這種看法的代表之一。中國利用這種政治上的優勢，遂企圖以強勢的中國論述收編台灣的歷史經驗。這種政治基調，正是日後中國學者篡改、誤讀、曲解台灣文學史的最高指令。

後殖民的立場・後結構的思考

以第三世界發言人自居的中國，對台灣文學的收編，正是殖民主義的再延伸。猶如戒嚴時期國民黨政府對台灣文學的壓制，也正是再殖民的具體表現。他們都是以權力為基礎，對台灣文學形塑各自的政治想像。對這種變相的殖民行為，是現階段台灣文學研究工作者必須警覺的，並且必須保持高度批判精神。

台灣歷史的整理與再整理，台灣文學的研究與再研究，都是構成去殖民（decolonization）工作無可分割的一環。在研究過程中，台灣文學的主體篤定重建時，任何的收編與壓制，都將遭逢強悍有力的抵抗與反擊。自一九八七年解嚴以來，台灣文學的後殖民研究可能是遲到的。不過，從十餘年來的研究趨勢來看，這門新興學問誠然充滿了隱隱的生機。兩個事實便可道盡一切，那就是一方面新世代研究者的大量湧現，一方面豐富文學史料的大量浮現。這些重新出土的史料，不斷開拓前所未有的歷史視野。而新世代研究者的誕生，也不斷提出具有批判意味的歷史解釋。這種生動活潑的學術環境，已不是腐朽陳舊的中國論述能夠圍堵牽制的了。

即使以我個人投身於台灣文學研究的經驗來說，也訝然感受到這個領域裡潛藏的翻滾力量。這三年來從事《台灣新文學史》一書的撰寫，我更加能夠體會到這門學問的廣闊與縱深。由於史料的陸續挖掘，我已完成的部分文學史書寫必須重新改寫。短短三年期間，我已數度易稿。在如此富有生命力的大環境之下，我建立起來的歷史解釋與文本分析就不能不時時展開自我審問、自我探索、自我修正。我個人的經驗尚且如此，則僵化的、過時的殖民論述與中國論述豈能使台灣文學研究輕易就範？

鑽研台灣文學越深，我的後殖民立場也就越清楚。站在這個立場上，我當然能夠透視日本殖民強權與中國殖民強權之間微妙的共謀關係。在文學作品裡穿梭探索時，往往使我帶有一種抵抗的快感。這是因為藉由台灣作家心靈的躍動，我頗能感受台灣歷史所負載的沉重力量。那份沉重，混合著各種殖民論述與權力干涉。我彷彿與台灣作家的生命並列站在一起，共同進行抗拒的行動。文化主體的重建，不都是經過抵抗行動而次第獲得的嗎？

所謂後殖民立場，唯在主體的追求而已。近十年來，本土論述的崛起，已經蔚為風氣，並且也成為拆解殖民論述的重要利器。這是台灣文學研究的一個轉折，也是一個斷裂；至少對於東方主義式的權力支配，台灣年輕世代已毅然予以反擊。本土論述的開疆闢土，成績頗為可觀。經過十餘年的發展，似乎已到達一個需要回顧反省的時刻。在本土論述的文字中，常常可以發現「抵中心」、「去殖民化」、「主體性」、「解構」等等的術語。這個事實，說明了後殖民思考已經是台灣文學研究的普遍現象。但是，如何為這些術語填補具體的意義，似乎還未得到定論。台灣文學是一門充滿各種可能的新興學問，要使這個領域維持活潑的生機，就必須讓它具備開放的空間。任何僵化、封閉的思考，極有可能阻礙豐富的想像與多元的詮釋。

對台灣歷史稍有理解者，都知道有三條歷史主軸在交錯發展；一是原住民史，一是漢人移民史，一是外來殖民史。台灣文化的建構與累積，無非是受到這三條歷史主軸的影響。只是殖民者憑藉壟斷政治資源的優勢，而使原住民史與漢人移民史的文化隱晦不彰。在檢討後殖民的立場時，現階段部分研究者對於外來殖民文化往往採取抗拒或排斥的態度。這自然是可以理解的，因為殖民文化所帶來的傷害，畢竟不會由於殖民體制的瓦解而消失。日據殖民文化與戰後戒嚴文化殘留下來的陰影，仍然還散布在當前的台灣社會之中。

然而，台灣文化主體的重建，能否完全避開殖民文化的影響，恐怕還在未定之天。文化的造成，是長期歷史經驗逐漸沉澱鍛鑄的。殖民體制固然構成對被殖民者心靈的巨創，但伴隨此體制而來的文化並非全然都毫不足取。法農（Frantz Fanon）曾經指出，殖民者在統治時期攜來的現代醫學，誠然具有種族性的優越與偏見。但是，一旦殖民者遠離之後，被殖民者並不必然要拒斥現代醫學。相反的，如何轉化現代醫學成為在地醫學，如何以批判的態度擇取殖民文化，正是後殖民理論中的重要課題。

把同樣的問題置放在戰後台灣歷史脈絡來檢驗，當更為清晰。以現代主義思潮在台灣的傳播為例，它是戒嚴時期親美文化之下的舶來品。在美援文化的支配下，台灣現代文學曾經被視為新殖民主義的延伸。六〇年代的現實環境處在雙重斷裂的情勢裡，對外省作家而言，他們不能繼承中國三〇年代的左翼文學傳統；對本省作家而言，他們也不能與日據時期的抗日文學傳統銜接。這種雙重斷裂的歷史條件，迫使台灣作家必須通過對現代主義的汲取而求得個人心靈的解放。因此，戰後文學史上的現代主義便具備了雙重意義，它一方面為台灣作家帶來了解放，一方面卻又使作家陷入帝國文化的桎梏。這種精神困境形成的主因，乃是由於整個大環境的營造。

不過，在現代主義的傳播過程中，台灣作家並不必然都是處於被動或靜態的位置。縱然受到現代主義的影響有多深，作家開始從事創作時，主體思考也儼然誕生了。從後殖民的觀點來看，現代主義技巧一旦被台灣作家所使用時，它不再專屬帝國文化的權力，而已經轉化成為台灣文學的資產。過去的台灣文學史書寫，大多側重把寫實主義精神做為主流路線。因為，處在被殖民的情境下，寫實主義畢竟具有旺盛的批判精神。文學史特別彰顯寫實文學的意義，自然寓有去殖民的暗示。對照之下，現代主義文學在有意無意之間就受到貶抑，終究這種文學比較難以嵌入反殖民思考的脈絡裡。

過分堅持後殖民的立場，有時無法平衡地看待台灣社會內部所產生的多元文學。以寫實為尚、以批判為主的文學史觀當然有特定歷史階段的意義，但是偏頗的一面倒，反而使本土論述窄化了。倘若採取開放態度進行後結構的思考，後殖民立場的僵化與教條或許可以獲得免疫。

所謂後結構的思考，便是指文化主體重建之際，應注意到組成主體內容的各種不同因素。當台灣社會日益朝向開放的境界前進時，文學史觀就不可能一成不變地觀照生動的歷史轉型。文學的生命力，總是在歷史轉型期受到強烈刺激。潛藏的、蟄伏的、凍結的文學想像，自然會隨著客觀現實的翻轉而漸漸釋放出來。解嚴後的八〇年代，見證了同志文學、女性文學、眷村文學、原住民文學的大量崛起，這是非常可觀的後殖民現象。活潑的文學生機，要求文學史家必須從更為開闊的視野來考察。若是僅僅依賴一把寫實主義的尺碼來衡量，必然是無法符合舊有史觀的檢驗。何況台灣又是屬於移民社會與多元族群社會，來自不同族群的作家，都在凝聚相互歧異的想像，建構更為豐富的文學作品。這些異質想像的文學，正是鍛造新的台灣文化主體不可或缺的一環。

後結構思考的基本要求是，文化主體內容既然是由異質的元素鑄成，則每個元素之間的差異性就不容遭到忽視。以族群結構而言，台灣社會存在著原住民、福佬、客家、與外省的人口。從後結構的觀點來看，這些族群的身分與地位都是對等的；然而，族群與族群之間的文化差異都必須得到恰當的尊重。因此，寫實主義並非是必須淘汰的，不過，它不再是唯一的審美標準。現代主義、後現代主義、女性主義的美學，也將在本土論述中占有一席之地。

從這樣的觀點來看，六〇年代現代文學的評價，自然也就需要重新思考了。如果現代主義能夠以後結構的思考來衡量，則台灣現代主義的各種歷史根源與傳播管道，當然就有必要審慎追溯並考察。頗具爭議性的張愛玲文學，似乎可以放在這樣的思維脈絡裡予以再檢討。

張愛玲不是台灣作家，也不屬於台灣文學，這是明顯易見的常識問題。但是，自一九九九年台灣文學經典會議以來，張愛玲的議題竟再三成為爭論的焦點。張愛玲文學能不能成為台灣經典，對我並不重要。因為，所謂經典並不可能經過投票選拔就可成立。經典必須是經過不同世代的反覆討論，才會自然形成。我寧可把那時的會議視為一種節慶，而入選的作家只能視為一種人工的儀式，如此而已。我在那次會議發言表示，一定會把張愛玲寫進台灣文學史。這樣的發言，竟然以訛傳訛，最後卻被惡意曲解成我認為張愛玲是台灣作家。從此，我便被指控為背叛本土立場，甚至還被指控是道德上的墮落。舉世滔滔，我並不以為意。面對這種思考上的慵懶與懈怠，我無需感到抱歉，更無需負責。

為什麼張愛玲可以寫進台灣文學史？理由是很明顯的。現代主義之引進台灣，曾經透過許多不同的管道。張愛玲文學被介紹到台灣時，也同時挾帶了現代主義技巧的範本。張愛玲的影響，一如廣大的流域，滲透了台灣不同世代、不同性別、不同族群的作家。文學上有所謂「影響的焦慮」

（anxiety of influence）之說，指的是每位作家都拒絕承認受到他人影響。這種情形，竟然被張愛玲推翻。許多被劃入「張腔」行列的作家，似乎都毫不遲疑地招供他們與張愛玲的血緣關係。在文學創作之外，張愛玲文學的研究討論，也不斷深挖，不斷翻新。到目前為止，未嘗出現稍緩之勢。這種奇異現象，豈是文學史家能夠視而不見？我討論張愛玲，正是後殖民立場與後結構思考的具體行動。

《後殖民台灣》這冊論文集，是我三年來從事《台灣新文學史》書寫的副產品。書中論文，專注討論戰後台灣文學史建構過程中所引發的議題。書中第二輯，針對陳映真先生的質疑，我給予答覆的三篇文章，一併收入書中。在撰寫這本書期間，曾經與許多學者有過私人或公開的對話。他們的建議與批評，更加豐富了我的思考。請容許我向下列學者表達誠摯謝意（依筆劃順序）：王德威（美國哥倫比亞大學比較文學所）、李瑞騰（中央大學中文系）、李奭學（中央研究院中國文哲研究所）、林瑞明（成功大學歷史系）、邱貴芬（中興大學外文系）、施淑（淡江大學中文系）、施懿琳（成功大學中文系）、胡森永（靜宜大學中文系）、張小虹（台灣大學外文系）、張瑞芬（逢甲大學中文系）、梅家玲（台灣大學中文系）、陳俊啟（靜宜大學中文系）、陳慧樺（世新大學英語系）、彭小妍（中央研究院中國文哲研究所）、黃英哲（日本愛知大學中國學部）、楊澤（《中國時報・人間副刊》）、廖炳惠（清華大學外語系）、劉紀蕙（交通大學外語系）、簡瑛瑛（輔仁大學比較文學所）。另外，我得意而又得力的兩位助理，政大中文所研究生胡金倫、蘇益芳，也應該接受我的感謝。他們協助我度過孤獨的研究時光，那是學術生涯裡的可貴紀念。

二〇〇二年三月二十日　政大中文系

戰後文學史論

第一輯

後現代或後殖民

戰後台灣文學史的一個解釋

引言

文學的歷史解釋，並不能脫離作家與作品所賴以孕育的社會而進行建構。戰後台灣文學史的評價與解釋，也應放在台灣歷史發展的脈絡中來看待。有關台灣文學史的評價與討論，必須等到跨入八〇年代之後才獲得較為廣闊的空間。這是可以理解的，特別是在一九八七年政治解嚴之後，台灣社會開始見證兩個事實，一是經濟生產力的勃發，一是文化生產力的倍增。相應於如此的變化，台灣文學的內容在質與量方面都有了長足的發展。從而，有關台灣文學的討論與爭辯也急速提升。

潛藏於社會內部的文學思考，雖曾受到長達四十年戒嚴體制的壓抑，在解嚴後卻立即釋出豐饒的能量。鍛鑄單一價值觀念的威權統治，曾經要求文學工作者必須服膺於合乎體制（conformity）的思維模式。但是，這並不意味台灣社會毫無異質思考的存在。暫時的失憶，絕對不等於沒有記憶。戒嚴體制一旦瓦解後，一度被視為屬於思想禁區的題材，都次第滲透於文學創作之中。台灣意識文學、原住民文學、眷村文學、女性意識文學、同志文學、環保文學等等的大量出現，不僅證明一個多元化思考的時代已然到來，並且也顯示文學創作的豐收時期即將浮現。

面對如此繁複的文學景觀，有關台灣文學性質的辨識與論斷就成為學界的重要焦點。最能表現這種繁榮景象的一個事實，莫過於許多作家對於既存的霸權論述不約而同展開挑戰。對長期占有支配地位的中華沙文主義進行顛覆，是台灣意識文學的重要目標。對於偏頗的漢人沙文主義表示徹底的懷疑，則是原住民文學在現階段的重要關切。對福佬沙文主義不斷膨脹的憂慮，是眷村文學的顯著議題之一。對傲慢、粗暴的男性沙文主義迫切質問，是女性意識文學的優先任務。對異性戀中心論的抗拒，是當前同志文學的主要工作之一。無論是採取何種文學形式的表現，去中心（decentering）的思考幾乎是所有創作者的共同趨勢。恰恰就是具備了這樣的特徵，八〇年代以後發展出來的台灣文學，往往被認為是屬於後現代文學。

然而，後現代文學（postmodern literature）一詞的使用，並不是從台灣社會內部釀造出來，而純粹是從西方——特別是美國——輸進的舶來品。後現代文學的誕生，在西方有其一定的歷史條件與社會經濟基礎。遽然使用後現代一詞來概括台灣文學的性格，是否能夠真正掌握創作者的思考與立場，恐怕有待深入的討論。本文的目的在於指出，現階段台灣文學發展出來的盛況，與整個台灣的殖民地歷史有密切的關係。這種殖民地歷史的性格，不僅來自日據時期總督體制的遺緒，並且也來自戰後戒嚴體制的影響。要討論今天文學的多元化現象，必須把文學作品放在台灣社會的脈絡中來閱讀。

從台灣殖民史的角度來看，在這個社會所產生的文學，應該是殖民地文學。如果這個說法可以成立，則今天的文學盛況，就很難定位為後現代性格（postmodernity）。因此，要討論八〇年代台灣文學盛放的景象，與其使用後現代文學一詞來概括，倒不如以後殖民文學一詞來取代還較為恰當。基此，戰後台灣文學史的發展過程，究竟是後現代文學的形成史，還是後殖民文學的演進史，就是這篇文章探討的重心所在。

戰後或再殖民？

台灣文學是殖民地社會的典型產物。在整個發展過程中，不斷出現中心／邊緣的緊張對抗關係。居於權力中心的統治者，總是無可自制地要支配居於邊緣地位的台灣作家。同樣的，台灣文學工作者也常常採取各種文學形式向權力中心挑戰。這樣的歷史延續，就不能不使台灣文學成為各方政治力量的角逐場域。站在被殖民者立場的文學工作者，自日據時代以降，就一直努力為台灣文學下定義，並且也嘗試為文學史做階段性的解釋。日本學者使用「帝國之眼」（imperial eyes），並根據「內地延長論」來解釋台灣文學，將之定位為「外地文學」[1]。所謂「外地文學」是指日本籍作家在台灣所產生的文學作品，並不是指台灣的本地作家。如果日據時期台灣作家的作品都不能躋身於「外地文學」的範疇，其邊緣性格自是可想而知。中華人民共和國的學者，則以中原史觀來看待台灣文學，以「中國文學的一個分支」做為歷史解釋的基礎[2]。台灣本土作家也因歷史觀點與政治立場的歧異，在八○年代展開統獨撕裂的論戰，為台灣文學史預留更大的解釋空間[3]。

在如此龐雜的史觀爭執中，有關文學史的工作就更加成為一種冒險的任務。無論這種爭論是何等多樣而豐富，一個不能偏離的事實是，台灣文學所沾染的殖民地性格是無可抹煞的。

對於台灣文學的解釋，筆者曾經有過這樣的提法：「二〇年代的素樸文學，三〇年代的左翼文學，四〇年代的皇民文學，五〇年代的反共文學，六〇年代的現代文學，七〇年代的鄉土文學，八〇年代的認同文學，都代表了不同時代的不同文學風格。」[4]這種斷代的標籤方式，事實上是只為了求其方便，僅側重於該時期的主流風格，而未兼顧到每一時代的邊緣文學。這種分期方式不僅是斷代的，而且是斷裂的（rupture），似乎難以尋出前後時代發展的關聯性[5]。每十年做為一世代，很明顯的，絕對不是準確的分期。如果要達到精確的目的，恐怕需要把文學與政治、經濟、社會等各層面的發展結合起來，才能獲得眉清目秀的解釋。

倘然不要在時間斷限上做嚴苛的要求，則一九四五年後，台灣社會在一定的時期裡出現過反共文學、現代文學、鄉土文學，應該是無可否認的事實。以這些名詞來界定每個時期的文學風格，幾乎是文學工作者所共同接受的[6]。不過，以這樣的名詞來定義文學史，顯然不足以呈現台灣文學發展的延續性，而毋寧是一種跳躍的、懸空的演變。因此，如何建立一個較為穩定的史觀，以便概括台灣文學的全面成長，似乎就值得嘗試。

台灣在日據時期淪為殖民地社會，這樣的社會所孕育出來的新文學運動，就不能與一般社會的文學活動等量齊觀。以整齊劃一的中華民族主義來解釋台灣文學的起伏消長，顯然忽略了其中複雜的微妙的文學內容。同樣的，以中華民族主義來概括日據時期文學到戰後文學的過渡，似乎也刻意抹消了台灣社會本身的真正性質[7]。是不是日本殖民者離開台灣以後，殖民體制從此就消失了？是不是國民政府來台接收後，殖民地傷痕從此就痊癒了？台灣文學史上最難解釋的時期，恐怕是發生太平洋戰爭與二二八事件之間的四〇年代。對於這個時期的歷史解釋，幾乎所有的研究者都採取切斷方式予以截然劃分。彷彿日據時期的台灣作家隨日本軍閥的投降而宣告消失，等到國民政府接收台灣，這些作家又立即迎接新的時代。在思想上、心靈上，台灣作家處於兩個時代的交錯中，似乎沒有產生任何變化。

如眾所知，太平洋戰爭期間，日本戮力推行皇民化運動，曾經在台灣作家心靈上造成無可言喻的衝擊。即使是批判精神特別旺盛的作家如楊逵、呂赫若者，都分別留下所謂皇民文學的作品。當大和民族主義以強勢姿態凌駕台灣社會時，殖民地作家簡直失去了抵抗的能力[8]。皇民文學在台灣文學史上造成國家認同的動搖與民族主義的困惑，無論如何都不能以簡化的中華民族主義觀點去評價。然而，必須提醒的是，戰爭結束以後，台灣作家精神的再動搖、再迷惑，是不是能夠與太平洋戰爭時期的發展全然一刀兩斷？

一九四五年國民政府來台接收時，強力把中華民族主義引進台灣。為了壓制大和民族主義思潮在台灣的殘餘，官方正式在一九四六年宣布禁用日文政策，距離一九三七年日本軍閥的禁用漢語政策，前後未及十年。時代改變，政府體制也發生改變，唯獨定居於台灣的作家，卻必須在最短期間內適應兩種不同的語言工具，並且也必須同時適應語言背後所隱藏的兩種敵對的民族主義。國民政府推動的中華民族主義是武裝的方式，充滿了威權與暴力。這個事實不僅反映在政府體制如台灣行政長官公署的設計之上，同時也反映在國語政策所挾帶的對台人的歧視態度。一九四七年爆發的二二八事件，可以說是文化差異所造成的悲劇，相當徹底暴露了國民政府的殖民者性格。在台灣殖民史上，外來統治者不乏以屠殺手段來鎮壓台灣居民的先例。在十七世紀的荷蘭時期，就有過高度的殖民主義存在於台灣。為了泯除殖民與被殖民之間的文化差異，就必須訴諸武力以達到統治地位鞏固的目的[9]。

中華民族主義在台灣的灌輸，甚至還是一種虛構的（fictional）與一種黨派（factional）的傳播。具體言之，國民政府高舉的民族主義旗幟，只是歡迎有利於其統治地位的文學作品，而對於政府體制採取批判的作家，必予以強烈排斥。以魯迅作品為例，官方對這位批判精神濃厚的作家進行了封鎖圍剿，不容許在台灣流傳[10]。這充分說明國民政府的中華民族主義是一種分裂的、區隔的政治理念，是基於黨派利益的考量，而不是從所謂的民族利益出發。居於優勢地位的中華民族主義，對於台灣作家的鎮壓與凌辱，絕對不遜於太平洋戰爭時期的皇民化運動。除了中華民族主義的名稱分屬大和與中華之外，日本軍閥與國民政府推動的國語政策與文化運動，可謂不分伯仲。

因此，從文學史的分期來看，把一九四五年定義為「戰後」，乃是一中立客觀事實的描述，並不能觸及台灣作家內心世界的幽黯，更不能觸及台灣作家所處社會環境的困頓。從一九三七年到一九四五年的文學發展，日本學者尾崎秀樹曾經命名為「決戰下的台灣文學」[11]。如果「決戰」一詞是可以成立的，當不只用來描述這段時期的戰爭狀態，還應該包括了台灣作家內心的痛苦掙扎。他們的心靈決戰，恐怕是面對強勢民族主義的推銷而必須在抵抗與屈從之間做一番抉擇吧[12]。這種精神層面的對決，事實上並沒有因為戰爭結束而終止。相反的，中華民族主義取代大和民族主義君臨台灣時，作家在思考上所產生的混亂矛盾，豈可以「戰後」一詞來概括？他們面對的毋寧是一個再殖民的時代。

以「再殖民時期」一詞替代「戰後時期」的用法，應該可以較為正確看待一九四五年之後的台灣社會。使用這個名詞，既可接上太平洋戰爭期的皇民化運動的階段，同時也可聯繫稍後五〇年代反共文學的戒嚴時期。具體而言，過去的解釋往往把日本投降的歷史事件做為台灣文學史的一個斷裂。戰爭期間成長起來的作家，如呂赫若、張文環、龍瑛宗，以及較為年輕一輩的吳濁流、鍾理和、鍾肇政、葉石濤，就因為如此的解釋而被切割為二。他們在戰爭期間的苦悶，以及在被接收後的幻滅，可以說是一種同質情緒的延伸。楊逵的判刑、張文環的被捕、吳新榮的受到監禁、呂赫若之投入游擊隊、朱點人之遭到槍決，都足以說明再殖民時期台灣作家命運之險惡。張恆豪在評論呂赫若與朱點人的文學生涯時，提出了如此冷酷的質疑：「他們都是殖民時代真誠的紀錄者及思考者，雖然他們不曾真正的投入反抗的社會運動的行列。但頗堪玩味的，當日本支配勢力在戰後被陳儀政權取代之時，他們卻不謀而合的做了同一選擇，在文學生命漸臻於絢燦豐實之際，毫不遲疑的告別創作美夢，以實踐的力量，躍入動亂的洪流，高唱起解放之歌，這真是耐人迷思的問題啊！」[13]

張恆豪之所以感到迷惑，無非是不知道如何詮釋國民政府的統治性格。如果進一步把反共時期的文藝政策拿來與皇民化文學並提比較，就可發現政治干預作家的手法是同條共貫的。經過這樣的比較，張恆豪提出的質疑當可獲得答案。昭和二十五年（西元一九四〇年）元月的全島文藝家協會，是為了配合「皇民奉公會」的組織而成立的，該協會章程的第二條如此寫著：「本協會根據國體精神，藉著文藝活動，以協力建設文化新體制為目的。」[14]就在整整十年之後，國民政府為了推動所謂的反共文藝，也在一九五〇年五月成立了全島性的中國文藝協會。該會的章程有神似皇民化政策的精神：「團結全國文藝界人士，研究文藝理論，展開文藝活動，發展文藝事業外，更以促進三民主義文化建設，完成反共抗俄復國建國的任務為宗旨。」[15]皇民政策與反共政策，都同樣驅趕台灣作家去完成文章報國的歷史任務；而這樣的歷史任務，並非孕育自台灣社會內部，而全然是為了鞏固一個外來的、強勢的殖民政權而設計的。

在反共假面掩護下的戒嚴體制，毫無疑問是殖民體制的另一種變貌。如果這種說法可以接受，則台灣殖民地文學絕對不是終止於太平洋戰爭結束時，而是橫跨了一九四五年的分界線。換句話說，殖民地文學發軔於一九二〇年代，成熟於三〇年代，決戰於四〇年代，然後銜接了五〇年代的反共時期。殖民地體制的正式停止存在，必須等到一九八七年解除戒嚴令才獲得解放。

現代文學與鄉土文學

如果再殖民時期發端於一九四五年，則如何解釋六〇年代現代文學與七〇年代鄉土文學的出現？現代文學在六〇年代的崛起，曾經遭到嚴重指控，現代文學之引進台灣，誠然是文學史的一次「橫的移植」。但是，為什麼會出現「橫的移植」這種現象？葉石濤在解釋這段時期的文學時，曾經使用過嚴重的文字來批判：「他們（現代文學作家）不但未能接受大陸過去文學的傳統，同時也不了解台灣三百多年被異族統治被殖民的歷史，且對日據時代新文學運動史缺乏認識。」不僅如此，葉石濤更進一步指出現代文學的脫離現實：

這種「無根與放逐」的文學主題脫離了台灣民眾的歷史與現實，同時全盤西化的現代前衛文學傾向，也和台灣文學傳統格格不入，是至為明顯的事實。台灣文學有其悠久的文學傳統，始於明朝末年，從古文學到白話文學有其脈絡可循的傳遞。只不過是四〇年代、五〇年代的時代風暴，使其不得不斷絕而已。[16]

很清楚的，葉石濤的文學史觀找不到恰當的歷史根據來解釋現代文學的蓬勃發展。除了以失去歷史記憶與脫離台灣現實來概括之外，葉石濤全然沒有觸及當時政治環境的問題。如果從再殖民時期的觀點來解釋，則現代文學的產生並不是令人感到意外的事。在殖民體制的支配下，作家與其他知識分子一般，根本不可能對過去的歷史有任何接觸的機會，在所有的殖民地社會，「歷史失憶症」是一個普遍存在的文化現象。六〇年代重要文學刊物《現代文學》的創刊者白先勇，對於這種歷史失憶症有過極為真切的描述：「這些新一代的作者沒有機會接觸到較早時代的作品，因為魯迅、茅盾及其他左翼作家的作品全遭封禁，他們未能承受上一代的文學遺產，找不到可以比擬、模仿、競爭的對象。」[17]

沒有歷史、沒有傳統、沒有記憶，不就是殖民地社會共有的經驗嗎？白先勇雖然是大陸來台的作家，並且又出身於統治階級的家庭，但是在承受殖民體制的壓力時，與台灣本地作家比較，完全沒有兩樣。殖民地作家在抵抗殖民者的權力支配時，有時並不是採取正面抵抗、批判的態度，而是以消極流亡的方式來表達抗議精神。尤其是在歷史記憶全然消失時，殖民地作家並沒有任何精神堡壘做為抵抗的根據，他們的文學作品呈現出來的面貌，就只能是「無根與放逐」了。

所謂自我放逐（self-exile），乃是指作家不能認同存在於島上的政治信仰與政治體制。他們能夠找到的心靈出口，乃是向西方文學借取火種，利用現代主義的創作技巧來表達內心的焦慮、苦悶與絕望。因此，討論現代文學時期時，就必須了解當時的作家為什麼焦慮？為什麼苦悶？這些問題的解答，絕對不能離開台灣的戒嚴政治體制去尋求。基於這樣的看法，對部分闡釋現代主義階段的一些見解，就必須有所保留。以呂正惠對葉石濤史觀的批評為例，在很大程度上還是偏離了存在於台灣的殖民統治的事實。他說：「台灣的西化問題，遠比葉石濤想像的複雜多了。五、六〇年代的全盤西化，必須放在二次戰後，美蘇兩大集團對立的大背景下去了解。中國分裂，在某一程度上來講，和南北韓、南北越、東西德的分裂一樣，都是美蘇對抗的『成果』。五、六〇年代台灣文化的特殊發展，可說是這一『世界』局勢的某種反映，同樣的，七〇年代以後的本土化，也和美國在第三世界的政治發展息息相關。」[18]

台灣的反共政策，當然是與美蘇兩大集團的對峙有不可分割的關係，而且也是受到美國權力中心的指揮操控。但是，這種解釋方式似乎有為台灣殖民體制開脫罪嫌之疑，同時也全然抹煞了現代主義作家的主體。整個大環境的營造力量，也許不是台灣的統治者能夠左右；不過，殖民支配之直接加諸現代主義作家身上，則是台灣統治者不能脫卸責任的。因此，現代文學所要反映與逃避的，絕對不會空泛到對抗美蘇兩國的權力干涉，而是具體針對囚禁他們肉體與精神的戒嚴文化。

歷來有關現代文學作品的評價，大都受到七〇年代鄉土文學論戰的影響而採取負面的、貶低的態度。這種態度在解嚴以後，才漸漸獲得糾正，也獲得較為全面的、正面的看待[19]。現代主義在西方社會的興起，主要拜賜於資本主義伴隨著工業文明的衝擊而誕生的產物。人被物化以後所出現的心靈空虛、疏離與隔絕，都是現代主義作家熱切關心的主題。台灣社會的現代主義，並沒有經驗過資本主義歷史發展的過程；但是，島上的政治環境剛好釀造了一個恰當的空間，使現代主義能夠長驅直入。西方知識分子的苦悶，乃是因為面對了工業文明的龐大機器；台灣知識分子的疏離，則是來自殖民體制的壓力。正如彭瑞金在評價現代文學時所說：「在那個大統治機器之前，個人完全不受尊重，人性受到嚴重藐視、扭曲的時代，強調自我解放的意識仍然是值得寶貴的覺醒，而且也是有勇氣的反叛。」[20]彭瑞金所謂的「大統治機器」，無非是一個霸權。現代文學作品雖未採取正面對抗，整個時期所顯現對內心世界的追求，以及對純粹藝術的經營，豈非就是對於政治干預思想的戒嚴體制做了最好的批判反擊？

如果現代文學是屬於一種自我放逐的精神，則七〇年代產生的鄉土文學無疑就是回歸精神的浮現。流放與回歸，正好可以用來解釋殖民地文學中一正一反的主題。在殖民地社會，當統治者權力臻於高潮的時候，往往就是作家積極投入流亡行列之際。無論是內部流亡或外部流亡，都足以顯示作家的無言抗議。當統治者權力開始式微，殖民地作家就會發生精神回流的現象。以具體的作品為例，在六〇年代的反共高峰期，外省作家如白先勇、本省作家如陳映真，都在作品裡描寫不少離家出走、無故失蹤，或者自殺身亡的故事。這些與生命毀滅的主題緊扣的作品，可以說相當具體反映了台灣作家心靈的流亡狀態。現代主義作品在文學史上的正面意義，應該是從這個角度來觀察。跨過七〇年代以後，國民政府「代表中國」的政治立場，在國際社會開始遭逢前所未有的挑戰，從而屹立於島上的殖民體制也漸漸發生鬆動的現象。在整個權力支配系統出現裂縫之際，台灣作家利用這些缺口而開始表達他們對台灣這塊土地的關切。許多作家塑造的文學人物，都從自己最熟悉的周遭環境中挖掘出來，因此而有鄉土文學的崛起，並且也有寫實的、回歸的精神之高張。花蓮之於王禎和，宜蘭之於黃春明，基隆之於王拓，鹿港之於李昂，雲林之於宋澤萊，美濃之於吳錦發，這些原鄉都在七〇年代回歸風潮中成為文學創作的動力。這並不意味鄉土文學必須局限於本鄉本土的現實反映，也不是對於六〇年代現代主義進行強烈的對抗。鄉土文學所挾帶而來的寫實主義精神，毋寧是針對戒嚴體制在台灣刻意塑造歷史失憶症的偏頗政策予以積極的糾正。殖民者的策略，往往把人民與土地區隔，使之產生疏離、遺忘的效果。被殖民者與自己的土地疏離，越有利於殖民者對土地資源的剝削，而且也越使被統治者不易產生認同。因此，鄉土文學的抬頭，便是利用殖民體制的動搖而恢復對自己土地的關懷。找回自己的原鄉，其真正的意義無非是要找回失落的記憶。歷史記憶的重建，也等於是重建人民與土地的情感。這些回歸的努力，都正好與殖民者的政治策略全然背道而馳。

不過，一個必須注意的事實是，七〇年代寫實的批判精神，原是為了暴露殖民地社會中偏頗的政治經濟體制；但格於當時高度的思想檢查的羈絆，殖民統治的本質沒有受到嚴重的圍剿，反而是六〇年代的現代主義文學成了代罪羔羊。從七〇年代初期的現代詩論戰，一直到一九七七年的鄉土文學論戰，鄉土文學與現代主義文學竟然成為對峙的兩個陣營。這樣的發展，使得國民黨賴以生存的統治機器只是受到間接的影射批評，在整整七〇年代論戰中卻毫無損傷。

從一九七二年到七三年之間出現的現代詩論戰，原是檢討台灣詩人失去認同的困境。文化認同的喪失，並非是作家努力獲致的，而是政治環境的封閉所致。然而，論戰的批判對象並未朝向牢不可破的戒嚴體制，而是朝向手無寸鐵的現代詩人。最先向現代詩發難的關傑明，是這樣發動攻勢的：「我們中國的詩人們實在由西方作家那裡學錯了東西，他們有永遠只能是一個學生的危險，永遠只有模仿、抄襲、學舌。」[21]不僅如此，他還進一步指控現代詩是「一個身分與焦距共同喪失的一個例證」[22]。關傑明在批判現代詩人時，似乎認為現代主義作家完全只是西方文學思潮在台灣的一個反映而已，只是一個被動的受西方影響的客體，他並沒有隻字片語對存在於台灣的戒嚴體制有絲毫的批判。當官方體制不容有任何批評時，現代主義作品就被拿來代替做為開刀的祭品。他完全忽略現代主義在戒嚴文化下也具備了積極的意義。現代詩如果是一個身分與焦距共同喪失的具體證據，這不就證明殖民體制在台灣支配的成功嗎？在殖民地社會，知識分子之喪失認同與自我，正是最常見的現象。關傑明文中所說的「中國」，其實是指台灣而言。這樣一位具備高度批判精神的評論者，對於「中國」與「台灣」的身分認知也顯得混亂失序，由此更可說明當時台灣社會的失憶症有多嚴重。

現代詩論戰點燃的戰火，後來就延燒到鄉土文學論戰。一九七七年爆發的文學論戰，乃是作家與統治者在意識形態上的一次對決。台灣作家如王拓所揭櫫的「擁抱健康大地」，其實是被統治階級對統治階級的一個回應。王拓為自己的作品寫下如此的證詞：「都是從對這塊土地和這塊土地上的人的這樣堅定不移的愛心與信心出發的。」[23]他的創作態度很明顯是為了恢復人民與土地之間的情感。相形之下，站在統治立場的彭歌，就千方百計使用宏偉的敘述（grand narrative）為殖民體制辯護。他回應鄉土文學作家的說詞是這樣的：「希望那極少數鑽牛角尖的人虛心反省。想一想整個國家的處境，想一想大陸上八億同胞的苦難，想一想每一個知識分子在這樣一個時代應該負起的責任。」[24]藉用大敘述的策略，是殖民者最擅長的支配手法。敘述的格局越宏偉，統治者的偏執與偏見就越能受到掩護，而被殖民者的人格與發言就越受到矮化。

鄉土文學論戰涉及的層面極為廣泛，其意義已有很多後來者予以回顧並檢討[25]。不過最值得注意的，也許應推王拓以「殖民地經濟」一詞來概括台灣社會。王拓特別強調，這個名詞「就是指經濟的殖民地，而不是政治的殖民地」[26]。但是，這可能是一九四五年以來第一位作家如此為台灣社會的性質定位。王拓辯稱沒有影射台灣是「政治殖民地」，而且他所說的「經濟殖民地」乃是指美國對台灣的關係而言。但很清楚的，事實上這樣的論述方式已經把國民政府視為經濟殖民地的代理人。一個依賴經濟殖民地的統治機器，本身無疑就是不折不扣的政治殖民統治。如果這樣的解釋可以成立，則鄉土文學論戰在一定的程度上是台灣作家對殖民體制的徹底批判。

台灣文學遺產的整理，台灣歷史經驗的回顧，都在鄉土文學的發展過程中次第受到注意。這些現象都一一顯示了台灣社會正從深沉的歷史失憶症甦醒過來。直到一九七九年高雄事件後，鄉土文學論戰的餘緒才暫告中止。然而，這並不意味對於殖民體制的批判從此就結束了。一九八〇年代初期重燃戰火的統獨論戰，其實是銜接了鄉土文學論戰還未完成的討論。圍繞著葉石濤與陳映真的台灣文學史觀，台灣作家第一次以具體的「台灣文學」一詞，用來取代虛構的「中國文學」[27]。這是解嚴以前發生的相當引人矚目的文學爭論。經過這場論戰的洗禮，「台灣文學」一詞才獲得澄清與定位[28]。在台灣社會中孕育出來的文學作品，竟然必須穿越四十年的時光才得到正名。這自然是極其諷刺的事。文化身分與認同的失焦，對台灣文學史構成的扭曲可謂嚴重。

從一九八二到八四年進行的統獨論戰，基本上是批判殖民體制最徹底的一次。「台灣文學」一詞得到普遍的接受，但是，台灣文學的主題與內容還是受到客觀環境的箝制。追求歷史記憶的恢復，在七〇年代雖已展開，卻由於戒嚴體制的繼續掌握，收到的效果仍然有限。對於台灣社會內部矛盾的探索，還是不能全面展開。必須等到一九八七年戒嚴令正式解除，封鎖台灣社會的殖民體制才正式開鬧，文學多樣性才日益活潑開放。

後現代或後殖民

解嚴以後的台灣文學之呈現多元化，已是不爭的事實。從女性意識文學、原住民文學，一直到後現代文學的出現，都充分說明了文學生命力逐漸釋放出來。這是可以理解的，在戒嚴假面下的殖民社會最底層的人民欲望、能量，雖長期受到壓抑，卻沒有全然失去生機。思想枷鎖一旦解除之後，潛藏的各種聲音終於可以發抒出來。多元的文學發展，伴隨著台灣經濟生產力的提升，盛況的景象頗類似於西方的後現代社會。因此，解嚴後的一些文學工作者，有意把繁複的文學盛況定義為「後現代時期」。

最先宣告台灣進入後現代社會的是羅青。他說台灣生產電腦的數字，以及服務業所占比重超越工業的事實，表示台灣社會「正式的邁入了所謂後工業社會。而在文化方面的發展，台灣也顯著的反映出許多後現代式的狀況」[29]。羅青的說法，立即獲得孟樊的接受。孟樊在討論後現代詩時，更進一步認為：「在後工業社會尚未全然成形之際，後現代詩是不可能在台灣詩壇流行起來的。」[30] 後現代時期的到來，是不是已經在台灣實現，應該是一個值得討論的問題。

即使不討論台灣後現代社會或後工業社會是否形成，僅就文學史發展的脈絡來看，是不是可以根據解嚴後的台灣社會發展把台灣文學劃為後現代時期？後現代主義在美國的發展，乃是緊跟著現代主義的衰微之後而來。後現代主義（postmodernism）的「後」有兩種涵意，一是對現代主義的抵抗與排斥，這發生於一九六〇年代；一是指現代主義的延續，成熟於一九七〇年代以後[31]。無論是抗拒或延續，後現代主義一詞的成立，乃是在此之前存在了一個現代主義的時期。從這個觀點來看台灣文學的發展，後現代主義若是可以成立的話，這種思潮之前應有一個現代主義時期。但是，歷史事實顯示，自六〇年代以後的台灣文學卻是以現代主義→鄉土寫實主義→後現代主義的順序在發展。西方文學思潮的演進則是沿著寫實主義→現代主義→後現代主義的秩序進行。換句話說，西方文學思潮是自然的發展；若依羅青的解釋，台灣文學反而是跳躍前進的形式。這種突變式的文學演進，並非不可能發生，但是將其放在台灣文學史的脈絡來看，是相當突兀的。

羅青把八〇年代以後的台灣社會定義為後現代，已經遭到嚴厲的批評。陳光興對於這種說法，認為是「一場追逐『後現代』流行符號的併發症正逐漸地燃燒起來」[32]。也就是說，羅青的定義，在台灣社會內部或在台灣文學發展中是找不到事實根據的。

如果要解釋八〇年代以後的文學現象，就不能忽略了在此之前的整個文學發展的脈絡。以前述的討論為基礎，倘然日據時期可以定義為殖民時期，而一九四五年以後定義為再殖民時期，則一九八七年解嚴以後應該可以定義為後殖民時期。所謂後殖民主義（postcolonialism）的「後」，並非是指殖民地經驗結束以後，而是指殖民地社會與殖民統治者接觸的那一個時刻就開始發生了。對於殖民體制的存在，殖民地作家無不採取積極的抗爭（如批判），或消極的抵抗（如流亡、放逐）。因此，這裡的「後」（post），強烈具備了抗拒的性格。

以這樣的觀點來檢驗二十世紀台灣文學運動史，就可得到清楚的印證。台灣作家對於殖民權力的支配，從未放棄過抵抗的立場。三〇年代成熟期的左翼文學，採取積極批判日本殖民主義的攻勢；四〇年代決戰期的皇民文學，則表現出消極流亡的精神。這種流亡精神，在五〇年代反共期與六〇年代現代主義時期就發展得更為清楚。到了七〇年代以後寫實主義時期，積極的批判性格又高度提升。台灣作家與統治者之間所構成的邊緣／中心的緊張對抗關係，貫穿了整個新文學史之中。後殖民主義所強調的主題是擺脫中心或是抵抗文化（culture of resistance）[33]這種精神，可以說極其豐沛蘊藏於台灣文學作品裡。

後殖民主義與後現代主義的性格相當接近，這可能是台灣部分學者容易產生混淆的主要原因。後現代主義在於解構中央集權式的、歐洲文化理體中心（logocentrism）的敘述，而後殖民主義則在瓦解中心／邊緣雙元帝國殖民論述[34]。兩種思潮都在反中心，並主張文化多元論，以及首肯「他者」（the other）的存在地位。因此，常常引起論者的混淆。不過，後現代主義發源於資本主義高度發達的歐美，後殖民主義則崛起於第三世界。更值得注意的是，後現代主義的最終目標是在於主體的解構（deconstruction），而後殖民主義則在追求主體的重構（reconstruction）。這兩種思潮在很多場合是可以相互結盟的，但是其精神內容必須分辨清楚。

廖咸浩在主編《八十四年短篇小說選》時，公開宣稱後現代思維已經在台灣扎根。他以一九九五年的短篇小說作品做為實例，指出「後現代精神」已在社會的各個角落浮現。他對「後現代性」的定義，採取極為寬廣的解釋。他說：「在『後現代性』涵蓋下的這些各種思潮，以『反啟蒙』為基礎，在個別的具體議題上，從事拆解『大敘述』的工作：女性主義對父權體制的大敘述；性別論述對性別刻板觀的大敘述；後殖民論述針對殖民論述的大敘述；弱勢論述對霸權論述的大敘述；資訊理論針對舊式傳播理論之大敘述……。」[35]

這樣的論點，與本文提出的觀點有不謀而合之處。本文以霸權論述來概括台灣社會已存在的各種文化沙文主義（cultural chauvinism），廖咸浩則是以大敘述一詞來形容。不過，本文與廖咸浩的觀點最大分歧之處，乃在於他把後殖民論述涵蓋在後現代主義思潮的範疇之內。質言之，他指稱的後現代性是無所不包的。不過，以這樣的觀點放在台灣戰後史的脈絡，似乎是扞格不入。

首先，是歷史解釋的問題。廖咸浩宣稱後現代精神已在台灣生根時，並未說明後現代思潮是如何在台灣形成的。如果它是一種無所不包的思潮，甚至可以把台灣的後殖民史也收編進去，則後現代精神應該在台灣社會內部有一段孕育的歷史過程。倘然現階段的後現代主義，就像六〇年代進口的現代主義那般，在沒有特殊的歷史條件之下突然出現，則這樣的後現代主義正是不折不扣的新殖民主義（neocolonialism）。台灣社會只是片面接受外來思想的衝擊，只是一個被動的受影響的角色，而並沒有具備任何自主性的主觀意願。

後現代主義在台灣社會的傳播，是八〇年代隨著戒嚴體制的鬆動而介紹到台灣。即使台灣社會在八〇年代開始沾染後工業社會或晚期資本主義的色彩，也並不足以證明後現代主義思潮在此之前已有任何的歷史根源。這裡要特別強調的是，後現代主義精神的孕育並不是從台灣社會內部自然形成，因此與戰後台灣歷史的演進並無絲毫契合之處。把現階段台灣作家共同具備的去中心思維方式，一律納入後現代主義的思潮之中，顯然還有待商榷。

其次，是權力結構的問題。戰後再殖民的權力支配，使得社會中的內部殖民之事實成為隱藏性的存在。換句話說，由於戰後戒嚴體制過於龐大，其權力觸鬚地毯式地伸入社會各個階層角落。每一階層的所有成員都被迫必須服膺於單一的價值觀念。以中國為取向的霸權論述，狂瀾般壓服了歷史發展過程中既存的、固有的權力支配。封建父權對女性的壓迫，漢人移民對原住民的歧視，異性戀者對同志的排斥，都在戒嚴體制達到高峰的時候淪為視而不見的議題。

因此，戒嚴體制在一九八七年解除之後，存在於社會內部的偏頗權力結構才逐漸暴露出來。原是屬於歷史失憶症範疇之內的女性、同志、眷村、原住民的種種議題，都在追求記憶重建之際得到了關切。女性、同志、眷村、原住民等等社群都不約而同注意到認同、身分與主體性的問題。要求權力的再分配，要求價值的多元化，一時蔚為解嚴後的普遍風氣。這種解嚴後的思維方式既是去中心的，更是去殖民的（decolonization）。從這個觀點來看，各個社群之追求解放，並不是等到後現代主義思潮被介紹到台灣之後才開始進行，而是由於再殖民的戒嚴體制之終結，使許多受到禁抑的欲望陸續獲得鬆綁。在追求解放的過程中，各個弱勢族群採取的策略容或與後現代精神有不謀而合之處，但其終極目標絕對不是主體解構，而是主體重構。更確切的說，這種多元價值體系的追求，乃是從台灣歷史的脈絡中發展出來的，絕對不是受到後現代精神扎根的影響。

廖炳惠曾經指出：「後殖民是在具體歷史經驗中發展出來的論述，對其他社會不一定適用。」[36] 這是可以理解的，每個社會的殖民經驗並不必然有重疊或雷同之處。討論台灣戰後文學史的發展，也只能把它放在台灣社會的脈絡來檢驗。後現代性格，只存在於西方晚期資本主義的社會，並不適用於台灣社會。今天，台灣文學的多元發展的盛況，無疑是受到台灣歷史發展的要求。它的後殖民性格，遠遠超過了外來的後現代性格。有些後殖民的理論，源自於其他第三世界的歷史經驗，也不必然可以真正套用在台灣社會之上。因此，如何從台灣歷史與台灣文學的演進經驗中鑄造理論，同時建構可以全面照顧整個文學史的歷史解釋，也許是當前台灣文學研究者必須面對的挑戰。

解嚴後，並不意味殖民文化就已全然消失。台灣作家開始對歷史記憶的重建有更大的關切，對於過去的政治傷害也有更為深刻的檢討，後殖民時期的性格，正逐漸在台灣社會顯露出來。較具警覺的學者，也非常用心地藉用後殖民論述來回顧並重新評價台灣文學[37]。倘然這樣的關切繼續發展下去，後殖民理論將在台灣文學的研究與批評中建立具有特殊性格的地位。後殖民文學對於多元文體的出現，是能夠包容的。因此，後殖民時期在台灣成熟時，以後現代主義的形式所創作出來的作品，也一定能夠找到可以存在的空間。

註釋

1 日據時期最能代表殖民者觀點的台灣文學分期，當以台北帝國大學擔任講師的島田謹二，他把台灣文學納入日本領台後的政治解釋之中。參閱島田謹二，〈台灣文學的過去現在未來〉，原發表於《文藝台灣》第二卷第二期（一九四一），頁一五六—五七（此處轉引自尾崎秀樹著，《舊殖民地文學研究》，東京：勁草書房，一九七一）。有關島田謹二文學史觀的討論，參閱葉寄民，〈日據時代的「外地文學」論考〉，《思與言》第三十二卷第二期（一九九五年六月），頁三〇七—二八。

2 中國學者的台灣文學觀點，相當具體表現在劉登翰、莊明萱、黃重添、林承璜等主編的《台灣文學史》上卷（福州：海峽文藝，一九九一），特別是總編的第一節〈文學的母體淵源和歷史的特殊際遇〉，頁三—一三。

3 文學的統獨之爭，參閱施敏輝編，《台灣意識論戰選集》（台北：前衛，一九八九）。有關這場論戰的概括介紹，參閱謝春馨，〈八十年代初期台灣文學論戰之探討〉，《台灣文學觀察雜誌》第九期（一九九四），頁五一—六三。

4 陳芳明，《典範的追求》（台北：聯合文學，一九九四），頁二三五。

5 對於斷代式文學分期的商榷，參閱孟樊、林燿德編，〈以當代視野書寫八〇年代台灣文學史〉，收入《世紀末偏航：八〇年代台灣文學論》（台北：時報，一九九〇），頁七—一二。

6 有關反共文學、現代文學、鄉土文學等詞的普遍使用，見諸葉石濤，《台灣文學史綱》（高雄：文學界，一九八七），以及彭瑞金，《台灣新文學運動四十年》（台北：自立，一九九一）。

7 以中華民族主義來解釋台灣歷史的演進，最近的典型代表作當推陳昭瑛，〈論台灣的本土化運動：一個文化史的考察〉，《中外文學》第二十三卷第九期（一九九五年二月），頁五—四三。

8 關於戰爭期間的台灣文學發展，可以參閱兩篇碩士論文：王昭文，〈日治末期台灣的知識社群（一九四〇—一九四五）：《文藝台灣》、《台灣文學》及《民俗台灣》三雜誌的歷史研究〉（清華大學歷史研究所碩士論文，一九九一年七月）；柳書琴，〈戰爭與文壇：日據末期台灣的文學活動〉（國立台灣大學歷史語言研究所碩士論文，一九九四年六月）。最新的皇民文學研究應推日本學者垂水千惠著，涂翠花譯，《台灣的日本語文學》（台北：前衛，一九九八）。。

9 Leonard Blusse, "Retribution and Remorse: The Interaction between the Administration and the Protestant Mission in Early Colonial Formosa," in Gyan Prakash, ed., *After Colonialism: Imperial Histories and Postcolonial Displacement* (Princeton: Princeton UP, 1995), pp. 153-82.

10 關於魯迅作品在戰後初期的介紹，可以參閱黃英哲，〈魯迅思想在台灣的傳播，一九四五—四九：試論戰後初期台灣的文化重建與國家認同〉（宣讀於中央研究院近代史研究所主辦「認同與國家：近代中西歷史的比較學術討論會」，一九九四年六月）。關於近四十年來官方反魯迅運動的研究，參閱陳芳明，〈魯迅在台灣〉，收入《典範的追求》，頁三〇五—三九。

11 尾崎秀樹，〈決戰下台灣文學〉，收入《舊殖民地文學研究》，頁五四—一二〇。

12 台灣作家在太平洋戰爭期間的抵抗與屈從，已受到學者的廣泛注意。參閱林瑞明，〈騷動的靈魂：決戰時期台灣作家與皇民文學〉，收入《日據時期台灣史國際學術研討會論文集》，國立台灣大學歷史學系編，頁四四三—

六一。

13 張恆豪，〈麒麟兒的殘夢：朱點人及其小說〉，原刊於《台灣文藝》第一〇五期（一九八七年五月），收入《覺醒的島國》（台南：台南市立文化中心，一九九五），頁一四二。

14 同註11，頁二一四。

15 胡衍南，〈戰後台灣文學史上第一次橫的移植：新的文學史分期法之實驗〉，《台灣文學觀察雜誌》第六期（一九九二年九月），頁三一。

16 葉石濤，《台灣文學史綱》，頁一一六—一一七。

17 白先勇著，周兆祥譯，〈流浪的中國人：台灣小說的放逐主題〉，香港《明報月刊》（一九七六年一月）。

18 呂正惠，〈評葉石濤《台灣文學史綱》〉，《台灣社會研究季刊》第一卷第一期（一九八八），頁二二五。

19 對《現代文學》雜誌所造成的廣泛影響，已受到學界的重視；到目前為止已有兩篇碩士論文以《現代文學》做為研究的主題。參閱沈靜嵐，〈當西風走過：六〇年代《現代文學》派的論述與考察〉（國立成功大學歷史語言研究所碩士論文，一九九四）；以及林偉淑，〈《現代文學》小說創作及譯介的文學理論的研究〉（國立中山大學中國文學研究所碩士論文，一九九五）。

20 彭瑞金，《台灣新文學運動四十年》，頁一一〇。

21 關傑明，〈中國現代詩的困境〉，收入趙知悌編著，《現代文學的考察》（台北：遠行，一九七六），頁一四二。

22 關傑明，〈再談中國現代詩〉，前引書，頁一四四。

23 王拓，〈擁抱健康大地〉，收入《鄉土文學討論集》，頁三六二。

24 彭歌，〈對偏向的警覺〉，收入《鄉土文學討論集》，頁二三六—二三七。

25 關於鄉土文學論戰的始末經過，可參閱陳正醒著，路人譯，〈台灣的鄉土文學論戰〉（上、下），《暖流》第二卷第二期（一九八二年八月），頁二二—三三、第二卷第三期（一九八二年九月），頁六〇—七一。另外有關論戰的研究，參閱周永芳，〈七十年代台灣鄉土文學論戰研究〉（中國文化大學中國文學研究所碩士論文，一九九一）。

26 王拓，〈「殖民地意願」還是「自主意願」？〉，收入《鄉土文學討論集》，頁五七八—七九。

27 葉石濤，〈台灣鄉土文學史導論〉，收入《鄉土文學討論集》，頁六九—九二；許南村（陳映真），〈鄉土文學的盲點〉，收入《鄉土文學討論集》，頁九三—九九。

28 宋冬陽（陳芳明），〈現階段台灣文學本土化的問題〉，《台灣文藝》第八十六期（一九八四），收入《放膽文章拚命酒》（台北：林白，一九八八）。

29 羅青，〈台灣地區的後現代狀況〉，《什麼是後現代主義》（台北：五四書店，一九八九），頁三一五。

30 孟樊，〈台灣後現代詩的理論與實際〉，收入孟樊、林耀德編，《世紀末偏航：八〇年代台灣文學論》（台北：時報，一九九〇），頁二二三。

31 Andreas Huyssen, "Mapping the Postmodern," in Charles Jencks, ed., *The Post Modern Reader* (London: Academy Editions, 1992), pp. 40-72.

32 陳光興，〈炒作後現代？：評孟樊、羅青、鍾明德的後現代觀〉，《自立早報・自立副刊》（一九九〇年二月二十三日）。

33 在研究後殖民主義的西方學者中，對擺脫中心與抵抗文化提倡最力者，首推薩依德（Edward Said）無疑。參閱 Edward Said, *Orientalism* (London: Penguin Books, 1978); *Culture and Imperialism* (New York: Vintage Books, 1993).

34 Kwane Anthony Appiah, "The Postcolonial and the Postmodern," in Bill Ascnoft Gareth Griffiths & Helen Tiffin, ed., *The Postcolonial Reader* (New York: Routledge, 1995), pp. 119-24.

35 廖咸浩，〈複眼觀花，複音歌唱：八十四年短篇小說的後現代風貌〉，收入《八十四年短篇小說選》（台北：爾雅，一九九六），頁六。

36 廖炳惠，〈在台灣談後現代與後殖民論述〉，《回顧現代：後現代與後殖民論文集》（台北：麥田，一九九四），頁六九。

37 以後殖民理論來討論台灣文學的學者，日漸增加，其中值得注意者，當推邱貴芬的研究。參閱她發表的文字：邱貴芬，〈「發現台灣」：建構台灣後殖民論述〉、〈想我（自我）放逐的兄弟（姊妹）們：閱讀第二代「外省」（女）作家朱天心〉、〈性別／權力／殖民論述：鄉土文學中的去勢男人〉，收入《仲介・台灣女人》（台北：元尊，一九九七）。

葉石濤的台灣文學史觀之建構

引言

為台灣文學創造歷史並書寫歷史的葉石濤，正日益顯露他重要而深刻的文化意義。在創造歷史方面，他為戰後台灣本土文學的理論與詮釋，奠定了極為牢固的基礎。在書寫歷史方面，他則為整個台灣文學發展的軌跡保留了極為豐碩的記憶。葉石濤在這兩方面的投入與營造，前後橫跨半個世紀以上，誠然已開拓非常遼闊的版圖。如果沒有葉石濤的努力，今日台灣文學的景觀必然是黯淡許多。

相較於他在小說創作與文學評論上的經營，葉石濤所致力的台灣文學史的書寫工程，可謂相當艱鉅。眾所皆知，他是戰後第一位提出「台灣鄉土文學」主張的作家。不過，他從來沒有把「鄉土文學」一詞視為凝滯不變的靜態名詞，而是以動態、有機的觀點不斷為這個名詞賦予新的內容與新的解釋。直到一九八七年完成《台灣文學史綱》為止，葉石濤的歷史觀點始終採取彈性、寬容的態度。即使這本引人矚目的專書出版以後，他對台灣文學史的解釋也一直保持不斷調整、不斷修正的立場。

所有的歷史書寫，必然都會牽涉到史觀的問題。任何史觀的建立，也必然難以擺脫政治解釋。葉石濤從事台灣文學史的建構時，最大的課題莫過於如何進行史觀的孕育與思考。從最初文學史的計畫，到書寫的完成，台灣社會正處於戒嚴體制的支配之下。因此，他的文學史書寫，其實頗具微言大義。在不同的政治階段與社會環境裡，他都會提出相應於客觀條件的歷史解釋。綜觀他的歷史書寫方案，就可發現他的史觀並非一朝一夕塑造起來的，而是經過長期的思索而建構起來的。其中有他的抵抗與批判，也有他的書寫策略與詮釋技巧。葉石濤的史觀建構，充滿了複雜的文化暗示。

倘然戰後戒嚴體制的存在，可以視為再殖民（recolonization）的延伸，那麼，在再殖民的霸權陰影下，葉石濤的歷史書寫就不能單純當做他個人的寫作事業，而應該是具備了更為深沉的抵抗意義。這種抵抗，強烈帶有去殖民化（decolonization）的性格。他在以中華民族主義為取向的官方國族史盛行的年代，選擇書寫台灣文學史做為畢生追求的目標，顯然懷有重建文化主體的企圖。從這個觀點來看，葉石濤耗費半生的時光投注在浩大的歷史構思之上，無疑是象徵了受損受辱的台灣社會裡潛藏的不滅意志。

他的史觀是如何逐步構築起來的？每一階段的歷史解釋具有怎樣的意涵？從最早的尋索，到近期的成熟，又反映了他的台灣文學史書寫穿越如何曲折的歷程？針對這些問題去尋找答案，正是這篇論文的任務。

早期的文學史構思

葉石濤在一九九三年出版的散文集曾經提到：「從一九六五年的四十一歲到現在的六十八歲，我的所有心血投入於建立自主獨立的台灣文學運動中。」[1]這段簡短的陳述，值得注意的有兩點。一是以一九六五年做為戰後他投入文學運動的起點，一是他全力以赴的目標乃是「獨立自主」的台灣文學。如果這樣的理解沒有錯，則他在一九六五年發表的〈台灣的鄉土文學〉一文，便是不容忽視的重要證詞[2]。這篇刊載於李敖所主編《文星》雜誌的文字，事實上已很清楚表達了他蓄積已久的心願：「我渴望蒼天賜我這麼一個能力，能夠把本省籍作家的生平、作品，有系統的加以整理，寫成一部鄉土文學史。」最早的文學史構想，與他後來所完成的《台灣文學史綱》，顯然有很大的落差。他當時注意到的作家，全然是以本省籍為主，而且撰寫的重點乃在於強調鄉土文學史。在戒嚴體制的威權時代，省籍問題確實是高度的政治禁忌。葉石濤抱持那樣的構想，即使不是具有強烈的台灣意識，至少也是在無形中流露了抵抗意味。

在這篇文章中，他以日據時期黃得時所寫的〈台灣文學史序說〉做為效仿的對象，肯定這部作品的歷史意義：「因為他在日本人壓制之下，敢於放下這塊沉重的礎石。」具體而言，葉石濤在這段時期已經意識到撰寫文學史的抵抗寓意。他願意向黃得時脫帽致敬，主要是在日本人的殖民下，台灣知識分子仍然堅持保存歷史記憶，從而向統治者發出被壓迫者的聲音。藉由黃得時的處境，葉石濤當然也在暗示自己的時代環境。可以理解的，他在六〇年代便已著手形塑特殊的台灣歷史圖像；縱然這樣的圖像還未獲得清晰明朗的描繪，卻已足夠顯現他的企圖。

更值得討論的是，他在文中已粗略為台灣文學史做了分期的工作。亦即把台灣作家劃分成「戰前派」、「戰中派」與「戰後派」三個時期。從賴和到呂赫若的寫實主義作家，被劃歸為戰前派；

而皇民化運動提倡時期的作家如陳火泉、王昶雄等人則屬於戰中派。鍾理和、鍾肇政以降的作家，則列入戰後派。這種分期的方式，已經很明顯的把他們視為一脈相承的文學傳統，其中並沒有出現斷裂（rupture）。這種把歷史想像當做連續不斷的記憶，似乎有兩種強烈的暗示。第一，葉石濤有意透過歷史書寫來建立他的「台灣圖像」，而這樣的圖像，顯然有別於官方民族主義所構築的「中國圖像」。第二，不僅如此，在台灣文學受到壓制、貶抑的時期，葉石濤的書寫企圖重建另一個文學傳統，使台灣社會掙脫被邊緣化的角色，從而能夠建立具備自我性格的文字主體。因此，戰前、戰中、戰後的分期方式，可能稍嫌粗糙；但是其中所隱藏的政治意義，即使在今天回顧起來也還是相當深刻的。

葉石濤在稍後為彭瑞金的《台灣新文學運動四十年》撰寫書評時，特別強調台灣文學發展的一貫性：「我們之所以把戰前的新文學與戰後的台灣文學看做是割裂不開的整體完全的文學，其原因在於我們認為台灣文學是世界文學的一環，而不是附屬於任何一個外來統治民族的附庸文學。日據時代的台灣新文學絕非日本的『外地文學』，也並非日本文學的延伸。戰後的台灣文學也絕非中國文學的一環，隸屬於中國文學。」[3]這種以「通史」（comprehensive history）的觀念來理解台灣文學的發展，其實是對當時高壓政策的一種回應。在六〇年代，正是威權體制臻於高峰的時期，凡涉及台灣的任何研究都受到排斥或敵視。對當權者來說，台灣文學的傳承是可以切斷的，甚至可以說，台灣文學是未曾存在的。葉石濤以通史的觀點，證明戰前台灣文學不僅存在，而且還與戰後世代作家銜接起來。

當他說台灣文學是世界文學的一環時，便在於強調它絕非從屬於任何強勢文化，而是富有自主的精神。這當然是九〇年代台灣社會解嚴後的解釋；不過，也可以藉此窺見葉石濤在當年的用心。只有從這個角度來理解，才能更清楚他反覆提出「鄉土文學」一詞的用心良苦。直到一九八七年完成《台灣文學史綱》為止，葉石濤傾其全力為鄉土文學命名、定義並詮釋。

台灣意識：鄉土文學史觀的鍛鑄

在凝鑄他的史觀過程中，葉石濤刻意建立鄉土文學的概念，自然有其特定的空間意識與時間意識。所謂空間意識，當是指文學所孕育產生的社會背景與土地環境。在怎樣的社會中與怎樣的土地上釀造出來的文學作品，便具備它特有的性格。他把自己的歷史觀定位在鄉土的信念上，就是要清楚釐清台灣文學與其他社會所誕生的文學之間的界線。而所謂時間意識，則是指文學傳承的淵源及其流變的歷史，這是葉石濤最堅持的見解。時間意識其實是與空間意識的關係密不可分。台灣文學的生產過程，究竟是要放在中國史的脈絡，還是放在台灣史的脈絡，歷來爭議不斷。葉石濤遠在八〇年代的統獨論戰之前，就已經指出台灣文學應該置於台灣歷史的脈絡裡進行檢討，才能辨認它的發展及其性格。引起各方議論的〈台灣鄉土文學史導論〉一文，發表於一九七七年鄉土文學論戰烽火方熾之際，正是葉石濤提出的雄辯證詞[4]。

這篇文章的重要意義，在於他在「鄉土文學」的基礎之上，又進一步發展出「鄉土文學史」的概念。重點既然是以鄉土為主，葉石濤開宗明義在文章中立刻揭示空間意識的意義：「這樣的瑰麗大自然和副熱帶氣候，的確給居住在此地的歷代種族帶來深刻的影響，塑造了他們一種獨特的性情；這便是勤勞、坦率、耿直、奮鬥、忍從以及富於陽剛性。在研究鄉土文學史上，這島嶼的大自然及種族性，毫無疑問的，是重要的決定性因素之一。」文學在這樣的空間環境中播種萌芽，以至開花結果，便強烈沾染了島嶼風土與人種的氣息。正是在台灣土地的氣氛薰陶下，台灣文學就不能擺脫島上的種族經驗與殖民經驗。

葉石濤並不否認台灣漢人的先民來自中國原鄉的事，這也是他再三指出台灣文學具有中國的普遍性。不過，他又指出：「如果我們仔細考察台灣的社會、經濟、文教、建築、繪畫、音樂、傳說，便處處不難發現富於異國情趣，有異於漢民族正統文化的地方。」換句話說，台灣文學在島上特殊經驗的洗禮之下，已發展出與中國文學殊異的精神與內容。他的這種見解，與官方民族主義演繹出來的中國文學史觀可以說是相悖的。

官方民族主義支配下的史觀，並不承認台灣的存在。葉石濤有意挑戰這種權力氾濫的粗暴態度，而以文學傳承的事實來證明台灣不僅沒有在歷史上缺席，而且這個傳統還具備了高度的台灣意識。在葉石濤史觀的建構過程中，台灣意識的提出，是非常果敢而具有突破性的主張。這幾乎是正面向以正統自居的中華民族主義進行嚴厲質疑；中國意識在台灣的壟斷與欺罔，顯然第一次遭逢如此強烈的回應。

台灣意識建基在島上的殖民地經驗之上，是被殖民的、受壓迫的共通經驗。以台灣意識為主導，葉石濤強調：「在台灣鄉土文學上所反映出來的，一定是反帝、反封建的共通經驗以及華路藍縷以啟山林的、跟大自然搏鬥的共通紀錄，而絕不是站在統治者意識上所寫出來的，背叛廣大人民意願的任何作品。」雖然這是很簡單的陳述，字裡行間值得深思的含意還值得討論。他把人民與統治者之間的界線劃分非常清楚。從歷史發展的事實來看，官方與民間的經驗是不同的。

他要劃清界線，當不只於殖民者與被殖民者的位置不一樣，雙方各自產生的想像也是相互歧異的。統治者有其獨特的國族想像，而台灣民間也擁有自己的鄉土想像。在統治者的殖民地圖上，台灣必然是處於邊緣的地位。對於追求權力擴張的統治者而言，台灣只不過是帝國網絡中的一個小小環節。所以，在台灣島上的種族所懷抱的意願與理想，並不可能獲得重視。然而，對於台灣的被殖民者而言，島嶼本身就是一個主體。他們擁有的鄉土想像，絕對不可能類似殖民者的地圖那樣龐大。台灣人的人格形成，絕對是在這塊土地上形塑出來的。沒有這樣的土地，就沒有台灣的鄉土想像，更不會有自己的文學想像。葉石濤在這篇文字中，提出「以台灣為中心」的看法，正是回應了當時官方所依恃的以中國為中心的民族主義。

確立這樣的空間意識之後，葉石濤的史觀建構才擴及時間意識；這就是台灣特殊的歷史經驗，亦即荷鄭以降的三百餘年殖民經驗。從官方的觀點來看，如果要討論台灣歷史，大約都是以一八四〇年代鴉片戰爭為起點。彷彿在近代中國遭受帝國主義侵略之前，台灣歷史是未曾發生過的。在官方的國族想像下，台灣歷史發展都應從割讓日本說起，而割讓的原因則必須追溯到鴉片戰爭。葉石濤顯然並不接受這樣的想像，而把台灣社會重新放回台灣歷史的軌跡中。連續不斷的掠奪、剝削的歷史經驗，自然就鍛鑄了反帝、反封建的台灣意識。他再三指出，台灣作家具備了這樣的意識，才能了解社會現實。

台灣文學的歷史經驗，既然是以三百年來的殖民統治為基礎，則文學史的建立就不能只是以新文學運動為中心，而必須擴及近代以前的漢詩傳統。所以葉石濤特別提醒台灣文獻的重要性。荷蘭人到日據時代有關台灣的政治、經濟、種族、風土、歷史、文化的文獻不僅需要整理，傳統中國文人在台灣遺留下來的吟詠詩文與旅行遊記，也必須重新審慎挖掘。他保持有如此旺盛的歷史意識，便是希望既存的文獻中開發更多的鄉土想像。

葉石濤的〈台灣鄉土文學史導論〉，是他砌築文學史觀的重要碑石。因為沒有經過這樣的討論，他日後的《台灣文學史綱》恐怕很難完成。同時，也是因為寫了這篇文字，才引發了陳映真的回應。葉石濤與陳映真之間的對峙，毋寧是八〇年代初期統獨論戰的濫觴。凡是稍微關心台灣文學正名論的研究者，都不能不承認這篇文字的深刻意義。

葉、陳討論台灣文學時的最大分歧點，就在於彼此的空間意識與時間意識全然並不契合[5]。陳映真的國族想像，與當時流行的官方意識並沒有太大的出入，亦即把台灣放在中國近代史的演進過程中來考察。陳映真認為台灣鄉土文學只存在於日據時期的殖民統治下[6]。等到日本在一九四五年投降，鄉土文學的特殊個性便消失。也就是說，台灣文學的發展是以「斷裂」的形式進行。斷裂的台灣文學，就被編入中國文學的脈絡之中。這是陳映真的文學史觀，一種與統治者的意志銜接在一起的史觀。這種看法，正好與葉石濤整體、一貫的台灣人民立場恰恰相反。不過，在整整二十年後，陳映真似乎開始漸漸接受「台灣文學」的說法，不再堅持他提倡「在台灣的中國文學」的見解。

這種貫通性的、毫無斷裂的史觀，在後來陸續發表的文章也不斷重新討論。他把台灣文學的起點設定在荷鄭時期以降，特別是郁永河在十七世紀末期所寫的《裨海紀遊》，認為是台灣鄉土文學史上值得紀念的一部作品[7]。他欣賞郁永和的寫實主義精神，以及在困難環境中與大自然搏鬥的描繪。葉石濤的企圖，於此可見。他一方面強調人民立場的重要性，一方面則開始收編官方的文學作品。這不僅拉長了文學史的格局，也使審美的視野擴張到古典時期。從而，也讓具有官方立場卻能表現寫實主義的精神納入文學史的範疇。無論是歷史的縱深，也就是時間意識的加濃；或是鄉土的拓寬，亦即空間意識的擴充，都足以看出他書寫文學史的格局。

接受宋澤萊的訪談時，葉石濤也再次指出戰前戰後的鄉土文學一直默默存在著，「它是連綿不斷的繼續發展下來。」[8]在這次訪談中，已可發現他開始提出「走本土文學路線」的主張。不過，他的本土並非是僵化教條的觀念，而是呼籲台灣作家與文學研究者應注意到中國傳統文學的傑作，以及第三世界文學的成就。質言之，葉石濤在八〇年代初期的本土論，已經不是封閉式的思考，而是開放、多元的態度。這似乎又可以視為他文學史觀的另一項突破。

漢文學傳統在台灣文學史上的影響，是不能全然否認或忽視的。葉石濤總是不忘其歷史意識的整體性（totality），認為台灣文學固然有其特殊的風土環境與殖民經驗，它的成長歷程絕對不是孤立的，而是不時吸收外來的文化資源。儘管這種文化吸收有時不免是強迫性的、殖民性的，卻不能不承認台灣的本土文化內容就因此而益形豐饒且繁複。

直到他著手撰寫《台灣文學史綱》時，史觀的建構似乎已宣告成熟。他仍然側重在台灣文學的特殊歷史經驗，但同時也強調外來的影響，這包括中國文學的傳承，西方與日本思潮的激盪。也許他的這種見解會遭到質疑，是不是在解嚴以前思想受到檢查，所以才特別顧及到中國傳統的影響力量。縱觀他全部的書寫，葉石濤似乎沒有這樣的用心良苦。因為，這與他所持的歷史整體性有非常密切的關係。台灣的漢文書寫，無論是古典或現代，都未嘗脫離舊文學的影響。承認這種影響，並不會使文學的本土性格受到動搖。鄉土文學的奠基，並非是憑空製造的，而是有其源遠流長的孕育。台灣移民社會中的漢人既然是來自中國原鄉，則其文字在朝向本土性發展時，必然還是帶有傳統的文化色彩。「本土」是不斷成長、不斷衍生，也是不斷擴張的文化概念，葉石濤便是以動態的觀點來看待。葉石濤對郁永河文學的推介與詮釋，當是出於這種思考。

葉石濤的鄉土意識，或更確切地說，他的台灣意識誠然是從歷史經驗獲得的認知。他撰寫的〈沒有土地，哪有文學〉，就更加清晰地把台灣意識與這塊島嶼所形塑起來的空間、時間觀念結合在一起。這種意識是來自長期抵抗運動而累積起來的共通精神。降及近代，台灣知識分子在抗日活動中是依照兩種意識形態在進行。一種是資產階級的非武裝抗日運動，一種是接收了西方社會主義各種流派思想，而結合勞工大眾所發展出來的階級運動[9]。前者是右派的，後者則是左派。這兩條政治路線也反映在文學運動之中。他認為，離開了台灣這塊土地，文學是不可能存在的。

從鄉土文學的構思開始，一直到以抵抗運動所延伸出來的台灣意識為止，都可理解葉石濤在撰寫文學史所做的思考準備工作。他建構文學史上的台灣圖像之際，官方依恃的中華民族主義還並沒有退潮。因此，就文學史的書寫本身而言，便已充滿了抵抗與批判的色彩。台灣民間的國族論述，確實透過葉石濤的努力，而找到解構官方國族論述的著力點。

《台灣文學史綱》：左翼寫實主義的史觀

歷史書寫是國族想像的具體浮現。沒有歷史記憶的呈現，國族想像將只是虛無的存在。葉石濤在一九八七年解嚴之前完成的《台灣文學史綱》，等於是為台灣意識、鄉土想像與國族論述提出具體的證詞。這部作品清楚地把他的空間意識與時間意識的規模勾勒出來。因此，《史綱》雖是屬於提綱挈領的簡要敘述，卻相當完整地鋪陳了他的文學史觀。在書前的序文中，葉石濤毫不諱言書寫的動機：「我發願寫台灣文學史的主要輪廓，其目的在於闡明台灣文學在歷史的流動中如何地發展它強烈的自主意願，且鑄造它獨異的台灣性格。」[10]撰寫這部文學史的背後，有一股意志在驅使；所以葉石濤接著又說：「從日據時代到現在，台灣知識分子莫不一致渴望，有部完整的台灣史出現，以紀錄在這傷心之地生活的台灣民眾血跡斑斑的苦難現實，特別是最能反映民眾心靈的文學，要有一部翔實的紀錄，以保存民族的歷史性內心活動的記憶。」《史綱》的用心所在，於此可見。

台灣文學的自主意願，構成了《史綱》所要追求的主題；而全書的目標，則在保存「民族的歷史性內心活動的記憶」。這是葉石濤第一次把自主的文學與民族的記憶銜接在一起。因此，在朝向台灣文學史觀的建構時，他對於每一重要階段的文學發展顯現出來的自主性格都特別強調。例如，在該書第二章關於一九二〇年代的台灣語文與新舊文學論爭，他就明白揭示語文與國族的關係。他說：「一個近代國家的形成，有賴於能夠擔負國家內外事務重責的國民的存在。國家的主體是國民，因此，每一個國民擁有共同的語言，以便讀、寫及互相能夠清晰地表達意志，是必不可缺失的。」[11]由語文所延伸出來的文學作品，自然就成為近代國家形成時的主要因素之一。把文學提升到國家構成的層面時，葉石濤的史觀顯然已指向一個民族文學的誕生了。

在討論自主的文學時，它並不把台灣文學視為封閉的美學活動。就像前面所述，他是以動態的觀點考察歷史。因此，在撰寫《史綱》時，他不否認台灣新文學的萌芽，確實受到五四運動的影響。縱然他沒有提及這樣的影響究竟深還是淺，不過早期台灣文學先驅援引五四運動的事實，則是無可辯駁。中國新文學的影響日益淡薄的原因，葉石濤認為，台灣原來就是殖民地社會，在政治、經濟、文化、教育各方面都有巨大的改變。在特定的歷史條件之下，「台灣新文學必須走上自主性的道路，毋寧是正確而不可避免的途徑。」[12]

葉石濤的論斷，自然是可以接受的。其實，台灣文學自主性的塑造還有另外一個重要原因，便是二〇、三〇年代台灣作家的思考與寫作日益成熟，在理論與創作方面無需繼續仰賴中國新文學的養分。在《史綱》的討論中，事實上已提供了清楚的答案。隨著政治運動的自治要求，台灣知識分子對於台灣文化的自我追尋，抱持相當大的信心。文化運動的提升，終於也造成台灣文學意識的覺醒。作家的覺醒，表現在寫實主義精神的盛行。《史綱》通篇的敘述，再三指出寫實主義文學是台灣文學的主流。台灣作家在殖民地社會裡所關注的，是受到欺侮的勞苦百姓；或者如葉石濤所說，他們「對窮苦的農民和工人懷有深厚的人道主義胸懷」[13]。

寫實主義的美學，引導台灣作家專注於關心台灣人民與土地的命運。《史綱》特別重視每一時期的寫實作品，似乎與人民、土地脫節的作家，便很難獲得葉石濤的注意。在他的史觀裡，並沒有省籍或族群的偏見。然而，當他以寫實主義的標尺來衡量作家時，就立即檢驗出哪些作品是真正關心台灣社會現實的。本地作家對台灣事物的描述，較諸日籍作家或外省作家都來得真切，從而在《史綱》所受的評價也就較高。這純粹是從美學的標準來品評，與作家的出身無關。不過，葉石濤的寫實主義觀點，事實上帶有社會主義的傾向。這種傾向當然與他戰後初期的左翼思想洗禮有非常密切的關係[14]。

關於政治意識形態的問題，葉石濤公開承認過：「我以前接受過馬克思主義的洗禮，所以並不屬於資產階級的胡適等人的舊自由主義，我是帶有濃厚的社會主義傾向的新自由主義者。」[15]為了社會主義的思想信仰，他曾經受到逮捕與審判。正因為如此，在他史觀建構的過程中，左派觀點的寫實主義就變成不可分割的一環。以社會主義的信仰為基礎，《史綱》中的歷史敘述自然就沾染了高度的左翼色彩。例如，對於一九二一年組成的台灣文化協會，葉石濤的評價就頗有保留。因為，自一九二五年以降，台灣農民運動的浪潮日漸高漲，而文化協會對這整個形式表現得手足無措。葉石濤說：「面對農民的實際生活上的困境，文化協會所能做到的是以談判、妥協、溫和的請求來幫助農民獲得苟延殘喘，未能為農工獲取徹底的生活改善。這顯示資產階級領導的文化協會的活動有限界存在。」[16]這段評語，具有微言大義的暗示。他似乎在《史綱》裡隱隱透露社會主義的信仰，並且以此做為品評作家的尺碼。

在評論楊逵文學時，葉石濤更是渲染他的社會主義觀點。尤其是關於〈送報伕〉的文學成就，他提出如此的見解：「楊逵的這篇小說最大的貢獻，在於他把台灣新文學作品的反帝反封建的主要思想，以巨視性的觀點跟全世界被壓迫的農工階級的解放運動連結起來，使得台灣新文學運動成為世界性被壓迫的所有農工和弱小民族的抗議運動的一環。」[17]楊逵文學受到如此高度的肯定，正是葉石濤的社會主義信仰所延伸出來的論斷。這種評價出現在當時極右的反共社會，幾乎可以說是絕無僅有。他很清楚，社會主義的批判精神比起任何政治思想都還要旺盛。在論斷殖民地文學時，他會選擇左派立場來評價，主要是因為從這種觀點才能看清楚殖民體制的本質。殖民者權力的氾濫與支配，貫穿台灣內部的各個階級，而終於滲透到最底層的工人與農民。工農階級因為是受到最深重的壓迫，因此他們的抵抗精神也相對來得強烈。葉石濤頗知殖民地文學產生的時代條件，倘若要恰當地給予評價，就不能不揭露殖民體制的真貌，從而也不能不挖掘台灣作家的抵抗精神。社會主義的寫實美學，正好提供他一個強悍有力的觀察位置。

對他的左派立場有了理解以後，那麼在回顧他對戰後一九七〇年代鄉土文學論戰所下的評語時，也就不致感到意外。葉石濤認為：「它（鄉土文學論戰）的根本精神，是扎根於台灣人民朝氣蓬勃、力求上進的靈性，跟日據時代反帝、反封建的台灣新文學運動一樣，也跟第三世界的被壓迫民族站在同一立場，對外反對新的殖民主義與經濟侵略，對內反對腐化無效率的官僚主義機構，革新政治，批判以一個家族為核心的自私的封建性、財閥和買辦的貪婪豪奪，欲使國家現代化。」[18]在字裡行間，處處充滿了高度的政治暗示。他把戰後文學與日據時期新文學等同起來，從而凸顯了戒嚴體制與日據殖民體制之間一定程度的同質關係。他更進一步為戰後文學定位在第三世界弱小民族的立場，這與他的社會主義信仰可謂相互呼應。第三世界文學既是抵抗的，也是批判的；葉石濤站在這個角度來總結鄉土文學論戰，顯然是意有所指。

《史綱》的最後一章，乃是以八〇年代文學做為結束的討論。這章最值得注意的，當推第二節的〈什麼叫做台灣文學〉。他首先指出，在日據時期的日籍作家已經承認，「台灣文學所表現的民族傳統風格和意識形態，跟日本文學格格不入」[19]。他認為，三〇年代發生的台灣語文論爭與鄉土文學論爭，都在於追求文學與土地之間的結合。到了戰後的四〇年代，外省籍作家已開始擔心台灣文學會朝向更特殊化的途徑去發展；而本省籍作家則強調，台灣文學已有自己的文學傳統，應該將此香火延續下去。不過還必須等到穿越了七〇年代鄉土文學論戰的洗禮後，台灣作家才成功地為

「台灣文學」定名。在這個問題上，他再次提出自己的看法：「儘管有人仍然反對使用『台灣文學』的名稱，但重要的是台灣新文學既有六十多年的歷史，無論用什麼名號，都無法抹煞鐵錚錚的內涵。」[20]換句話說，他重視的是文學本身的內容與精神，而這絕對不是其他社會產生的文學所能取代。

完成《台灣文學史綱》之後的葉石濤，基本上已為戰後文學的本土運動豎起了一座雄辯的碑石。這是不是代表他的文學史觀的建構已經完全竣工？如果觀察在《史綱》之後他所發表的文字來看，似乎這只是完成階段性的任務而已。他並不以《史綱》做為史觀建構的終結；相反的，在這本重要著作的基礎上，他繼續開拓新的視野與新的詮釋。

台灣史觀：未完的工程

《史綱》正式付梓問世以後，台灣社會才從戒嚴體制中獲得鬆綁。因此，這部作品也象徵了葉石濤在思想受到檢查的年代所呈現的歷史解釋。台灣社會一旦擺脫了政治上的羈絆，曾經受到壓抑的各種思考都紛紛恢復生機。一向以動態、辯證的觀點看待文學發展的葉石濤，對於自己的史觀又有更為寬闊的開拓。

無可否認的，他對於八〇年代的多元化文學不免抱持悲觀的態度。他認為隨著消費文化的到來，台灣文學逐漸產生「質變」。這種質變，見諸於新世代作家的「作品題材，充滿虛幻性，並不扎根於現實土壤，所以作品往往有很大的遊戲空間，變成文字的角逐場所」[21]。他所見證的作品，應該是指後現代文學而言。與文學史上台灣作家抱持文以載道的精神最大不同的地方，在於新世代作家「以多元而無主義的姿態出現」。這裡所說的「無主義」，指的是沒有任何的意識形態。也就是說，新世代作家比較不具中心思想。不過，他最大的憂心是，文學淪為商品化，只是追逐娛樂與官能上的刺激。他希望，這只是「移行（過渡）時期」的暫時現象，而不是台灣文學發展的方向。從這個觀點看，葉石濤仍然還堅守著寫實主義的美學，很難接受情欲文學或同志文學的出現。這個問題，恐怕還值得進一步討論。

他指出，八〇年代的新世代作家已出現兩條路線。一是以大多數的外省作家為主，把意識形態摒棄，專注於文學的美學化、哲學化的經營。一是以本省作家為主，那就是繼承傳統抗議精神的抵抗文學，使本土意識更為激化和深化[22]。葉石濤認為，後現代文學使用各種創作技巧，從寫實主義到魔幻寫實，多元並存。不過，他擔心的是八〇年代作家不但摒棄人道主義關懷，同時也把歷史視為包袱，而淪為遊戲文學。他承認，這種看法也許過於悲觀，只是在悲觀的情緒裡，他仍然還懷有一絲希望：「這些新人類剛剛起步，他們還有漫長一段路要走。他們已經顯示了以往的老一輩作家所缺乏的銳利的知性和敏銳的感覺。我們沒有理由懷疑，他們在九〇年代再能締造更輝煌的台灣文學，以承繼幾達七十年的台灣新文學的優越傳統。」[23]新世代作家沿襲的兩條路線，無論思考方式是何種程度的兩極化，葉石濤都視為台灣文學的一部分。不過，文學史的前程，是否會依照他主觀意志去發展，還有待觀察。

從另一方面來看，他的史觀建構在解嚴後，逐漸從階級的議題轉移到族群的問題之上。這是葉石濤在歷史解釋的工作上，表現了極其生動的一面。必須特別注意的是，他對「本土化」一詞的定義，較諸過去還富有彈性。朝向本土化是台灣文學歷史上必然的命運，葉石濤如此堅信著。他說：「只要有本土化的共識，所有台灣各族群各自依循自己的文學傳統，以各種聲音、各種歷史傳統、各種不同生活歷程，用不同語言抒發自己離合悲歡和現實生活歷程，可以和諧、自由、寬容、多元地生活在一起。」[24]這種定義本土化的方式，已比《台灣文學史綱》中的詮釋還更具豐富的想像。其實，他想說的是，凡是在這島嶼上所釀造出來的作品，都是屬於本十文學。不論作家是屬於早期或晚期移民，是屬於原住民或漢人，他們的作品都必然納入台灣文學的範疇。

特別是就原住民的作品而言，葉石濤第一次提出這樣的看法：「台灣文學的母體應該是台灣先民遺留下來的口傳文學。」他相當樂觀地預告台灣文學的前景，對於八〇年代原住民文學逐漸蔚為風氣的情況，他說：「剛萌芽的原住民文學，應該會成為台灣文學領域中的一朵奇葩。」[25]葉石濤持有這樣的見解，主要是出自他對歷史的認識，因為自古以來台灣就是「漢番雜居」的移民社會[26]。既是屬於移民社會，台灣社會內部的各個族群就是文學所要反映的內容。不同的族群，擁有各自不同的語言文化，也充滿各自不同的歷史記憶。原住民有九族，再加上消失的平埔族，以及構成漢人社會的客家、河洛與外省族群，都是台灣文學內容的重要一環。葉石濤認為，每個族群都可以發展自己的母語文學，但必須尊重其他的母語文學，而這種文學又能獲得各族群的認同。多存而多元的表現，正是日後台灣文學將要發展的方向。

對於外省族群的文學，葉石濤似乎有所保留。從五〇年代一直到八〇年代，他的看法是，「外省族群建立的文學，直到今天仍然是遠離台灣的土地和人民的失根、飄泊的文學。」[27]他指的是，五〇年代反共文學、六〇年代西化文學，以及八〇年代以後的同性戀、性、女性自覺抗爭的作品，大多是由外省作家寫出來的；而這些作家關心的問題，「並非民眾生活裡的重大困境」。也就是說，他認為外省作家從第一代，到第二代，甚至第三代，還未能充分關心現實中台灣廣大民眾的生活。他樂觀地認為：「（外省族群）他們的子孫也將成為新台灣人的一部分，而他們所創造的文學也會成為台灣文學的重要成分。」[28]不過，基本上他還是呼籲外省作家應該認同台灣的現實。

八〇年代的情欲文學與同志文學，並不必然都出自第二代外省作家的手筆。情欲與同志議題應該是橫跨階級與族群的議題。這些涉及情欲的文學作品，是台灣社會中活生生的現實。如果葉石濤的「本土化」定義，是指各種生活方式和諧而寬容地共存在一起，則同志與情欲文學應該也要納入本土文學的脈絡中。更河況，葉石濤的史觀已明白陳述，歷來的台灣文學就是反映台灣社會尋求解放過程的抗議文學。從這個立場來看，情欲與同志文學事實上也是台灣社會解放運動的其中一環。這個問題恐需另闢章節深入討論。不過，此處有意要強調的是，進入九〇年代以後，葉石濤已經能夠在階級的問題以外，再進一步挖掘族群的問題。在面對九〇年代文學到來時，他的史觀建構也許再需要投注到性別的議題之上。

葉石濤以後半生的時光，集中在台灣文學史的整理。縱然《台灣文學史綱》完成迄今已超過十二年，他仍然孜孜不倦致力於史料的再搜集與史觀的再建構。頗令人動容的，莫過於他耗費數年時光，翻譯了已故學者黃得時先生的〈台灣文學史序說〉、〈台灣文學史第一章：明鄭時代〉、〈台灣文學史第二章：康熙雍正時代〉，以及〈輓近台灣文學運動史〉等四篇文章[29]。即使這些文字並不是很完整，卻已相當可貴地填補了當代學者長期以來的一些缺憾，使後人能夠窺見漢詩傳統整理的苦心，更能窺見前人在建立台灣文學史時所下的功夫。

台灣文學史的工作已經完成了嗎？文學史觀的建構已經終結了嗎？這些問題對辛勤不懈的葉石濤來說，答案當是屬於否定。他仍然專心觀察現階段的文學動態，仍然注意任何可能出土的文學史料，仍然還在開拓他的文學史觀。在日據時期，他親歷過殖民經驗；在戰後以來，他又穿越再殖民的經驗。彷彿是內斂而不具行動能力的他，已經以具體的歷史作品回應了兩個不快樂的年代。只要他繼續保持思考與觀察的能力，他的文學史觀就是一個未完成的工程。通過辯證的思考，他修正自己的舊日見解，並統合不同的詮釋。他的完成，就是他的未完成；而他的未完成，則有待後輩繼續完成。

註釋

1 葉石濤，〈不完美的旅程〉，《不完美的旅程》（台北：皇冠，一九九三），頁四四八。

2 葉石濤，〈台灣的鄉土文學〉，《台灣鄉土作家論集》（台北：遠景，一九七九），頁二七—三九。

3 葉石濤，〈撰寫台灣文學史應走的方向〉，《台灣文學的困境》（高雄：派色文化，一九九二），頁一三—一四。

4 葉石濤，〈台灣鄉土文學史導論〉，《台灣鄉土作家論集》，頁一—二五。這篇文章又收入尉天驄編，《鄉土文學討論集》（台北：編者自印，一九七八），頁六九—九二。

5 關於葉石濤與陳映真之間的論辯，參閱宋冬陽（陳芳明），〈現階段台灣文學本土化的問題〉，《台灣文藝》第八十六期（一九八四年一月），頁一〇—四〇。後收入宋冬陽，《放膽文章拼命酒》（台北：林白，一九八八）。

6 陳映真，〈鄉土文學的盲點〉，《鄉土文學討論集》，頁九三—九九。

7 葉石濤，〈光復前的台灣鄉土文學〉，《作家的條件》（台北：遠景，一九八一），頁一一。

8 宋澤萊訪問，〈為台灣文學找尋座標〉，收入葉石濤，《小說筆記》（台北：前衛，一九八三），頁一九一。
9 葉石濤，〈沒有土地，哪有文學〉，《沒有土地，哪有文學》（台北：遠景，一九八五），頁一—四。
10 葉石濤，〈序〉，《台灣文學史綱》（高雄：文學界，一九八七），頁二。
11 同上，頁一九。
12 同上，頁二八。
13 同上，頁五〇。
14 有關葉石濤在戰後初期的社會主義信仰，參閱陳芳明，〈殖民主義與民族主義：葉石濤的思想困境（一九四〇—一九五〇）〉，《左翼台灣：殖民地文學運動史論》（台北：麥田，一九九八），頁二六三—八五。
15 葉石濤，《一個台灣老朽作家的五〇年代》（台北：前衛，一九九五），頁四九。
16 《台灣文學史綱》，頁五五。
17 同上，頁五二。
18 同上，頁一五〇。
19 同上，頁一七〇。
20 同上，頁一七二。
21 葉石濤，〈論八〇年代台灣文學的特色〉，《展望台灣文學》（台北：九歌，一九九四），頁四六。又見葉石濤，〈八〇年代作家的特質〉，《台灣文學的悲情》（高雄：派色文化，一九九〇），頁八八—八九。
22 葉石濤，〈八〇年代作家的櫥窗：評《新世代小說大系》〉，《展望台灣文學》，頁五二—五三。
23 葉石濤，〈回顧八〇年代台灣文學〉，《台灣文學的困境》（高雄：派色文化，一九九二），頁三八。
24 葉石濤，〈台灣文學本土化是必然途徑〉，《展望台灣文學》，頁一六。
25 葉石濤，〈開拓多種族風貌的台灣文學〉，同上，頁一九。

26 葉石濤，〈台灣文學未來的新方向〉，《台灣文學入門》（高雄：春暉，一九九七），頁一九三。

27 同上，頁一九四—九五。

28 葉石濤，〈台灣文學的多民族性〉，收入台灣文學論集刊行委員會編，《台灣文學研究的現在：塚本照和先生古稀紀念》（東京：綠蔭書房，一九九九），頁四一。

29 黃得時的四篇文章之譯文，已收入葉石濤編譯，《台灣文學集：二》（高雄：春暉，一九九九），頁一—一〇。

本文收入鄭炯明編，《點亮台灣文學的火炬：葉石濤文學國際學術研討會論文集》（高雄：文學台灣，一九九九）。

張愛玲與台灣文學史的撰寫

引言

張愛玲的文學成就，很早就受到肯定；但是，有關她的歷史地位，至今似乎還未獲得定論。在中國、香港與台灣三地所撰寫的文學史作品中，張愛玲所受注意的程度，顯然與她的文學造詣不成比例。她的歷史定位之所以發生困難，恐怕與她一生的「孤島」旅程有極其密切的關係。

在張愛玲的生命裡，應該包括三個孤島時期。第一個孤島時期，是一九四二年到一九四五年之間的中國抗日戰爭末期；亦即張愛玲在上海發表第一篇小說的那年開始，一直到日本投降為止。這段時期，上海作家與中國內地切斷聯繫，無論在肉體上或心靈上，都停留於孤島狀態。第二個孤島時期，是一九五二年到一九五四年，張愛玲流亡於香港的時期。在香港孤島上，她完成了《秧歌》與《赤地之戀》兩部小說。這時，中共建國已經成功，反右氣焰相當高漲，張愛玲再次與中國內地切斷關係。第三個孤島時期，從一九五五年張愛玲赴美，到一九九五年去世為止，她的作品在台灣孤島上大量流通，重振其文學靈魂。張愛玲在島上放射其高度的影響力時，距離中國內地就更加遙遠了。

她的「一意孤行」，對中國現代文學史而言，自然帶有「抵中心」（decentering）的意味。以左翼史觀為中心的中共史家，顯然不能接受張愛玲的「反共」立場[1]。同樣的，以右翼史觀為中心的國民黨史家，側重於抗日文學的歷史評價；對於張愛玲在汪精衛時期的上海作品，自然不會給予重視[2]。即使在香港出版的有關中國新文學著作，在討論上海的「孤島文學」時，也刻意避開張愛玲不談[3]。因此，到目前為止，張愛玲的文學評價似乎不可能被納入中國新文學史的發展脈絡之中。

相形之下，張愛玲在台灣所獲得的待遇，恐怕也超出她本人的意料之外。從五〇年代《秧歌》介紹到台灣之後，張愛玲受到重視的程度，幾乎日益升高。她在台灣造成的文學影響力，同時代的任何一位作家可能都無法望其項背[4]。然而，可怪的是，張愛玲在台灣卻從未定居過。一位作家可以不必生活在台灣，卻能在島上放射無限的魅力，毋寧是文學史上的一項異數[5]。她在一九六一年訪問台灣數天而已，除此之外，任何紀錄都顯示不出張愛玲與台灣有任何關係[6]。縱然如此，張愛玲得到的尊崇，足以睥睨同儕。

不過，她獲得尊崇是一回事，台灣文學史如何接納她又是另一回事。對照於到目前為止的所有中國文學史的撰寫，台灣文學史家對待張愛玲可謂不薄。以葉石濤的《台灣文學史綱》為例，他在書中以如此的語句指出：「張愛玲是四〇年代傑出的作家之一。」他又說：「張愛玲的《秧歌》著重描寫農民生活的日常性，以女作家特有的細膩觀察描寫農民瑣碎的生活細節，當然也沒有口號式的誇張批判，卻反而把共產統治下的農村現實寫活了。」[7]葉石濤的筆法，直接把張愛玲置放於台灣文學史的軌跡上。這種史觀，不能不說是相當具有突破性的了。反而是中國學者在研究台灣文學時，表露了極為尷尬的態度[8]。

台灣文學史的撰寫，自然是以台灣史家的史觀為重心。葉石濤的突破性筆法，似乎僅是孤例。後來，彭瑞金撰寫文學史時，也絲毫沒有為張愛玲文學做任何歷史的評價[9]。這足以說明，張愛玲雖在台灣擁有廣大讀者與模仿者，文學史的閘門並沒有為她打開。為什麼張愛玲要進入台灣文學史竟然會產生困難？究竟障礙出於何處？這篇論文企圖回顧張愛玲文學在台灣所引起的爭議，同時從爭議中窺探她的歷史定位之所以產生困擾的原因。通過這樣的回顧，本文嘗試為張愛玲作品尋找台灣文學史脈絡中的一個位置。

夏志清的《中國現代小說史》

張愛玲文學之介紹到台灣，絕非一朝一夕造成的，而是經由前後長達十餘年的時間慢慢累積起來。成名於一九四〇年代的張愛玲，在上海時期就普受肯定，迅雨、胡蘭成、柳雨生、譚正璧的評文都在一九四四年先後發表[10]。但是，一九四五年戰爭結束後，在汪精衛時期發表作品的作家，受到高漲的中華民族主義氣氛的封鎖，一時受到排斥或議論。這段期間，關於張愛玲的評論文字似乎未曾出現。一九四九年，中共建國成功，張愛玲未及逃出，停留於上海將近三年之久。海外作家對於她的下落，並未表示任何關切。直到一九五四年，張愛玲突然在香港的《今日世界》雜誌上連載《秧歌》與《赤地之戀》兩部作品，遂又引起注意。

台灣文壇最初之接觸張愛玲，並非是由文學作品開始，而是透過夏志清的評介文字獲得初步了解。那是一九五七年《文學雜誌》發表的兩篇夏志清評論[11]。張愛玲日後於台灣文壇所引發的爭論，顯然也是由這兩篇評論點燃的。夏志清評張愛玲的作品，事實上是他當時撰寫英文版《中國現代小說史》計畫中的一部分。在台北主編《文學雜誌》的夏志清令兄夏濟安，優先將其完成的章節譯成中文發表。身為主編的夏濟安，在刊登〈張愛玲的短篇小說〉一文之後，特別加上按語：「本文原為介紹張愛玲給美國讀者而寫，因此討論的時候態度也許顯得過分『熱心』。假如這篇文章能夠使國人注意到張愛玲在中國文學史上地位的重要性，她將能得到更公允的批判。」[12]

夏濟安的這段按語，值得注意的地方有二：一是說明夏志清的文章係為美國讀者而寫；一是指出夏志清的討論態度過分「熱心」。凡熟悉當時政治環境的研究者都很清楚，五〇年代的美國與台灣，都是反共氣焰特盛的時期。在那樣的環境下，討論中國新文學史時，自然不免對左翼作家都抱持貶抑的態度。張愛玲被提高到與魯迅一樣同等地位，在當時是屬於相當突破性的評價；因此，所謂「熱心」一詞，應是指此而言。

在那段動亂的時期，夏志清能夠獨具慧眼注意到張愛玲歷史地位的評價，可謂不易。不過，五〇年代反共的客觀環境，無疑也助長夏志清肯定張愛玲的勇氣。因此，在評價《秧歌》一書的結論時，夏志清終於也毫不掩飾他的反共立場：「《秧歌》不僅是一部中國農民受苦受難的故事，而且是一部充滿了人類的理想與夢想的悲劇；而人類的理想與夢想是為共產黨所不能容的。」[13]張愛玲作品之所以能夠進入台灣，可以說歸因於台灣的反共政策；由於反共，而開啟了一個缺口，張愛玲文學遂通過這缺口，接觸了五〇年代的台灣社會。

張愛玲一度被視為「反共作家」，恐怕與類似夏志清的評價有關。事實上，她本人對於這樣的見解頗耿耿於懷。在夏志清的評論文學發表之前，張愛玲於稍早曾寫信告訴胡適：「您問起這裡的批評界對《秧歌》的反應。有過兩篇批評，都是由反共方面著眼，對於故事本身並不怎樣注意。」[14]如果張愛玲沒有撰寫《秧歌》，如果當時的台灣沒有實施反共政策，相信台灣文壇對她的接受不會來得那麼早。如前所述，張愛玲一直是一位「抵中心」的作家，倘若她要迎合當時的風潮，盡可乘著反共政策之便在台灣大量發表作品。然而不然，她仍然無視於客觀環境所營造出來的對她有利之條件。因此，在夏志清評文發表後的十年，張愛玲未再受到台灣文壇的注意。直到一九六八年，皇冠出版社開始重印她早期作品[15]。海外學者水晶也同時發表系列有關張愛玲作品的研究，從此開啟台灣文壇對她作品的熱烈討論。

這樣的討論，基本上還是沿著夏志清的批評路線而展開的。不過，在這些討論中牽出的問題，已不只是作品內容的探索而已，張愛玲在文學史上的地位開始成為台灣作家注目的焦點。為了檢討上的方便，似乎可以把七〇年代在台灣的張愛玲論分成兩條路線，一是以水晶為中心的研究，引發了林柏燕的挑戰；一是以唐文標為中心的史料整理，遭到作家朱西甯等人的反駁。水晶與林柏燕的論爭，集中於張愛玲歷史定位的問題；唐文標與朱西甯之間的議題，則側重在「殖民地作家」的評價問題。這兩個陣營的討論，都涉及台灣文學史撰寫的方法與史觀，值得重新再檢討。

水晶VS.林柏燕：張愛玲的歷史定位

毫無疑問的，使張愛玲在台灣重新復活的，當推水晶與唐文標二人。水晶從作品著手，剖析張愛玲文學的內在結構，頗能揭露小說中的靈魂精髓。必須承認的是，水晶的研究帶動了台灣社會閱讀張愛玲小說的風氣。從六〇年代末期開始，水晶在海外之便，首先獲讀張愛玲長篇小說《怨女》在香港《星島日報》的連載，遂展開一系列的作品研究[16]。伴隨著張愛玲作品的重印，新一代的讀者幾乎都對她保持高度的好奇心。

水晶的文字，可以說開闢了兩個值得注意的方向。第一，他在研究之餘，也親自去訪問張愛玲，卸除了存在於台灣讀者心中的神祕感。他對張愛玲本人的興趣，顯然不遜於對她作品的熱心。張愛玲的隱居生活，對台灣讀者而言，遂逐漸形成重要的議題[17]。第二，更為重要的，水晶的批評文字，超越了當時的政治偏見，而純粹就文學作品本身進行藝術的考察。具體而言，水晶既未受中共左翼文學觀的影響，而且也未受夏志清反共觀點的影響。他的研究無疑為日後的「張學」奠下基礎；西方文學批評的訓練，可以說協助水晶擺脫了許多無謂的政治解釋[18]。

在水晶的系列研究中，對於張愛玲的歷史地位並未觸及。不過，他在比較張愛玲與三〇年代作家郁達夫時，顯然是褒張貶郁。水晶特別指出：「郁達夫的小說，像前面所說，是充滿了偷窺、戀物癖、嫖妓等描寫的。因為他的故事，缺乏一種內在的邏輯，這些描寫便自成一個單元，可以任意從故事裡抽出來看，而用不著顧慮人物的心理和因果關係。」[19]相形之下，同樣描寫具有戀物癖男性的張愛玲小說，就能夠從心理層面去挖掘，相當生動寫出一位沙文主義男性的傲慢與脆弱。

從心理學的鏡子意象，到神話結構的分析，使得水晶的張愛玲研究朝向一個規模龐大的批評工程去建立。無形中，張愛玲的歷史影像也隨著提升膨脹。因此，水晶的研究文字編輯成集之後，夏志清為他寫書序時，就不免帶進張愛玲歷史評價的問題。夏志清承認他對張愛玲作品的接觸，始於宋淇（林以亮）的介紹。讀過《傳奇》與《流言》之後，使他頗為震驚，那是一九五二年的事。夏志清說：「隔兩年（一九五四）讀了《秧歌》、《赤地之戀》，更使我深信張愛玲是當代最重要的作家，也是五四以來最優秀的作家。別的作家產量多，寫了不少有分量的作品，也自有其貢獻，但他們在文字上，在意象的運用上，在人生觀察透徹和深刻方面，實在都不能同張愛玲相比。」[20]

夏志清的措辭用字，等於把張愛玲的文學地位提升到中國新文學史的最頂端。不僅如此，夏志清又提到加州大學教授Cyril Birch編的*Anthology of Chinese Literature*，「該書選了《怨女》英文本頭兩章來代表自由中國的文藝成就」[21]。至此，夏志清的序文不只視張愛玲為中國五四以來的最優秀作家，同時又認為她是代表自由中國的文藝成就。這種評語，等於是對台灣作家構成極大的挑戰。

水晶的《張愛玲的小說藝術》出版於一九七三年，當時台灣社會正處於內外動盪的局面。緊跟著釣魚台運動（一九七〇）、退出聯合國（一九七一）、台日斷交（一九七二）等一連串政治事件，台灣知識分子都孕育一股強烈的危機意識，也因此對台灣本土文化抱持著前所未有的關切。在那段危疑時期，反映在文學運動上的重要現象，便是新詩論戰的爆發。從這些論戰文字可以發現，當時台灣作家的美學無非是建基於台灣的現實環境之上，同時文學思潮也偏向於寫實主義的表現[22]。因此，對於來自海外學者的文學批評，也相對地具備了高度的敏感。在這種客觀條件下，首先回應夏志清、水晶的文字，出自於文評家林柏燕之手。

林柏燕集中於張愛玲作家地位的討論，對於「最重要」與「最優秀」的評語提出他的質疑。從中國五四傳統的觀點而言，林柏燕指出：「五四以來中國人民受盡了戰亂與苦難，而我們的作家在隨波逐流之下，又有幾個真能以『最重要、最優秀』而當之無愧？」[23]林柏燕的見解，頗能反映當時台灣文壇的寫實主義美學；也就是說，他是以中國的苦難經驗去考察張愛玲的作品內容。不過，林柏燕的批評文字裡，雖然不贊成把張愛玲視為最重要的作家，他自己卻也沒有提出任何作家與她相互比較。倒是對於「代表自由中國的文藝成就」的說法，林柏燕認為：「如果今天把姜貴、朱西甯、司馬中原、鍾肇政、黃春明的其中一些作品翻譯出去，個人深信，絕不至於比張愛玲差到哪裡。」[24]

在這個時期的林柏燕，似乎還未對張愛玲的文學作品有全面的了解。他一方面承認「她是少數兼有女性細膩的觸覺及理智批判的女作家」，另一方面則又認為「她的題材是狹窄的，在女性的角度來說，她更忽視了中國廣大社會婦女的一面」。在女性主義思潮尚未引進七〇年代的台灣社會時，林柏燕受到時代的局限，顯然沒有辨識出張愛玲小說中強烈的女性意識。林柏燕以為，她只是關心那些遇人不淑、自悲身世、逼良為娼、少奶奶、姨太太等等的女性生活。事實上，張愛玲所指控的，便是透過這些女性角色的形塑，暴露中國男性宗法社會與家族文化的黑暗落後[25]。

林柏燕的批評，立即得到水晶與夏志清的答覆。夏志清並沒有正面回應，不過，他特別強調：「假如林先生派定我是『建立張愛玲聲譽的功臣』，我將引以為傲，因為我這裡『功臣』之『功』，也是改寫中國文學史之功。」[26]這樣的自我辯護，應該是可以成立的。因為，他的《中國現代小說史》，以二十二頁寫「魯迅」，以三十八頁寫「張愛玲」，全然迥異於中國共產黨文學史家的史觀，筆法不可不謂放膽。更為重要的，乃在於他的推薦，而終於造成日後「張學」研究的興起。

在這場論辯中，觸及較為敏感的問題，恐怕還是張愛玲歷史地位的歸屬問題。林柏燕認為：「張愛玲的小說，可以是中國文學的一支，但做為自由中國的文學，其意識是相當淡薄的，其背景與自由中國更扯不上關係。」[27]這裡所指的「自由中國」，乃是指台灣而言。在那段政治當道的時期，台灣一詞原屬禁忌，因此都通稱自由中國。正如前述，七〇年代初期的台灣文壇，正進入新詩論戰階段，本土意識也隨之逐步高漲。因此，林柏燕文中所提「意識淡薄」的說法，便是當時政治氣氛的一個反映。如果使用現階段的語言，林柏燕提出問題的真正意義是：張愛玲是不是台灣作家？

針對林柏燕的質問，水晶特別回答：「張愛玲在美國、在中國大陸，也許還沒有重要性；唯獨在自由中國，她卻是大大的重要，大大的發生了影響力，而且這種影響力的深巨，足以震撼得人『一愣一愣』的。」[28]為什麼具有影響力？水晶具體舉出實例，台灣作家朱西甯和王禎和，「和張女士有近乎師徒的關係」。這種說法不僅可以接受，而且也是屬於無可搖撼的事實。自朱西甯和王禎和以降的台灣作家，有無數作品都可發現張愛玲的血緣與陰影。水晶甚至還這樣預言：「張女士注定要在自由中國，成為最重要的作家，受到許多後來者的推崇與讚美。」

水晶在七〇年代宣告的預言，已證明是沒有落空。張愛玲在台灣所得到的重視程度，絕對不只停留於文學批評的層面，而是內化於（indoctrinated）台灣作家的創作思維之中。不過，林柏燕與水晶之間的議論，對於日後台灣文學史的撰寫有很大的啟發。一位後來在台灣定居生活的作家，可否視為台灣作家？如果作家的文學作品未能具有濃厚的台灣意識，或是未能反映台灣的社會現實，可否代表台灣的文學成就？猶如林柏燕所說：「所謂一國的文學，除了能繼承該國的文學傳統之外，其創作意識與背景，必須是該國的。」依照這樣的標準，林柏燕又進一步指出：「有許多在台灣的作家，個人並不認為能代表自由中國。」[29]倘然這樣的尺碼可以成立，那麼張愛玲顯然不能視為台灣作家的代表。台灣文學史的撰寫，恐怕也很困難將她納入。

然而，水晶提出的答覆也不能不令人深思。有些作家誠然未曾在台灣社會生活過，但他們的影響力卻極為深遠持久，台灣文學史似乎也應讓出空間予以討論。以魯迅為例，戰後的台灣作家受其影響可謂無數；稍早的鍾理和，稍晚的陳映真，都有魯迅的影子[30]。張愛玲在台灣文壇所釋放出來的魅力，幾乎沒有人能夠否認。在撰寫台灣文學史時，能夠不正視廣闊的張愛玲文學流域嗎？

唐文標vs.朱西甯：「殖民地作家」的評價

倘然水晶是以正面的批評方法來提升張愛玲的地位，則唐文標的張愛玲史料蒐集及其批判態度，乃是以反面手法來肯定她的文學史地位。在七〇年代初期的新詩論戰中，唐文標是一位主要的旗手。對於六〇年代現代詩運動的成績，他完全持否定的態度[31]。這種批判精神的崛起，無疑是相應於當時知識分子普遍瀰漫的政治危機意識。因此，唐文標對張愛玲作品的評價，可以說是他批判新詩的一個延續。

唐文標之所以致力於張愛玲文學史料的蒐集，乃是針對當時正在形成的「張愛玲熱」而起意的[32]。但是，蒐集張愛玲的早期作品與相關的文字資料，目的並不是為了探索她的藝術營造，而是為了暴露她文學作品所賴以生存的背景都會上海之黑暗。對唐文標而言，四〇年代的上海不僅是一個租界，而且是不折不扣的殖民地。住在上海的遺老遺少，「他們正在優哉悠哉地過著他們迷信死守的舊制度生活，他們的家就是一個小小的『清朝』，他們留辮子、納妾、抽鴉片、捧優伶、賭博、打麻將、蒔花養鳥，游閒地他們仍在治戀昔日的榮光。」[33]

張愛玲小說中的人物，享受著「存而不在」的殖民地和平。因此，「她是表現這個沒落的『上海世界』的最好和最後的代言人」。就像同一時期唐文標對台灣現代詩的負面批判，他對張愛玲的小說幾乎也提不出任何肯定的評價。對於她的文學世界，唐文標使用了如此嚴重的字句：「回到『張愛玲世界』，我們以為這世界太小、太特殊，和我們世界日距日遠，有什麼幫助的地方呢？裡面宣傳的失敗主義、頹廢哲學，和死世界的描寫，我委實只感染到絕望和對人類失去信心，我想上海那類都市罪惡不應代表人間，男盜女娼只是租界的產物，過渡期人類劣根性的表現，我們不能諱言其必無，但深信活下去是為了把現象改正，代替以人間的愛和同情。」[34]這是最典型的唐文標式的批評。這種批評的立論基礎大約有二，一是作家應該負有改造社會的任務，作品不應只是反映現實而已，同時還必須影響社會人心。另一是文學作品的感召力量是非常巨大的，絕對不會在作者完成之後便及身而止，因此文學作品本身具備了更大的責任。正因為作家與作品所擔負的任務是那樣重大，文學批評就相對具有監督的使命。唐文標公開表示他批判張愛玲的出發點是：「文學批評仍有它的作用，慎用它會澄清一些語言的混亂、思想的沉濁，尤其對於一些滿布錦衣繡服的文章，對於裝飾著奇技淫巧的文字，很容易使人目眩於表面的彩澤，流連在抽象玄想的象徵迷宮，而忘記詢問，文學究竟是什麼？最中心的問題應該是，這些文章為什麼而寫的，而且寫的是什麼？和我們今日有什麼關係呢？如果沒有，那麼，應怎麼辦呢？」[35]

從這段文字透露的信息，可以了解唐文標費盡心機蒐集張愛玲史料的用心。他為了配合這樣的文學批評，需要大量證據來支撐自己的立論。必須給予肯定的是，他的努力終於完成了兩部重要書籍，一是《張愛玲卷》（台北：遠景，一九八二），一是《張愛玲資料大全集》（台北：時報，一九八四）。如果沒有他的海內外全面搜尋，今天台灣社會對張愛玲早期作品與創作生涯的認識，恐怕還是極其隔閡。然而，唐文標的史料工程造成的效果還不止於此。由於他的刺激，終於促使了張愛玲本人不能不同意讓自己的全集出版。自一九九一年以降，台北皇冠出版社陸續出版了十六冊的《張愛玲全集》，不能不歸功於唐文標的「催逼」。

然而，唐文標所發表的數篇有關張愛玲作品的批評，雖然可以視為七〇年代初期台灣文壇不可分割的一個現象，他的一些觀點所引導出來的論戰，以及連帶激起有關文學史撰寫的議題，即使到今天，也還是存在著值得討論的空間。

他的史料蒐集方式，事實上已經受到林以亮的回應[36]。值得討論的，倒是他提出的「文學功能論」與「殖民地作家論」。在文學功能論方面，引發的辯論極為強烈[37]。唐文標在當時發揮的影響力，造成了一定的作用。以作家王拓為例，早期他對張愛玲的作品頗為激賞；但是到了一九七六年，亦即台灣鄉土文學論戰展開之際，王拓的筆鋒突然調轉，也開始批判張愛玲的小說[38]。不過，這種功利觀點的文學批評，代表文學史上不同時期的價值觀念，並不影響文學史的撰寫。唐文標對「殖民地作家」的批判，恐怕與日後台灣文學史的描寫有極為密切的關係。

「殖民地作家」應該寫什麼文學作品？在回應唐文標的批評時，朱西甯認為張愛玲是文學史上的「先覺者」，他說：「先覺者並非預言家，唯憑其敏銳的直覺，於現實裡先覺了數十年、數百年，或竟數千年後方始明朗的新世；要到那時才為後覺者，或不覺者所承認。所以先覺者雖非預言家，卻似預言家。做為先覺者的小說家，則應是預言者。所謂藝術家走在時代前端，其實即是這個意思。」[39]朱西甯的觀點在於指出，唐文標以後來者的立場來指導前輩作家「應該」如何寫，是不能被接受的。唐文標的美學要求是，在日本侵華期間，作家都應「秉于全民抗日大義，大家都『應當』寫民族正義那樣的東西」。這種劃一整齊的文學紀律，恰如其分反映了鄉土文學論戰期間的批評風氣。

朱西甯認為，張愛玲「做為一個小說家，『能夠』成功的寫出她所代表的文明，寫出一個大都市裡主要人口中一大部分的人物、典型市民，和沉溺在這大都市底層的家庭和文化，這已經很夠是一位卓越的大家了。」[40]。因此，他特別強調：「有誰寫香港的地理背景、本地景物和所在地描寫能高過和生動過〈傾城之戀〉、〈茉莉香片〉、〈第一爐香〉、〈第二爐香〉？又寫上海，有誰能寫得出像〈留情〉、〈桂花蒸 阿小悲秋〉、〈等〉、〈年輕的時候〉、〈封鎖〉、〈創世紀〉那麼真切鮮活？」[41]

朱西甯的反駁，全然是從張愛玲所處的環境去考量。相形之下，唐文標是傳統文學批評的典型餘緒，亦即要求大敘述（grand narrative）的格局，要求作家寫出整個民族的苦難與困境。然而，這種審美觀念，往往忽略了個人的意志與欲望。更具體而言，當一位作家受到要求必須表現堂皇的、大規模的故事背景時，在龐大的理念壓服之下，個別的角色、性格就顯得不重要、不醒目了。朱西甯並不反對大敘述的創作方式，但是，他認為作家只要能具體描寫其周遭環境，便是盡到本分了。

更進一步而言，身為租界地與殖民地作家的張愛玲，原就生活於整個中國政治、社會、文化的邊緣。她誕生於上海，絕對不是她的選擇；而上海之成為殖民地，也絕對不是張愛玲設計出來的。因此，要理解張愛玲的文學作品，並不能從中國抗日戰爭觀點去考察，而是從上海之所以成為殖民城市的歷史角度切入。朱西甯並不認為張愛玲必須「秉于全民抗日大義」，並且「寫民族正義那樣的東西」。這種說法是可以成立的，同時也應該是以這種見解來認識張愛玲文學。誠然，有誰能夠比張愛玲描寫上海、香港還來得生活真切？倘然張愛玲表現得一如巴金、茅盾，充滿了民族悲情，上海與香港的城市性格反而受到蒙蔽、泯滅，文學史上只是增加了另一位矯情的抗日作家而已，豈有今日的張愛玲？

不過，朱西甯指出張愛玲是一位「先覺者」、「預言家」時，並未進一步申論這個觀點。事實上，張愛玲作品確實是文學史上的先覺者。她的小說，擺脫了所有文化權力中心的干擾，全然是從「他者」（the other）的角度來描寫上海的市民生活。無論是從後殖民論述的觀點，或是從女性主義的角度，都可以強烈感受到她作品裡的生動力量。那種蓬勃的生命力，正是傳統儒家思想、傲慢的民族主義，或是霸權的殖民主義所一貫忽視的。

凡是熟悉張愛玲作品的人，都知道她的小說乃是環繞著上海租界地下層社會中之女性生活而經營的。相對於西方的殖民主義，上海租界地無疑是具有邊緣的性格。同樣的，相對於中國儒家知識分子的思考，上海的下層社會也是處於邊緣的地位。更進一步而言，上海的女性角色相對於中國男性沙文主義文化而言，乃是不折不扣的邊緣人。換句話說，張愛玲作品帶有三種邊緣的性格；而這樣的邊緣性格完全為唐文標論述所忽視。

唐文標在七〇年代發表批評文字時，受到當時政治氣氛的薰陶，再加上他本人對中華民族主義的急切擁抱，遂投射其個人的思考與情緒於張愛玲的文學作品之上。在他的批評引導之下，張愛玲的文學性格即使沒有被扭曲，至少也遭到蒙蔽。唐文標的民族主義美學，建基於普遍主義（universalism）之上，亦即所有的作家都應該符合一致的要求。當這種普遍性的尺碼拿來衡量張愛玲作品而發現尺寸不符時，唐文標便不可避免使用負面的觀點來評價。這種龐大的「民族自我」（national self）從現代的觀點來看，乃是一種變相的權力中心之建構。

張愛玲所要表達的，便是努力掙脫這種自我中心的操控。她忠實寫出殖民地的女性生活，無非是對殖民主義、男性沙文主義的一種抵抗。站在這種「他者」的立場，相當符合今日女性主義的抵抗精神。後殖民女性主義學者史碧娃克（Gayatri C. Spivak）提出了「他者」的一個核心問題：「不單單我是誰？而且還有別的女人是誰？我如何為她命名？她如何為我命名？尤有進者，她如何在自己的敘述裡為她自己命名？她如何在自己的經驗裡尋找意義？而且，在她努力為這些經驗命名時，她如何理解語言的角色？」[42]這些問題，不就是張愛玲小說所關心並提出的嗎？所謂「命名」，不只是為其下定義而已，並且也是為沒有聲音以及處於邊緣位置的女性，尋找其使用的語言與意義。她的作品，無疑是一個典型的後殖民再現（postcolonial representation）。她突破中華民族主義的普遍要求，而挖掘了長期被掩蓋的角色，揭露了民族主義的虛構與神話。

結語：寫入台灣文學史？

「孤島生活」的旅程，使張愛玲一生都停留於流離失所（diaspora）的狀態。在上海、在香港、在美國，她都扮演了邊緣性的角色。因此，過去所有文學史作品的撰寫中，張愛玲往往得不到應有的重視。對於四○年代的中國文學，中共與國民黨史家都一致從抗日運動的經驗來觀察。張愛玲早年的才華之獲得承認，僅止於上海一地，而無聞於其他的中國城市。

不僅如此，張愛玲的作品內容也只是描寫租界的女性生活。就中華民族主義或男性沙文主義的角度來看，她的文學就更具強烈的邊緣性格。在民族主義與男性文化的雙重權力中心支配之下，張愛玲之難以獲得正面評價，幾乎是可以想像。台灣文壇在五〇年代也是受到民族主義與男性文化的雙重權力中心的支配；特別是反共政策的高度實施，任何邊緣性的書寫都不可能得到重視。張愛玲文學之所以能夠介紹到台灣，乃是因為她在香港撰寫的《秧歌》被誤解為「反共文學」。這種誤解，正好符合雙重權力中心的要求，遂為張愛玲啟開進入台灣的閘門。

然而，台灣社會所接受的張愛玲作品，僅是《秧歌》與《赤地之戀》而已。當她的早期作品也陸續介紹進來之後，便逐漸產生爭議。她的上海小說在七〇年代大量重印時，正好遭逢台灣政治面臨危機變化的時刻，民族主義與男性文化的權力再度獲得提升。因此，無可避免的，張愛玲早期文學作品所呈現的精神，受到前所未有的挑戰。水晶與林柏燕的辯論，以及唐文標與朱西甯的爭議，都剛好觸及了張愛玲文學的問題核心。她是不是可以視為「台灣作家」？身為一位「殖民地作家」，她的作品應該如何受到評價？

七〇年代的討論，顯然沒得到合理的答案。八〇年代以後，台灣社會開始朝向後戒嚴時期推進，長期被傳統權力中心所束縛的思考方式，漸漸獲得鬆綁。一個非常重要的現象在這個階段慢慢浮現，那就是台灣文學的研究日益成為重要的學問，而台灣文學史的撰寫也開始成為學術界的議題。

台灣文學史的角色，就像張愛玲的文學地位一般，長期都是處於邊緣的位置。由於台灣社會曾經是日據時期的殖民地，戰後又淪為戒嚴體制下的再殖民，因此台灣作家的歷史地位也在思想鬆綁後，變成熱門討論的議題。台灣文學史的撰寫，也是屬於「後殖民再現」的問題。怎樣為台灣作家定位，怎樣為台灣的文學作品下定義，亦即史碧娃克所謂的「命名」，將是日後台灣文學史的撰寫過程必然會遭遇到的問題。

在台灣文學史的撰寫已經提上日程表的今天，處理的問題恐怕不只是台灣本地作家而已。從已經發現的史料來看，日據時期在台的日籍作家、戰後初期的中國左翼作家，對台灣文學都產生過一定程度的影響力。文學史家如何評價他們？同樣的，像張愛玲這位未曾生活於台灣社會的作家，卻又具備無可比擬的影響地位，台灣文學史如何面對她？

這篇論文主要在於指出，台灣社會對張愛玲的接納與抗拒時，引發了一些重要的問題；而這些問題，都必須在未來撰寫文學史時應該處理的。本文作者傾向於主張把她寫入台灣文學史。但是，要討論這個問題，恐怕需要以另一篇論文來考察。

註釋

1 在七〇年代出版的中國新文學史作品中，未嘗有一語提及張愛玲。即使到了九〇年代，張愛玲之被忽視，似乎一仍其舊。參閱馮光廉、劉增人主編，《中國新文學發展史》（北京：人民文學出版社，一九九一）。書中提到張愛玲同一時期的另一位作家錢鍾書，卻對她沒有隻字片言的討論，極為離奇。張愛玲去世後，中國社會開始興起「張愛玲熱」，最近出版的《張愛玲全集》（大連出版社）與《張愛玲小說全編》（內蒙古文化出版社），因收入兩部具有反共色彩的《秧歌》與《赤地之戀》，而遭到中共當局查禁。見〈張愛玲小說在大陸惹禍〉，《聯合報・讀書人》第二二一號（一九九六年五月十三日第四十二版）。

2 尹雪曼，《中華民國文藝史》（台北：正中書局，一九七五），頁八九三。張愛玲被劃入「華僑文藝」的範疇，未提及她上海的文學作品，僅提到《秧歌》與《赤地之戀》。

3 參閱司馬長風，《中國新文學史》下卷（香港，作者自印，一九七九），頁二九—三一。討論上海孤島文壇一節，僅以抗日作家為中心。

4 討論張愛玲文學在台灣的影響力，最為精要的一篇文字，參閱王德威，〈落地的麥子不死：張愛玲的文學影響力與「張派」作家的超越之路〉，收入蔡鳳儀編，《華麗與蒼涼：張愛玲紀念文集》（台北：皇冠，一九九六），頁一九六—二一〇。

5 陳芳明，〈張愛玲與台灣〉，《中國時報•人間副刊》（一九九五年九月十三日）。

6 張愛玲來台灣一遊時，由作家王禎和接待，其間經過參閱王禎和（丘彥明訪問），〈張愛玲在台灣〉，收入鄭樹森編選，《張愛玲的世界》（台北：允晨，一九九〇），頁一五—三一。

7 葉石濤，《台灣文學史綱》（高雄：文學界，一九八七），頁九三。

8 參見古繼堂，《台灣小說發展史》（台北：文史哲，一九九二），頁一七六：「張愛玲本不應該算是台灣作家，因為她既不是出生在台灣，雙腳也沒有踏進過台灣的土地；既不關心台灣的現實，也從未描繪過台灣的生活，如果把她算做台灣作家，或把她放進台灣小說發展史中敘述，有點不倫不類，既不符合她的身分，也不符合文學史實。」不過，這本書也特別指出：「不是她要躋身台灣文壇，而是她吸引了台灣文壇；不是她離不開台灣文壇，而是台灣文壇離不開她。」

9 彭瑞金，《台灣新文學運動四十年》（台北：自立晚報，一九九一）。書中闢有專章討論一九五〇年至一九五九年的文學發展，卻未提到張愛玲。

10 張愛玲的名聲奠定於一九四四年。在這一年，四位男性作家不約而同對她的小說給予極高的評價。參閱迅雨（即傅雷），〈論張愛玲的小說〉，原載《萬象》月刊第三卷第十一期（一九四四年五月）；後收入唐文標，《張愛玲雜碎》（台北：聯經，一九七七），頁一一三—三六（《張愛玲雜碎》後又增訂改名為《張愛玲研究》，一九八六年出版）。胡蘭成，〈評張愛玲〉，《雜誌》月刊第十二、十三期（上海，一九四四）；後收入唐文標主編，《張愛玲資料大全集》（台北：時報，一九八四），頁三一八—二七（《張愛玲資料大全集》因涉及版權問題，未對外發行。承文庭澍教授慨然賜借，特此致謝）。柳雨生，〈說張愛玲〉，《風雨談》月刊（上海，一九四四年十月），收入《張愛玲資料大全集》，頁三二八。譚正璧，〈論蘇青與張愛玲〉，《風雨談》月刊（上海，一九四四年十一月），收入《張愛玲資料大全集》，頁三二九—三三。

11 這兩篇關鍵性的評論，參見夏志清，〈張愛玲的短篇小說〉，《文學雜誌》第二卷第四期（一九五七年六月二十日），頁四—二十；夏志清，〈評《秧歌》〉，《文學雜誌》第二卷第六期（一九五七年八月二十日），頁四—一一。

12 這段按語，見於《文學雜誌》第二卷第四期，頁二〇。

13 夏志清，〈評《秧歌》〉，頁一一。又見夏志清原著，劉紹銘等譯，《中國現代小說史》（香港：友聯出版社，一九七九），頁三六七。

14 張愛玲，〈憶胡適之〉，《張看》（台北：皇冠，一九九二），頁一四五。

15 一九六八年，台北皇冠出版社重印張愛玲作品，包括《張愛玲短篇小說集》、《流言》、《秧歌》、《怨女》與《半生緣》等。其中《張愛玲短篇小說集》，乃是重印一九五四年在香港出版的《傳奇》增訂本。

16 水晶最早的兩篇研究張愛玲文學的論文，包括〈讀張著《怨女》偶拾〉，收入水晶，《拋磚記》（台北：三民，一九六九），頁六九—七八；以及〈讀張愛玲新作有感〉，頁九二—一〇五。

17 水晶的訪問張愛玲，共計三篇文字，包括〈尋張愛玲不遇〉、〈蟬——夜訪張愛玲〉、〈夜訪張愛玲補遺〉，均收入水晶，《張愛玲的小說藝術》（台北：大地，一九七三）。大約與水晶同一時期去訪問張愛玲的，還有台灣的作家殷允芃，參見她的〈訪張愛玲女士〉，收入殷允芃著，《中國人的光輝及其他》（台北：志文，一九七一），頁一—一〇。

18 水晶自己也承認：「有一點促成我寫張愛玲，可能不當算做主觀的原因，那便是：張愛玲的小說外貌，乍看起來，似是傳統章回小說的延續，其實她是貌合而神離；她在精神上和技巧上，還是較近西洋的。」〈《張愛玲的小說藝術》跋〉，頁一九二。

19 水晶，〈潛望鏡下一男性〉，《張愛玲的小說藝術》，頁一三五。

20 夏志清，〈《張愛玲的小說藝術》序〉，同上，頁二。

21 同上，頁三。

22 有關七〇年代的新詩論戰概況，參見趙和悌編，《文學，休走：現代文學的考察》（台北：遠行，一九七六）。另見陳芳明，〈檢討民國六十二年的詩評〉，《詩和現實》（台北：洪範，一九七六），頁九六—一一二。

23 林柏燕，〈從張愛玲的小說看作家地位的論定〉，《文學探索》（台北：書評書目，一九七三），頁一〇五。

24 同上。

25 參閱陳芳明，〈毀滅與永恆——張愛玲的文學精神〉，《中國時報・人間副刊》（一九九五年十月九日）。

26 夏志清，〈文學雜談〉，原載《中外文學》第二卷第一期（一九七三年六月），頁四四—五九。此處轉引自林柏燕，《文學探索》，附錄三，頁二九〇。

27 林柏燕，〈大江東去與晚風殘月〉，同上，頁一一二。

28 水晶，〈殊途同歸〉，同上，頁二八二。

29 同註27。

30 有關魯迅在台灣文學史上的意義，參閱陳芳明，〈魯迅在台灣〉，《典範的追求》（台北：聯合文學，一九九四），頁三〇五—三九；又見楊澤，〈盜火者魯迅其人其文〉，收入楊澤編，《魯迅小說集》（台北：洪範，一九九四），頁一—二二。

31 唐文標在一九七三年連續發表三篇火力十足的新詩批判文字，包括〈僵斃的現代詩〉，《中外文學》第二卷第三期（一九七三年八月）；〈詩的沒落〉，《文季》第一期（一九七三年八月）；〈什麼時代什麼地方什麼人〉，《龍族詩刊》第九期（一九七三年七月）。有關唐文標新詩批評的觀點，參閱顏元叔，〈唐文標事件〉，收入趙知悌編，前引書，頁一一九—二二四。

32 唐文標承認：「（一九七二年）回到台北後，我卻逐漸聽多了朋友們對『張派小說』的讚美與崇拜，其中尤其是年輕的朋友們。他們若追問下去，卻又說不出太強的『喜愛』理由，除了泛泛的文辭，奇特的技巧之外，簡直對張愛玲的生平簡傳，以及時代背景等等，一無所知。」見唐文標，〈張愛玲雜碎〉，《張愛玲研究》，頁二一六。

33 唐文標，〈一級一級走進沒有光的所在：張愛玲早期小說長論〉，同上，頁八。

34 同上，頁六四。

35 唐文標，〈又熱又熟又清又濕〉，同上，頁一〇二—一〇三。

36 林以亮，〈唐文標的「方法論」〉，《昨日今日》（台北：皇冠，一九八一），頁二三九—四七。

37 針對唐文標採取功利觀點來批評張愛玲的方法，引起的回應文字大約有：銀正雄，〈評唐文標的論張愛玲早期小說〉（上）、（下），《書評書目》第二十二期（一九七五年二月一日），頁六七—七三、第二十三期（一九七五年三月一日），頁四一—五〇。王翟，〈看《張愛玲雜碎》〉，《書評書目》第四十二期（一九七六年十月一日），頁五一—五五。

38 王拓對張愛玲作品的肯定，見諸三篇文字，都已收入《張愛玲與宋江》（台北：藍燈，一九七六），包括〈談張愛玲的《半生緣》〉，頁一—三七；〈《怨女》和〈金鎖記〉的比較〉，頁三八—七二；〈介紹一本散文——《流言》〉，頁七三—九二。王拓批判態度的轉變，見〈從另一個角度談張愛玲的小說〉，頁九三—一〇二。

39 朱西甯，〈先覺者、後覺者、不覺者——談《張愛玲雜碎》〉，《書評書目》第四十二期，頁七九。

40 同上，頁八一。

41 同上，頁八九。

42 Gayatri C. Spivak, "French Feminism in an International Frame," *Yale French Studies*, 62 (1981), p.179.

本文收入楊澤編，《閱讀張愛玲：張愛玲國際研討會論文集》（台北：麥田，一九九九）。

歷史的歧見與回歸的歧路

鄉土文學的意義與反思

引言

鄉土文學論戰，上承七〇年代初期現代詩論戰未完成的檢討，下開八〇年代初期統獨論戰的意識對決，為台灣文學史留下一塊極為可觀的豐碑。這場論戰之富於社會學、政治學、以至歷史、文學等等意涵，殆無疑義。不同於現代詩論戰的有限格局，也不同於統獨論戰的無限想像，鄉土文學論戰涉及的議題，包括了台灣社會的性質與台灣文學的性格。從未有過一場文學辯論，能夠吸引那麼多的作家參加；也從未有過一場作家對話，能夠引發如此繁複的意識抗衡。

現代詩論戰（一九七二—一九七三）的爭議，在於釐清現代主義思潮對於台灣新詩運動所造成的衝擊[1]。格於當時政治環境的局限，現代詩論戰的檢討僅止於現代詩在台灣發展的功過，因此影響的層面並未深刻化。不過，值得注意的是，在現代詩論戰中，現代主義首度被拿來與西方殖民主義或帝國主義等量齊觀。暫且不論現代主義在這次論戰中是受到何種程度的曲解與誤解，至少可以確定的一個事實是，戰後以來台灣作家敢於向官方支配的意識形態展開批判，無疑是始自七〇年代初期的現代詩論戰。如果仔細考察的話，當可發現當時台灣知識分子對現代主義的質疑，其實只是這次論戰的一個偽裝面具。參與現代詩論戰者，目標在於揭露護航現代主義進口的國民黨政權之統治本質。對於西方現代主義的直接批判，對當權者之間接譴責，顯然暗示了台灣作家對本土現實的回歸。這種對本土的探索，無疑為後來鄉土文學論戰做了鋪路的工作。

如果說，現代詩論戰是台灣作家對官方立場的間接批判，那麼一九七七年的鄉土文學論戰應可視為對國民黨意識形態的直接挑戰。「鄉土文學」做為論戰的議題焦點，頗富強烈的政治抗議意味。它一方面凸顯台灣本地文學長期受到貶抑與壓制的事實，另一方面也揭示了台灣作家追求自我認同與自我定位的努力。然而，在整個論戰過程中，「鄉土文學」一詞的定義，卻未有確切的內容。事過二十年，重新檢閱當時論戰參與者所提出的見解，可以發現在政治環境尚未解嚴之際，言論尺度受到相當嚴格的限制。然而，恰恰就在那樣格局狹隘的悶局中，每位參與者的政治立場與意識形態，都已透過彼此的文字交換過程裡表露出來。政治信仰的歧異，自然就賦予「鄉土文學」不同內容的定義，從而也保留了極為廣大的想像空間。鄉土文學論戰結束後殘存下來的議題，終於引發八〇年代初期的統獨論戰（一九八二—一九八四）[2]。究其原因，乃在於「鄉土文學」的定義具有太大的彈性，以致在未成熟的政治環境中不能獲得成熟的結論。

「鄉土文學」一詞之所以富於歧義性，無非是涉及了參與者的政治信仰背後所隱藏的歷史觀，以及由這樣的歷史觀所牽引出來的「本土」認同。換句話說，論戰的兩個重要問題仍然有待釐清。第一，就歷史解釋而言，究竟台灣社會應納入中國歷史的脈絡來觀察，還是它有自主性的歷史發展可言？第二，就鄉土文學所賴以生存的「本土」而言，它到底是指涉中國，或者是暗示台灣？本文的目的，不再重新回顧鄉土文學論戰始末，而在於就歷史觀與回歸本土兩個議題來檢驗當年重要參戰者的思考，以進一步釐清鄉土文學的定義，及其對台灣文學發展的影響。

王拓與銀正雄、朱西甯的分歧

鄉土文學論戰的發軔，論者恆謂始自一九七七年四月《仙人掌》雜誌發行的「鄉土文學專輯」[3]。這應該是公認的看法。為了避免淪為廣泛的討論，本文企圖從三個主要討論切入，這樣做既可照顧到論戰的發展，又可兼及鄉土文學的內容定義，隨著論戰進行而產生的流變。如前所述，論戰開始於《仙人掌》雜誌，該刊同時發表了四篇文章，即王拓的〈是現實主義文學，不是鄉土文學〉，銀正雄的〈墳地裡哪來的鐘聲？〉，朱西甯的〈回歸何處？如何回歸？〉，以及尉天驄的〈什麼人唱什麼歌〉[4]。這四篇文章，其實各自表述了他們的文學思考與政治信仰，並未發生交鋒。不過，它預告了論戰之隨時可以爆發。第二個主要的討論，便是鄉土文學的兩位支持者，葉石濤與陳映真，分別對台灣文學史的解釋提出不同的看法。葉石濤的〈台灣鄉土文學史導論〉與陳映真的〈鄉土文學的盲點〉預告了鄉土文學陣營內部的分歧與矛盾，同時也成為日後統獨論戰的張本[5]。第三個主要的討論，則是支持國民黨意識形態的作家如彭歌、余光中，開始集中火力對鄉土文學的主張展開抨擊。這是兩種中華民族主義之間的對決，也是官方文藝政策與民間文學理念之間的抗衡[6]。

在第一組的討論中，值得注意的論點當推王拓、銀正雄與朱西甯三人提出的見解。王拓的文章有一個副標題：「有關鄉土文學的史的分析」，便是把重點放在鄉土文學定義的釐清之上。他認為，七〇年代鄉土文學的創作之所以會蔚為風潮，乃是由於作家受到客觀政治變局的衝擊。他以一九七〇年到一九七二年的國際事件對台灣社會構成的威脅，使台灣知識分子不能不產生危機感。在危機感的驅使之下，作家也開始把他們的關懷投注於台灣的現實環境。王拓一方面批判一九四九年以降美日資本主義對台灣的支配，一方面也揭露台灣文學受到西方現代主義思潮影響的事實。他在文中指出：「這種現象就造成了台灣文學界相當普遍的缺乏具有生動活潑、陽剛堅強的生命力的文學，而到處散發出迷茫、蒼白、失落等等無病呻吟、扭捏作態的西方文學的仿製品。」[7]

王拓先從「反」的方面，指出台灣社會在戰後西方資本主義侵襲下的受害景況，然後進一步肯定在西潮席捲下台灣作家的抵抗精神，他以吳濁流的《亞細亞的孤兒》與鍾肇政的《台灣人三部曲》為例，強調寫實主義才是台灣文學史的主流。以寫實主義做為台灣文學的基調，王拓回頭論述鄉土文學的定義。他說，鄉土文學並非是鄉村文學；不過，他又指出，七〇年代的文學作品裡充斥著鄉村人物與閩南語言，竟然受到廣泛的愛好，其實「是基於一種反抗外來文化和社會不公的心理和感情所造成的」。這種以台灣語言與人物為主的文學，是抗拒外來文化的一個行動。但是，這樣的作品並非是鄉土文學的全部；王拓說，它不是強調鄉村與都市之間的對立，也不是機械文明的一個反動。他贊成前輩作家鍾肇政的態度，鄉土指的「應該就是台灣這個廣大的社會環境和這個環境下的人的生活現實；它包括了鄉村，同時又不排斥都市」。

這種不憚其煩為鄉土文學釐清定義的態度，在七〇年代可謂罕見。根植台灣現實，反映台灣社會，王拓說這就是鄉土文學的內容。因此，他認為有必要把鄉土文學改稱為現實主義的文學，以免產生觀念上的混淆與情感上的誤導。

做為論戰初期重要的文章之一的這篇文字，事實上已透露了他的歷史解釋與本土認同。縱然他通篇文章不時會出現「反對帝國主義的民族意識」等等的措詞，王拓提出論點的重心，乃是放在台灣歷史的脈絡之上。他闡釋戰後台灣文學的發展，完全是以台灣歷史的觀點為指導。同樣的，他堅稱要回到本土的現實，也是以台灣社會為回歸的原鄉。他所說的民族意識，固然是指中華民族而言；不過，那是當時政治環境的限制。王拓的整個論述方式，無疑都在揭示台灣文學的固有性格。

相形之下，銀正雄與朱西甯的文章，正好與王拓的見解劃清了界線。他認為王拓所提倡的鄉土文學已漸漸有變質的傾向。銀正雄說：「我們發現某些鄉土小說的精神面貌不再是清新可人，我們看到這些人的臉上赫然有仇恨、憤怒的皺紋。」[8]他以王拓的小說〈墳地的鐘聲〉為例，認為那篇作品使人「感覺不到作者悲天憫人的胸懷」，就像其他被提倡的鄉土文學那樣，「有變成表達仇恨、憎惡等意識的工具的危機」。不僅王拓如此，銀正雄還指控黃春明、王禎和的小說，越來越情緒化、狹隘化。

銀正雄的這篇批評，主題放在什麼地方？很清楚的，他懷疑當時鄉土文學作家的創作動機，他要質問這種文學與三〇年代中國普羅文學有何異同之處。在當時回歸鄉土的呼聲之下，銀正雄提出他的回應：「問題是回歸什麼樣的鄉土？廣義的鄉土民族觀抑或狹隘的鄉土地域觀？」顯然，這種問題的提法，已經為鄉土文學賦予一定的意義，那就是「偏狹的」、「地域的」。換句話，在偏狹的、地域的另一面，自然就是指寬闊的、民族的中國。銀正雄並沒有提出他的歷史觀，但是他主張的「鄉土」，無疑就是中國，而非台灣。

更值得注意的是，銀正雄指控鄉土文學的「變質」，事實上已經為後來彭歌、余光中對鄉土文學作品的抨擊提出有力的佐證。論戰的硝煙未起，兩條路線之間的對峙已隱然浮現。

朱西甯的文字，也與銀正雄的見解具有同條共貫的思考，都在質問台灣作家要「回歸何處」？朱西甯從歷史的角度來看，認為台灣曾被日本統治的事實，這個島嶼已受到日本文化的斲傷。因此，他的看法與銀正雄沒有兩樣，質疑鄉土文學終將流於地方主義。他不反對回歸民間，但不應只回歸台灣。他說：「鄉土文藝是很分明局限在台灣的鄉土，這也還沒有什麼不對，要留意的尚在這片曾被日本占據經營了半個世紀的鄉土，其對民族文化的忠誠度和精純度為何？」[9]朱西甯的持疑態度，不僅認為台灣與中國歷史的發展脈絡有很大的差異，他甚至暗示曾經被殖民過的台灣社會對中國不夠忠誠、精純。他的說法，隱含著中國才是優越的，而台灣是屬於卑劣的。台灣在歷史上既被損害過，則在這塊土地上產生的文學便與中國脫節。因此朱西甯強調的回歸絕對不是台灣本土，而必須是與中華民族文化的主根密接。

王拓與銀、朱各自代表的兩條路線，正好顯示當時鄉土文學與官方文藝政策的分歧。銀正雄、朱西甯的論述的方式，充分顯露中國體制的霸權身段。王拓的論述，雖未明言他的內心思考，但他的文學主張已經具有「去中國中心化」的傾向。王拓的立場與處境之困難，由此可見。他一方面必須對外批評西方資本主義與現代主義對台灣的侵襲，一方面則必須對內應付來自國民黨意識形態支持者的質疑。這種雙面作戰的形勢，使得鄉土文學的定義越來越難形塑。

葉石濤與陳映真的對峙

鄉土文學的討論之所以發生困難，也不止於來自中國霸權論述的干擾。在鄉土文學陣營的內部，也因歷史觀的歧異，以及回歸目標的不同，終於也產生了更為複雜的困惑。王拓的文學觀，格於政治環境的牽制，可以說是中國文學與台灣文學的折衷論。更具體一點來說，為了不直接觸犯中華民族主義的情緒，王拓在討論鄉土文學時，很謹慎地避免過分訴諸台灣本土意識。因此，他不時在行文中必須照顧到文字的使用。「民族」字眼的不斷出現，等於間接表露他對中國的「忠誠度」與「精純度」。王拓的鄉土文學論，雖然具有台灣史觀，卻也只是集中於戰後發展的階段。他對台灣文學的闡釋，自然就顯得不夠徹底。

面對中華民族主義情緒的干涉，葉石濤在一九七七年發表的〈台灣鄉土文學史導論〉，便是值得注意的一個思考突破。這篇文章毫不顧慮忠誠度與精純度的問題，而是直接從台灣歷史的層面著手，極其周延地說明台灣文學史的自主性傳承。文中最為醒目的小標題，莫過於「台灣意識」一詞的提出。雖然他在「台灣意識」一詞之下特別如此標示：「帝國主義下在台中國人精神生活的焦點」，縱觀全文內容，卻未嘗一語及於中國。

依據台灣意識為作品的檢驗標準，葉石濤特別強調：「台灣鄉土文學應該有一個前提條件，那便是台灣的鄉土文學應該是以『台灣為中心』寫出來的作品；換言之，它應該是站在台灣的立場上透視整個世界的作品。」[10]他的論點，全然與銀正雄、朱西甯所質疑的「回歸何處」背道而馳，更與朱所強調的「與中華民族文化的主根密接」之見解截然不同。銀、朱二人的論點是以「中國為中心」的思考，葉石濤則單刀直入揭示以「台灣為中心」的策略。葉石濤又更進一步申論：

這種「台灣意識」必須是跟廣大台灣人民的生活息息相關的事物反映出來的意識才行。既然整個台灣的社會轉變的歷史是台灣人民被壓迫、被摧殘的歷史，那麼所謂「台灣意識」——即居住在台灣的中國人的共通經驗，不外是被殖民的、受壓迫的共通經驗；換言之，在台灣鄉土文學上所反映出來的，一定是「反帝、反封建」的共通經驗，以及華路藍縷以啟山林的，跟大自然搏鬥的共通紀錄，而絕不是站在統治者意識上所寫出的、背叛廣大人民意願的任何作品。[11]

這段話即使在發表二十年後的今天來看，仍然還是相當鏗鏘有力。台灣的歷史，是被殖民、被統治、被壓迫的共通經驗。在這樣的歷史背景下，台灣作家寫出來的文學，自然就離不開被殖民、被統治的經驗。相對於台灣人民經驗的另一面，便是統治者背叛廣大人民意願的官方立場。葉石濤筆下的這段話，顯然是具有微言大義。緊接著，他以台灣文學史上的作家作品為例，劃分日據時期的新文學運動為三個階段，亦即搖籃期、成熟期、戰爭期。以這三個階段為基礎，他強調台灣文學的性格無非是帶有強烈的現實主義的色彩，這個看法，正好與王拓的觀點相互呼應。也就是說，這篇文章的出現，不僅回應了銀正雄、朱西甯的質疑，而且也為王拓的文學觀點提出有力的歷史證據。葉石濤在結論中，也為戰後文學給予正面的肯定。也就是說，台灣意識的文學作品，仍然由新一代的作家所繼承。他認為：「從光復到現在的這三十多年來的此地文學的蓬勃發展，證明了這種精神永不磨滅。」

在論戰初期，葉石濤的本土文學論可謂獨樹一幟。幾乎可以說，在整個論戰期間，對鄉土文學闡釋最清楚的，當推葉石濤的這篇文章。除他之外，本土論的作家似乎沒有再提出更有力的辯護與解釋。這是可以理解的，當時的思想檢查，圍繞著中國的霸權論述，凡是過於明顯站在台灣立場，或過於主張台灣意識，都有可能遭到監視或監禁。在那個風聲鶴唳的年代，葉石濤以孤立的姿態表達他的台灣意識文學觀，於今看來，他的過人勇氣仍然不能不讓人另眼看待。

葉石濤的台灣本土文學論，立即遭到陳映真的反駁。陳映真的立場，也是屬於中華民族主義。然而，他與朱西甯不同的地方，在於前者是左派的民族主義，後者是右派的民族主義。朱西甯從歷史觀點看台灣文學，頗富國民黨的意識形態，陳映真則是具備了社會主義的意識形態。從這個事實來看，王拓若是陷於兩面作戰的困局，則葉石濤更是處在三面作戰的尷尬位置。葉石濤必須對外批判帝國主義，對內同時應付來自左右兩種民族主義的挑戰。

陳映真並不同意有所謂台灣意識的鄉土文學。他認為，台灣的現實主義文學，毋寧是中國現實主義文學的一個組織部分。陳映真說這是王拓的論點，但考察王拓的文章，便可發現那是陳映真為他申論而附加上去的。為什麼陳映真不同意有台灣鄉土文學？他的看法是這樣的：

> 在十九世紀資本帝國主義所侵略的各弱小民族的土地上，一切抵抗的文學，莫不帶有各別民族的特點，而且由於反映了這些農業的殖民地之社會現實條件，也莫不以農村中的經濟底、人底問題，作為關切和抵抗的焦點。「台灣」「鄉土文學」的個性，便在全亞洲、全中南美洲和全非洲殖民地文學的個性中消失，而在全中國近代反帝、反封建的個性中，統一在中國近代文學之中，成為它光輝的、不可割切的一環。台灣的新文學，受影響於和中國五四啟蒙運動有密切關聯的白話文學運動，並且在整個發展的過程中，和中國反帝、反封建的文學運動，有著綿

密的關聯；也是以中國為民族歸屬之取向的政治、文化、社會運動的一環。[12]

陳映真的論理方式雖然有些難解，整個文章的重心乃在於抹消台灣歷史的特殊性與自主性。他把台灣社會放在十九世紀的世界史脈絡之中。台灣社會固然是殖民地，但亞、非、拉三洲的許多地區與人民也同樣處在殖民地統治之下。換句話說，台灣有它特殊的歷史性格，但這種性格與亞、非、拉人民的反殖民運動是一致的。如果殖民地社會的抵抗文學在於關懷農村的人與經濟，那麼，台灣的鄉土文學就沒有任何特殊之處，它的個性應該消融在全世界反殖民文學之中。這樣的理解若是沒有錯誤的話，台灣文學只能與世界反殖民文學等量齊觀，為什麼陳映真會得出台灣文學一躍成為「統一在中國近代文學之中」的結論？

暫且不論陳映真是如何達到如此的結論，他與葉石濤的最大分歧點在於歷史立足點的不同[13]。葉石濤認為台灣文學的發展，乃是經歷過三百餘年的殖民統治經驗，這包括荷蘭、明鄭、滿清、日據等四個階段的漸進累積。陳映真則只是把台灣文學放置在十九世紀以降中國近代史的脈絡之中來觀察。陳映真的歷史解釋，只看到近百年的殖民經驗，然後以這樣的經驗拿來與中國經驗等同起來。

為了抹煞台灣社會的特殊性格，他完全忽視台灣工業化、城市化、資本主義化的過程。在陳映真的眼光裡，他強調台灣社會的資本主義並不充分，所以整個經濟重心仍然放在農村，而農村恰好是中國意識的根據地。因此，台灣文學並沒有設定在台灣意識的文學，而只有以農村為中心的中國意識文學。陳映真的這種解釋，其實在整個台灣歷史上從來沒有發生過。他沒有提出任何證據來說明為什麼台灣農村是中國意識的根據地。為了再次擦拭台灣社會的特殊性格，陳映真又說，如果城市存在著中小台籍資本家的話，他們所領導的抗日運動，無不以中國人意識為民族解放的基礎。這樣的解釋，也是在台灣歷史上從未發生過的。凡是稍微理解日據台灣史的話，都會發現台灣的左派、右派抗日組織，從來沒有一個團體是以中國意識為基礎的。

陳映真的歷史認識，基本上來自想像與虛構。不過，他的重點並不是為了闡釋歷史，而是為了否定台灣鄉土文學的特殊歷史背景。更為重要的是，他之批駁葉石濤的見解，目的在於反對台灣意識的理論。因此，他刻意指控葉石濤的歷史解釋，是一種「用心良苦的、分離主義的議論」。

如果把朱西甯與陳映真的兩種民族主義並置來看，就可理解當年葉石濤的處境有多艱難。當中國論述居於霸權地位之際，朱西甯、陳映真都可以利用中華民族主義，來夾殺台灣意識的文學論。依照朱西甯的觀點，台灣社會的中國意識是很淡薄的，因為它受到了日本文化的嚴重傷害，所以他才會質疑台灣作家的忠誠度。但是，依照陳映真的理論，日據時期台灣社會裡的中國意識是相當磅礴的，因此，他的結論是台灣文學與中國文學並沒有什麼兩樣。然而，無論朱、陳的立論是何等分歧，他們所使用的民族主義都在否定台灣文學的存在。朱西甯在質問忠誠度時，陳映真輔之以證據說，台灣鄉土文學理論是一種分離主義的議論。左右中華民族主義雖然沒有聯手作戰，卻使台灣鄉土文學的定義與內容全然混淆了。這種混淆的議題，必須等到八〇年代初期才有釐清的機會[14]。

彭歌、余光中與王拓、陳映真的論辯

鄉土文學論戰的真正交鋒，發生於一九七七年七月《中央日報》總主筆彭歌的發難。整個戰火的擴大，延續到一九七八年元月中旬的「國軍文藝大會」。在長達半年的論戰，鄉土文學議論的焦點，不再集中於歷史的解釋，而是轉移到階級問題的辯論。對階級議題的討論，始自彭歌於當年八月十七日至十九日在《聯合報》連載題為〈不談人性，何有文學〉的長文，針對王拓、陳映真、尉天驄三人予以一一批駁。緊接著在八月二十日的《聯合報》，又有余光中發表〈狼來了〉的文字。彭、余二人的重點，並非在辯論鄉土文學，而是在質疑王拓、陳映真、尉天驄等人的政治立場。

就像朱西甯之質疑忠誠度，陳映真之指控分離主義，這次輪到彭歌詰問陳映真的政治立場。在彭歌所有討論鄉土文學的文章裡，台灣歷史是根本不存在的。代表當時執政者權力象徵的彭歌，向陳映真提出「民族主義和愛國主義」的要求，呼籲鄉土作家應該精誠團結。彭歌不談台灣歷史，是可以理解的。因為在右派中華民族主義的指導下，台灣文學與台灣歷史原本就是未曾發生過的。在國民黨建構的教育體制裡，台灣不僅不容存在，而且還是徹底被擦拭淨盡的。所以，彭歌在質問陳映真之際，並不是不談台灣的歷史與文學，而是在他整個思想裡全然沒有這樣的概念存在。

因此鄉土文學論戰的炮火拉開時，文學的討論就立刻變質了。陳映真在出版短篇小說集時，曾經以「許南村」的筆名寫了一篇自剖式的序文，題為〈試論陳映真〉[15]。在這篇短文裡，陳映真有兩處地方檢討了台灣的知識分子。

第一、「在一個歷史轉形的時代，因著他們和那社會的上層有著千萬種聯繫，無力讓自己自外於他們預見其必將頹壞的舊世界。另一方面，也因著他們在行動上的無力和弱質，使他們不能作出任何努力使自己認同於他們在矇曈中看見的新世界。」第二、「陳映真的小說中的知識分子，便是懷著這種無救贖的、自我破滅的慘苦的悲哀，逼視著新的歷史時期的黎明。在一個歷史的轉形期，市鎮小知識分子的唯一救贖之道，便是在介入的實踐行程中，艱苦地作自我的革新，同他們無限依戀的舊世界作毅然的訣絕，從而投入一個更新的時代。」

針對陳映真的這兩段文字，彭歌緊迫追問「舊世界」與「新世界」的意涵[16]。從今天的發展來看，陳映真的內容是很清楚。所謂舊世界，便是指終於要崩壞的國民黨中國；而所謂新世界，自然就是暗示社會主義中國。但是，在二十年前的台灣社會，這種含蓄的語言只能曲折表達，而不能公開宣稱。彭歌的文章顯然是要陳映真在政治立場上表態。這樣的質疑方式，正好顯示當時右派中華民族主義的氣勢之盛。

公開揭露陳映真政治立場的，當推余光中〈狼來了〉一文的發表[17]。這篇短文，未嘗有一語提及鄉土文學，而是直接稱之為「工農兵文藝」。余光中指出，工農兵文藝不同於大眾文學，而是源自一九四二年毛澤東的〈在延安文藝座談會上的講話〉。他指控鄉土文學作家的理念與主張，有其特定的政治用心。他呼籲鄉土文學作家，應該「先檢查檢查自己的頭」。余光中的文字，使鄉土文學論戰不再是文學的討論，而是思想的檢查。這樣的變質，自然使整個論戰越來越偏離文學的議題。

右派中華民族主義者，對左派中華民族主義者的挑戰，恰好可以凸顯一個事實，雙方所認同的土地都是中國，而非台灣。右派民族主義者，全然不討論台灣歷史。如果提到歷史的話，也只是討論中國文學史上的唐詩與宋詞，左派民族主義者，則是把台灣社會納入近百年中國現代史的發展過程之中。因此，論戰裡發表的無數文字，真正涉及台灣文學的，只有葉石濤與王拓而已。除此之外，都只見證不同意識形態的對決與分立。

結語

一九七七年的鄉土文學論戰，是一次早熟，也是一次早夭的文學討論。它是早熟的，因為當時的封閉政治環境並不容許有寬闊的討論空間。許多參加論戰者，都在有限的格局裡，表述各自的政治立場。文學的意義遠遜於政治的意義，然而整個論戰建構起來的理論，對於台灣文學史的了解並未有太大的助益。它也是早夭的，以當時參戰者的歷史知識與文學理論的水平來看，還不足以勝任討論這樣的議題。對於台灣歷史的茫昧無知，自然就導致討論的混亂。一場可以談、值得談的議題，由於參戰者的歷史知識能力的不足，再加上保守政治空間的限制，不得不在匆促的半年之內揭幕又落幕。

但是，鄉土文學論戰也不是完全歸於徒然。沒有這場論戰的突破議題與開啟想像，就沒有八〇年代台灣文學爭取定位的運動。在論戰期間，除了葉石濤撐起台灣意識的旗幟之外，幾乎沒有一位討論者使用「台灣文學」一詞。或稱之為鄉土文學，或稱之為現實文學，或稱之為中國文學，或稱之為在台灣的中國文學；總總的命名，未嘗觸及台灣固有的歷史性格。

台灣文學史的建構，自然不是鄉土文學一詞可以概括。然而，在一個畸形的中國霸權論述時代，鄉土文學的提出，誠然寓有抗議與批判的意味。論戰牽引出來的批判精神，終於使官方文藝政策與民間文學討論有了鮮明的區隔。如果論戰是值得肯定的，那就是五〇年代以降的文藝政策受到台灣作家的普遍懷疑，官方意識形態的受到挑戰，可以說在論戰中全面展開。論戰的另一個值得肯定之處，便是使台灣知識分子覺悟到台灣現實的存在。它使得發軔於七〇年代初期的本土文學作品獲得強化、深化的力量。

鄉土文學的定義，在論戰中並未得到確切的討論。不過，跨過八〇年代以後，台灣作家已放棄使用這個名詞，取而代之的，是台灣意識文學，或簡稱為台灣文學。把台灣文學稱之為台灣文學，竟然要穿越如此漫長的討論，固然是歷史的一個嘲弄。不過，歷史事實證明，台灣文學終於在台灣土地上開花結果，已不是任何政治力量所能抵擋。鄉土文學論戰之後十年，戒嚴體制終告崩解；又過十年，而有台灣文學系邁入大學殿堂。歷史發展特別緩慢，卻沒有失去希望。

註釋

1 現代詩論戰的重要文章，已收輯成集。參閱趙之悌編，《文學，休走：現代文學的考察》（台北：遠行，一九七六）。另外，參閱陳芳明，〈檢討民國六十二年的詩評〉，《詩和現實》（台北：洪範，一九七六），頁九六—一一二。

2 有關八〇年代初期的統獨論戰的重要文章，可參閱施敏輝編，《台灣意識論戰選集》（台北：前衛，一九八八）。

3 有關鄉土文學、鄉土文學論戰的始末，已有數篇碩士論文予以討論，包括李祖琛，〈七十年代台灣鄉土文學析論：傳播結構的觀察〉（國立政治大學新聞研究所碩士論文，一九八六年一月）；藍博堂，〈台灣鄉土文學論戰及其餘波，一九七一—一九八七〉（國立台灣師範大學歷史研究所碩士論文，一九九二年六月）；周永芳，〈七〇年代台灣鄉土文學研究〉（中國文化大學中國文學研究所碩士論文，一九九二年六月）；翁慧雯，〈文學與政治：七〇年代台灣的「鄉土文學」論戰〉（國立台灣大學社會學研究所碩士論文，一九九四年六月）；謝春馨，

〈八〇年代台灣文學正名論〉(國立中央大學中國文學研究所碩士論文，一九九五年六月)；何永慶，〈七〇年代台灣鄉土文學論戰研究〉(中國文化大學中國文學研究所碩士論文，一九九五年十二月)；洪儀真，〈三〇年代和七〇年代台灣鄉土文學論戰中的左翼思想及其背景之比較〉(國立台灣大學社會學研究所碩士論文，一九九七年六月)。

4 王拓、銀正雄、朱西甯、尉天驄的四篇文章，已收入尉天驄編，《鄉土文學討論集》(台北：自印，一九七八)。

5 葉石濤，〈台灣鄉土文學史導論〉，《夏潮》第十四期(一九七七年五月)；陳映真，〈鄉土文學的盲點〉，《台灣文藝》革新二號(一九七七年六月)；二文均收入尉天驄編，前引書。

6 支持國民黨立場的主要論戰文章，參考彭品光編，《當前文學問題總批判》(台北：青溪新文藝學會，一九七七)。

7 王拓，〈是現實主義文學，不是鄉土文學〉，尉天驄編，前引書，頁一一三。

8 銀正雄，〈墳地裡哪來的鐘聲？〉，同上，頁二〇〇。

9 朱西甯，〈回歸何處？如何回歸？〉，同上，頁二一九。

10 葉石濤，〈台灣鄉土文學史導論〉，同上，頁七二。

11 同上，頁七三。

12 陳映真，〈鄉土文學的盲點〉，同上，頁九五—九六。

13 筆者曾經撰文比較葉石濤與陳映真的台灣史觀歧異之處，參閱宋冬陽(陳芳明)，〈現階段台灣文學本土化的問題〉，《台灣文藝》第八十六期(一九八四年一月)，後收入宋冬陽，《放膽文章拼命酒》(台北：林白，一九八八)。

14 關於鄉土文學論戰未完成的統獨之爭及其後續發展，參閱謝春馨，〈八〇年代台灣文學正名論〉(國立中央大學中國文學研究所碩士論文，一九九五年六月）。

15 許南村，〈試論陳映真〉，尉天驄編，前引書，頁一六四—七五。

16 彭歌，〈不談人性，何有文學〉，同上，頁二四五—六三。

17 余光中，〈狼來了〉，同上，頁二六四—六七。

「青春時代的台灣：鄉土文學論戰廿週年回顧研討會」宣讀論文，行政院文化建設委員會主辦，財團法人春風文教基金會承辦，《中國時報．人間副刊》合辦，一九九七年十月二十四日至二十六日。

後戒嚴時期的後殖民文學

台灣作家的歷史記憶之再現（一九八七—一九九七）

引言

歷史失憶症曾經支配台灣社會長達四十餘年之久。這種記憶的喪失，全然是由於威權統治對島上住民的身體、思考、書寫進行箝制與囚禁而造成的結果。到今天為止，戒嚴體制為台灣社會心靈、人格帶來何種程度的傷害與扭曲，學術界似乎未出現全面而嚴謹的研究報告。縱然傷害的確實數據還未能獲得理解，但如果與一九八七年解嚴後整個社會所展現的活潑生機來比較，大致可以揣測那段蒼白時期台灣人民所付出的生命代價與文化成本是相當龐大的。即使僅就台灣文學在解嚴後的蓬勃景象來觀察，就可窺知過去潛藏在社會內部的想像與創造力是受到何等的摧殘。

文學上的歷史失憶，絕對不只是指檔案文件的淪亡與史實紀錄的遺忘，它應該還牽涉到作家的生命經驗變得非常遲鈍、緩滯而拘束。這樣的生命經驗包括了官能的反應、情欲的追求、語言的表達，以及思想的運作。更具體而言，這種經驗可以延伸到身體政治、鄉土想像與國家認同的層次。因此，所謂歷史記憶的重建，其實是意味著作家如何從事個人主體的再建構；或者更進一步來說，它指的是劫後的社會如何展開文化主體的再建構。沒有歷史記憶，就沒有主體可言。這說明了為什麼解嚴後台灣社會的歷史重建會突然變得那樣壯闊而洶湧[1]。積極追求歷史真相的認識，當然不會止於為個人的名譽與身分辯護而已。就在辯護的工作全面推動之際，受到囚禁的身體與思考事實上也隨著釋放出來了。

台灣作家透過文學形式來追索歷史記憶的重建，並不表示他們能夠獲致一個完整而客觀的歷史事實。在權力支配到處氾濫的戒嚴時期，個人的記憶往往呈現支離破碎的狀態。因此，幾乎可以想像，在重新建構歷史記憶時，就無可避免會產生斷裂與跳躍的現象。甚至可以預見的是，在記憶重建過程中出現縫隙缺口時，許多虛構的想像與模擬的情節也有可能滲透進去。真實與虛構的敘述混合在一起之後，就不再可能是歷史的恢復（restoration），而是一種歷史的再現（representation）。

再現，是一種政治，它包含了再詮釋與再定位，而這牽涉到創作者的政治立場與偏見。如果依照後殖民理論學者史碧娃克（Gayatri C. Spivak）的說法，再現實際上並存著兩種意義，一是指政治上的「為誰說話」（speaking for），一是指哲學藝術上的「再呈現」（re-presentation）[2]。如果史碧娃克的說法可以接受，則歷史記憶的再現就有為特定族群發言的意涵在內，同時也涉及到美學上的顯影技巧。從這個觀點來看，解嚴後台灣作家的歷史記憶再建構，就不是史實的恢復，而是同時具有政治意義與美學意義的再呈現。也就是說，在政治上為了回應過去單元的、獨裁的權力壟斷，台灣作家在思考歷史問題時，勢將考慮到族群、性別、階級等的多元聲音。在美學上，也是為了挑戰過去官方的意識形態與政策指令，作家也著手開發曾經被壓抑的情感、欲望、思想等等的表達方向。

這篇論文把解嚴後的台灣社會定位為後殖民，是有理由的。最主要的原因在於，戒嚴體制對島上文化主體構成的損害，並不亞於日據時期的殖民體制。無論是戰前的殖民時期，或是戰後的戒嚴時期，台灣本地的語言、歷史、政治、文化等，都被統治者以排除異己的方式徹底予以歧視與壓制。被殖民者的文化主體被迫淪為「異己」（the other）的邊緣角色時，一個合法化的「知識暴力」（epistemic violence）就變成了殖民者的重要統治基礎。戰後台灣文學與歷史研究會變成學院中的高度禁忌，其實就是殖民知識暴力的再延伸[3]。倘然這樣的說法能夠成立，那麼解嚴後歷史記憶重建的多元現象，便可理解為一種後殖民狀況（postcoloniality）；在此狀況下所產生的台灣文學，也應該可以理解為後殖民文學。

本文討論的後殖民文學，重點放在去殖民（decolonization）的精神之上。歷史記憶的再建構，是任何文化主體企圖重塑的過程中必要的工作。本文涉及的歷史記憶當不止台灣意識本土論是如何崛起，而且也延伸討論族群記憶、性別記憶是如何重建。

文學本土論之對抗中國大敘述

台灣文學本土論或台灣意識論，是台灣後殖民狀況的重要表徵之一。台灣意識的發展並非始自戒嚴體制之終結，而是從七〇年代鄉土文學論戰就篤定而加速地孕育。有關鄉土文學論戰的研究，到現在為止已相當繁複[4]。從這些研究，可以對此論戰的性質有一個了解，那就是批判官方強勢文藝政策的支配，批判台灣對美國資本主義的依賴所造成的殖民地經濟。自鄉土文學論戰以降，台灣意識論者對於本土性的歷史根源與現實基礎的關切，超過以往任何一個時期。尤其是八〇年代初期，台灣意識論者與中國意識論者之間發生一場長達兩年的論戰，更充分證明台灣文學本土論對歷史記憶重建的迫切與焦慮[5]。從鄉土文學論戰開始，一直到台灣意識論戰為止，一個具體的結論便是把台灣文學稱為「台灣文學」。

在戒嚴令還未解除前，台灣文學一詞之宣告成立，顯然是對霸權式的中國取向思考寓有強烈的抵抗與批判意味。任何一個喪失文化主體的社會，在面對霸權論述時，不僅會採取民族民主解放運動的形式來進行抗衡，而且也會訴諸文化歷史再建構的方式來進行批判。以此史實來印證七〇年代到八〇年代台灣草根民主運動與本土文學運動的桴鼓相應，可謂恰如其分。在戒嚴體制的支配下，占多數的台灣本地人在政治上受到貶抑，在文化上受到排擠。這是由於以中國思考為取向的統治者，刻意設計掠奪與剝削的體制，使台灣人民對自己的歷史產生疏離，對自己的文化感到自卑，以達到永久性的支配。草根民主運動的發軔，從後殖民的觀點來看，誠然具備了「民族解放」的意味。這樣的解放運動，又促使島上住民開始尋求屬於自己的歷史記憶[6]。

沿著這條台灣意識路線發展下去，解嚴後文學盛放的情況自是可以想見。劃時代性的戒嚴終結，發生在一九八七年七月。就在那年，歷史冤案的平反運動也紛然展開。這包括二二八和平日運動，以及孫立人案件、雷震案件等等的重新評價。對於歷史事件的再認識，自然對原有官方的國族記憶暗含高度的批判。以中原意識為基礎的官方國族史，側重在雄偉、悲壯、崇高、寬闊等歷史人物事物的描寫。也就是說，中華民族取向的歷史再現，乃是以大敘述（grand narrative）為基調。在這種史觀的影響之下，台灣歷史無可避免就被矮化成為狹隘的、地域性的小歷史（petite history）；無論在史觀上或美學上，都不足以與偉大的中國歷史相互比擬。台灣作家利用解嚴後出現的政治缺口，開始滲透不見經傳的台灣歷史人物於文學書寫之中。在中國史的視野裡，台灣並沒有任何的能見度。一旦台灣作家回頭向島嶼的歷史索取想像與啟示時，中國史的大敘述美學就不能不受到挑戰。

這並不意味在戒嚴時期台灣作家沒有對國族認同的議題提出質疑。吳濁流從戰後初期到六〇年代為止，完成了《亞細亞的孤兒》、《無花果》與《台灣連翹》三部自傳性的系列作品，便是嘗試從細緻、枝節的史實紀錄來塑造戰後台灣史[7]。鄭清文以長達四十年的時間，集中描繪他的原鄉舊鎮發生的小人物故事，也是對中國的大敘述做強烈回應的行動[8]。李喬在七〇年代寫出了大河小說《寒夜三部曲》，更是以邊緣的觀點重建台灣抗日運動的記憶。誠如齊邦媛所說：「從第一頁開始，《寒夜三部曲》全部是邊緣人的紀錄；被移置、排擠、壓榨、控制，然後仍是拋棄……。」[9]台灣作家避開官方民族主義的意識形態，而專注於家族史的細節經營，無非是一種去中心、去殖民的追求，同時也是在國族議題上另闢一種全然不同的思考。

不過，必須等到解嚴之後，作家對國族議題的想像才有更為積極的營造。向台灣的歷史尋根，在後戒嚴時期最明顯的一個事實，莫過於日據時期台灣作家全集的大量出版[10]。這些史料的出版，對作家歷史記憶的再建構有相當大的幫助。尤有進者，台灣本地語言的振興運動，也在解嚴後開拓了極為廣大的空間。特別是台語詩集的書寫，已經有了豐收[11]。無論史料的整理，或是台語的推廣，都牽涉到歷史記憶再現的問題。

在文學創作方面，作家對官方民族主義的挑戰則更積極。東方白在一九九〇年完成的大河小說《浪淘沙》共計三冊，便是以三個家族為中心，探索台灣移民的國族認同之游移不定[12]。鍾肇政在一九九一年完成的《怒濤》，大量使用日文、中文、福佬語、客家語的混雜現象（hybridity），以再現戰後初期台灣社會文化認同的凌亂[13]。東方白與鍾肇政的小說，不僅觸及歷史再建構的困難與障礙，更觸及台灣社會內部族群語言與殖民語言之間的互相干涉。這種問題，在霸權的中華民族主義當道時期，似乎從未受到重視。在戒嚴體制下，台灣其實是被「發明」（invented）出來，是被虛構（fictionalized）出來的，以符合中華民族主義的普遍要求。支配性的戒嚴時期終結後，台灣的真相與內容才得到較為清晰的呈現。

在眾多的歷史小說書寫中，值得注意的作品恐怕應推李喬的《埋冤一九四七埋冤》上下冊。這部小說以二二八事件為中心，敘述事件過程的細節。第一部的書寫方式，是以跳躍和拼湊的記憶，重新組合發生在宜蘭、基隆、台北、台中、嘉義、高雄、屏東、花蓮等地的個別受難故事。第二部則是以台中的林志天為主角，勾勒戰後初期知識分子在事件中的反抗、挫折與掙扎。李喬全書的〈後記〉特別提到：「這本書下筆之前，約有一年時間，我深陷在『文學與歷史的兩難』中，最後找到的途徑是，上冊貼緊史實，乃以文學虛構貫穿；下冊經營純文學，但不捨歷史情境之真。」[14]在歷史書寫與文學書寫之間的抉擇，其實都牽涉到歷史記憶再現的問題。所謂真實與虛構的彼此穿透，乃是典型後殖民再現（postcolonial representation）。

曾經受到政治高度干擾的記憶，很少能夠以「貼緊史實」的方式呈現出來。李喬的小說，負載的歷史絕對是虛構的。因此，在完成兩大巨冊的文學作品之後，就認為已經建立了正確的、真實的歷史，無疑是一種迷信。《埋冤》一書，最主要的任務其實並不在於史實本身，而是作者本人所發展出來的鄉土想像與國族認同。就如同李喬在〈自序〉所承認的：「當台灣人、台灣社會數百年的變遷展現在我眼前時，歷史已不只是記憶中人事的浮動而已。從記憶躍升至反省整個族群生命、文化精神，進而成為文學創作的意識根源，它載負著我對台灣斯土斯民深厚的情感與理性的自覺。」[15]換句話說，作者的記憶是為「整個族群」發言的。他呈現出來的多元族群，就像東方白與鍾肇政的小說那樣，也是讓日文、中文、福佬語、客家語同時並存共鳴，產生多種聲音交響的景象。然而，那樣的語言是經過作家文字化了，就像記憶那樣，也是被作者過濾、沉澱過的。

李喬的這部歷史小說，頗能反映解嚴後知識分子的心情。在面對記憶時，他選擇與過去威權體制的歷史教育截然不同的途徑，對於一度被視為政治禁忌的二二八事件予以揭露，並且透過故事的鋪陳，對於戒嚴體制的統治者進行徹底的批判。

李喬的書寫方式，頗能代表八〇年代以降本地作家對國民黨政權的疏離與抗拒的態度。幾乎在本地作家中出現過的話語（discourse）、題材（topics）與主題（theme），都在李喬的這部小說中集中出現。因此，國民黨軍隊的殘暴、台灣無辜百姓的家破人亡，以及事件後社會內部的悲傷情調，都成為李喬小說中熟悉的場景。

這裡要指出的是，在對抗國民黨所建立起來的中國大敘述時，其實李喬也還是使用了另一種大敘述的策略。這種策略在宋澤萊、林雙不的小說中使用過，亦即把統治者描繪成邪惡的、粗暴的角色，而台灣社會則是屬於正義的、昇華的受害者。為了對抗威權統治，這種正／邪對立的主題描述有其階段性的使命。也就是說，這樣的截然劃分乃在於喚醒台灣社會的歷史失憶症。回歸到台灣歷史記憶的脈絡，才能認識曾經被歪曲、被損害的真相。無疑的，這種代表受害族群發言的文學作品，確實具備了高度的批判意義。

相對於中國大敘述，台灣本土意識小說誠然是屬於小歷史。然而，從台灣社會內部的多元歷史記憶角度來看，這種代表全體台灣人的台灣本土意識小說本身，又不免落入另一種大敘述的窠臼。因為，這種書寫方式基本上還是以整體化（totalization）的觀點來概括社會內部所有的族群與性別，欠缺區隔不同族群／性別的差異（differences）。具體而言，在某種程度上，台灣意識的歷史記憶仍然帶有威權的性格。雖然小說中讓不同族群的語言發出聲音，卻在面對同一苦難事件時釋放了一致的、雷同的悲傷情緒。當悲情化為同調時，性別與族群的差異反而被擦拭且模糊了。

女性書寫之抗拒男性大敘述

台灣意識文學的後殖民呈現，事實上是把父權思維與國族認同等值看待。除了在國族議題上，台灣本土論者與中國意識論者的取向不同之外，文學思考的模式仍然是不脫父權的陰影。更確切地說，類似李喬的歷史記憶，乃是以男性的國族思考來取代所有台灣人的認同。問題在於，構成台灣人之一的女性究竟在小說中如何被呈現出來？從戒嚴體制解放出來時，女性作家的聲音其實也獲得了解放的機會。如果歷史記憶只是單一性別的，則所謂解放其實也還是殘缺不全。相較於男性思考的台灣意識小說，後戒嚴時期的女性小說可以說更為精采而盛放。

女性與國族，自來就是緊張卻又看不見的議題。當女性在文化上、制度上不斷受到歧視與排斥時，其國族認同絕對不可能與男性的思考是一樣的。就像英國作家維吉尼亞・吳爾芙（Virginia Woolf）所說，每當談到國家時，她永遠都是局外人（outsider）。她再三指出，在整個歷史發展過程中，女性在教育、財產、階級、性別上一直都承受不公平的待遇。她很懷疑，國家到底有多少是屬於女性的[16]。這種說法拿來與台灣歷史相互印證，仍然值得深刻思考。在威權體制隨著戒嚴令的終結而發生鬆動時，以男性為主體的反對黨逐漸獲得執政的空間。但是，在政黨更迭之際，女性的身體顯然還是沒有翻身的機會。國家機器在權力轉移過程中，現階段的女性不免依舊要扮演局外人的角色。從這樣的觀點來看，台灣的歷史記憶有多少是屬於女性的？

以歷史事件的平反而言，李喬的《埋冤》巨著似乎不能再視為僅有的後殖民再現。女性聲音釋放出來後，就開始對男性大敘述進行深沉的抗拒；無論這種大敘述是屬於中國意識或台灣意識。長期操縱在男性手上的歷史解釋權，顯然已經達到必須讓女性來分享的時候了。在解嚴後，爭取女性歷史發言權的兩位作家是不能不予以注意的，那就是平路與李昂。這兩位作家分別對中國與台灣的國族記憶提出對抗性的女性觀點。平路從最早的《玉米田之死》（一九八五）、《是誰殺了×××》（一九九一），到近期的《行道天涯》（一九九五）、《百齡箋》（一九九七），就不斷挑戰國家權力與國族記憶的合法性。尤其是《行道天涯》一書的完成，幾可窺見平路書寫工程之企圖所在。李昂的創作，則是對台灣的男性大敘述展開強悍的質疑。她的思考格局之可觀，見諸於她的《殺夫》（一九八三）、《暗夜》（一九八五）、《迷園》（一九九一）與《北港香爐人人插》（一九九七）。觀察這兩位作家的書寫策略，大約也就能夠掌握解嚴後的後殖民文學中的女性思考之一二。

以《行道天涯》而言，平路刻意選擇女性的肉體情欲來反諷男性的國體情操。對中國近代史稍有記憶者，都知道孫中山的神格地位是無可侵犯。他是民族精神的象徵，是開國英雄的典範，是革命運動的領袖，是崇高人格的表率。有如此宏偉人物的存在，歷史書寫就有必要拭去種種不必要的枝節，並採取男性的宏觀立場來營造孫中山與國族史的神聖關係。在許多官方記載中，孫中山身旁的女性可以說微不足道，甚至是不曾存在的。國民黨與共產黨的近代史建構，縱然政治立場是何等相互對峙仇視，但是在塑造孫中山的人格上卻有志一同。在男性大敘述的審美方面，國民黨與共產黨顯然對彼此沒有歧見。平路的書寫焦點則放在小女人宋慶齡身上。

在神聖的孫中山生命史中，他最後的愛人宋慶齡被解構了。平路並不以神聖女性來看待宋慶齡，她以拆解的方式來描繪這位「國母」：她到底是「神女」還是「聖女」？官方的國族史是冰涼的、嚴峻的，平路的女性史則充滿熱騰騰的肉軀。當權者以崇高、神聖的名號加諸宋慶齡身上時，其實就是把名節、道德的枷鎖囚住她的情欲。孫中山能夠拯救中國人民的歷史苦難，卻不能解放他的妻子肉體上的情欲煎熬。孫中山留下改朝換代的歷史名聲，竟沒有為女性留下改頭換面的政治空間。《行道天涯》一書，對中國意識論的歷史記憶與國族想像構成顛覆性的嘲弄。平路在寫完《行道天涯》後曾經公開承認，她在描寫宋慶齡時，「我那麼小心翼翼地，深怕又有什麼地方褻瀆了她；情欲的想像，要成為極端清明的自制」[17]。這樣的說法固然反映了平路的局限，卻更反映了父權文化在她深層的心理結構所發生的困擾。縱然如此，平路所塑造的宋慶齡形象，已足夠揭穿男性敘述的虛構與虛偽。

相形之下，李昂的女性書寫則是緊扣台灣社會政治的脈絡，對男性大敘述採取更為深切的剖析。《迷園》這部小說揭示的兩性戰爭，可以從殖民與被殖民的關係來觀察[18]。不過，李昂採取的策略卻是選擇鄉野傳說與裨官野史做為歷史的架構，這種方式與李喬在建構歷史的途徑是全然不同的。李喬的記憶重建是經過多方考證與實地調查，李昂則寧可求諸於不太可靠的口傳歷史。她的目標不在於追求雄偉的美學，而是為了傳達官能上的具體感覺。男性渴求的是空幻的情操，李昂要求的卻是具體的情欲。

引起各方爭議的《北港香爐人人插》，一直被詮釋為對號入座的政治小說，反而忽略了書中收進的「戴貞操帶的魔鬼系列」作品。在撰寫這一系列小說時，李昂曾經表達了如下的感受，在寫這系列小說之前，「女性認同絕對是高於一切的，它才是我最終的追求；可是現在我的認同裡，可能『女性』跟『國家』跟『歷史』在打仗。如果很忠實的就一個女性的觀點來寫家族或國族的話，絕對有很多我現在寫的東西出來，可是這絕對會被那些愛台灣的人批評。」[19]這段簡單的表白，透露了兩個重要的信息。第一、現階段李昂的女性認同，對國族認同與歷史記憶有她的抵抗存在。也就是說，現在已經普遍被接受的歷史書寫方式，亦即屬於主流的台灣史，她並不能完全認同。第二、她寫出的魔鬼系列，與台灣史的主流論述是有落差的。這樣的主流論述其實就是主張「愛台灣的」男性大敘述；在此論述支配下，魔鬼系列顯然無可避免會受到批判。

不向主流論述靠攏，是李昂在後戒嚴時期的文學身段。在此之前，她支持過黨外運動，也支持台獨傾向的民進黨。在某種意義上，她接受過男性大敘述的審美觀念。但是，等到民進黨逐漸躍昇為極有可能的執政黨時，李昂選擇了分手的道路。她越來越發現，伴隨著民主運動成長的台灣意識，在其形塑的過程中女性一直是缺席的。女性的缺席，並不意味女性拒絕參加，而是在此運動中掌握權力的男性領導者從來就沒有考慮過具體的女性議題。在「魔鬼系列」中的同名短篇小說〈戴貞操帶的魔鬼〉，便是在揭露男性政治運動中為女性帶來道德枷鎖的事實。

女性的體內都囚禁一個充滿情欲的魔鬼。這個魔鬼不能釋放出來，乃在於男性文化所造成的壓抑。小說中的女主角是一位代夫出征的民意代表，她的丈夫因民主運動的罪名而遭監禁。在議壇上，她可以做為丈夫的替身，也可以為丈夫發言，但她不能表達自我。丈夫被監禁的歲月裡，她也是一個具有情欲的肉軀。然而，民主運動的光環卻牢牢鎖住她的身體。於是，一方面她身上有魔鬼的欲望，另方面她精神上又有道德的貞操帶。在小說中，貞操帶幾乎等同於民主運動的情操氣節，而這種情操則建基於丈夫受難的形象之上。她必須為丈夫守身，也大約就是為整個民主運動護衛名節。如果身體的官能也是屬於女性記憶的一部分，在民主運動的道德指令下，女主角的情欲則是在記憶與失憶的邊際掙扎。這篇小說的挑戰姿態是相當高的，通篇小說充滿了性的暗示，女主角陷於調情與煽情的「危險」地帶。事實上，這篇小說乃是向男性的大敘述逼問，為了完成神聖的民主運動，女性的身體是不是也必須犧牲？

系列小說中的另一篇〈空白的靈堂〉，更是尖銳地批判七〇年代以降的民主運動。小說以自焚殉身的「台灣國父」的遺孀為中心，描述烈婦與蕩婦共存在女性體內的相剋相生狀態。性欲與政治原是男性大敘述的主調，現在卻轉移到女性的身上。在權力徵逐的場域裡，男女關係的議題，常常是政敵之間相互詆毀的利器。男人對此尚存禁忌，何況是投入政治運動的女性？如果這位女性碰巧又是為有「台灣國父」之稱的丈夫參加運動，她必須在男女關係上嚴守分際。但是，血肉之軀是活生生的，而貞操帶則是冷冰冰的，這位遺孀會做何種抉擇？李昂不斷把情欲煎熬與肉體誘惑推到極致，其目的也是為了緊緊扣問男性大敘述的真實與虛構。這裡暗藏了一個問題，民主運動的完成重要，還是情欲的滿足重要？犧牲女性的小我，成全男性的大我，恐怕是一個永遠與現實脫節的神話。

當男性作家在強調歷史悲痛與政治苦難時，李昂完全投入女性身體政治的刻劃。她營造起來的美學，全然不同於男性對歷史表象的描繪，而是進入女性身體內部，探隱尋幽，挖出從來就被遺忘的感覺。肉體層面與心理層面的痛苦，較諸國家民族的悲慟還來得具體而深刻。台灣作家的歷史記憶之建構，由於有了女性書寫的出現，才有更為完整的呈現[20]。

原住民文學之抗拒漢人敘述

在歷史記憶的重建過程中，女性聲音的釋放，是後殖民文學的一個重要現象。不過，還有一個更重要的現象，便是原住民聲音也開始介入了。在台灣意識形塑史上，原住民的缺席狀態，較諸女性還更嚴重。自一九八〇年以後，原住民文學漸漸在文壇上浮現，一個不同於漢人的歷史記憶也隨著加入拼圖的行列。

被歷來統治者與漢人視為原始、野蠻、欠缺文明的原住民，在移民社會與殖民社會的改造衝突環境中，一直未能獲得發言的權利，歷史撰寫權與詮釋權也未嘗落在他們手上。原住民同時是外部殖民（external colonization）與內部殖民（internal colonization）的受害者。長期被迫處於邊緣的位置，他們不曾有過充分的機會參與漢人的歷史活動與意識形塑。對他們而言，如果有所謂台灣意識的話，那毋寧是一種霸權論述的支配。

漢人的台灣意識乃是在殖民者的政治壓迫下慢慢產生的。特別是日據時期以後，統治者帶著現代性的面具，為其殖民體制護航。在進步、文明、理性的現代化運動侵襲之下，島上漢人不得不在殖民過程中接受洗禮，但另一方面也為了追求文化主體的重建，而學習接受現代化的觀念，並認識了所謂科學文明的現代性。在很大程度上，漢人也以進步的角色自居，對原住民採取內部殖民式的文化歧視。因此，台灣意識的形成，不僅沒有讓原住民參與，而且這樣的意識在許多時期竟然對原住民也構成了優越的、支配的政治文化。

原住民意識的覺醒，必須到八〇年代初期才漸漸發生。第一代布農族作家田雅各（本名拓拔斯•塔瑪匹瑪）與泰雅族作家柳翺（本名瓦歷斯•諾幹）在文壇出現時，原住民部落已呈現離散狀態，而部落子弟則正在島上的各個角落流亡。

在第一本小說集《最後的獵人》出版時，田雅各說：「開始認識漢字至今，不論是被輸入或自己獵取的文字裡，發現中國由許多民族漸漸融合而成，併吞歸化邊疆民族而壯大，但這些擁有美麗土地的可愛民族失去生命似的，他們少見於中國文史上，……。」[21]

原住民歷史記憶的喪失，一方面是漢人的歷史紀錄取代了他們的意識，另方面則是他們的傳說也同時遭到篡改。田雅各的書寫策略，便是努力尋回自己的歷史之根。〈馬難明白了〉這篇小說頗富自傳性的意味，作者以本身的經驗與自己的孩子交談，發現孩子在學校仍然得到「野蠻」的歧視性稱呼。小說使用對話的方式糾正吳鳳故事的扭曲與揑造，從而讓孩子認識原住民的文化主體。小說中的父親以悍然的語氣表示：「吳鳳是什麼樣的一個人，沒有必要去追究，更不需要記住他，如果爸爸活在那個時代，也會雙手贊成砍下吳鳳的人頭，因為他註定要被山地人砍頭祭神。」[22] 漢人歷史故事的合法性，在此就受到嚴重的挑戰。

收在另一部小說《情人與妓女》的〈洗不掉的記憶〉，是有關二二八事件的回憶故事。在漢人壟斷歷史解釋權時，原住民的受害事實反而隱晦不彰。田雅各通過原住民警察的形象，重新建構事件是如何涉及部落。這篇小說並未深入挖掘原住民的傷口，但可以想像的，同樣的歷史事件並非只有漢人才擁有記憶，原住民聲音的介入，才使事件的真相更清楚[23]。文化主體的再構築，正是田雅各所要強調的。〈尋找名字〉這篇寫實的小說，更確切點明了重建主體的企圖。小說的主題在於透過原住民的參加遊行示威，以爭取部落姓氏的正名。遠赴都會去請願的部落長老與子弟，顯然不畏鎮暴警察的包圍。其中有如此動人的描述：「原住民各族被漢化的速度如野燕飛般地快，而尚存有族群意識的長者漸漸消失，已年屆八十高齡的祖父拓拔斯不願含恨入土，因此執意參加此次正名請願活動去洗雪污名，討回真正可以祝福後代子孫茁壯起來的好名字。」[24]這位祖父的思考，頗能反映原住民文化的焦慮。他們要尋回名字，並不只是向歷史尋根而已，更是為了要向未來祝福。因此，正名運動乃在於洗刷污名，也在於去殖民，更在於重建文化主體。

瓦歷斯・諾幹的詩與散文，最主要的特色乃在於書寫原住民在島上流離失所的景象。他的詩集《想念族人》後面附有訪談錄，瓦歷斯接受訪問時特別表達原住民歷史消失的悲哀。他說：「我在今年寒假看完十八本《台中縣志》，我們看到漢人的開墾史，完全看不到原住民的部落史。」[25]這是漢人掌握歷史撰寫權的活生生例子。原住民受損害、被犧牲的史實，在漢人記載中全然擦拭淨盡。

《想念族人》呈現出來的景象，其實就是原住民在台灣現代史上最大的流亡圖。他們流亡在都市、在海洋、在礦區；唯一不能達成的，便是回歸到自己的部落。隨著資本主義在島上的擴張繁殖，原住民比起任何一個時期還更嘗到被放逐、被遺忘、被拋棄的滋味。〈在人同〉這首詩，最能顯現他痛苦的控訴。詩中描寫的是一位流落在城市裡的原住民少女的命運：

進入社會，我不再捧書朗誦
被賣斷的青春課本從不解答
在華西街陰冷的房間一角
偶而，我還會想起故鄉
賭博醉酒的母親，死於
斷崖的父親，荒廢的田園
和尚在讀書的弟妹

荒涼的少女心情與荒涼的部落情景，相互隱喻，構成流亡生命的主軸。部落的被殖民與身體的被殖民，使原住民的命運落入雙重剝削之中。無論留在故鄉，或浪跡都市，出路永遠都是幽暗的。這樣的歷史記憶，在漢人的紀錄裡是找不到的，但它卻是島上的真實記憶。

到了九〇年代，原住民作家的聲音越來越繁複。其中最值得注意的，是施努來（夏曼・藍波安）的《冷海情深》（台北：聯合文學，一九九七），描寫雅美族知識青年回到蘭嶼的故事；以及利格拉樂・阿𡠄的《誰來穿我織的美麗衣裳》（台中：晨星，一九九六），她的父親是外省籍人，母親是排灣族，現住於泰雅族部落裡。這兩冊散文頗能表現原住民追求部落認同與文化認同的意志，代表的是一種回歸的願望。歷史記憶的再現，如果沒有納入原住民的經驗，必然是殘缺的。

去殖民化：重建歷史記憶

後殖民文學的重要意義，乃在於抵抗威權體制的延伸，並且也在於批判權力支配的氾濫。到戒嚴體制終結以前，台灣作家很少有足夠的空間開發自己的鄉土想像，更沒有充分的機會追索自己的歷史記憶。當「台灣」這個符號，在解嚴後從中國取向的思考囚房釋放出來時，它便開始承受許多前所未有的信息與意義。「台灣」與「台灣人」的定義，就不可能只是指涉戒嚴時期的特定族群，它應該延伸到島上所有住民。在高壓的中國體制下，似乎是福佬族群壟斷了「台灣」、「台灣人」、「台灣話」這些名詞的全部意義。從階段性的抗爭立場來看，這種壟斷顯然可以理解。然而，隨著戒嚴令的解除，盤踞島上的中國體制也發生了動搖，「台灣人」、「台灣話」的政治意涵也得到擴充的空間。台灣文學一詞之普遍使用，大約也可從這個角度來理解。凡是客家人、外省人、原住民都可劃入台灣人的範疇，因為台灣人不再只是具備了政治意義，而是填加了另一層文化上的意義。由不同族群所寫出的文學作品，自然也都是屬於台灣文學的格局。

因此，沒有一個族群的歷史記憶，可以代表全部族群的記憶。每一種歷史記憶都是個別的、特殊的、相互有差異的。只有把這些不同的記憶累積起來，才能代表台灣歷史記憶的全部。台灣意識論的文學作品，絕對不能取代女性的歷史記憶；同樣的，漢人的文學作品也不可能替換原住民的歷史記憶。不同族群、性別，就有不同的歷史經驗；不同的歷史經驗，當然也就有不同的記憶。後殖民文學的歷史再現，可以說是相互區別，卻又是相互補充的。

這篇論文應該擴充篇幅討論眷村文學。在歷史記憶的重建上，眷村文學較諸其他類型的文學還更積極。不過，眷村文學牽涉的範圍較廣，它是屬於多重失落的綜合產物。既聯繫了中國／台灣雙重原鄉的失落，也銜接了過去／現在雙重時間的失落。這是台灣文學中的重要現象，值得擴大篇幅去討論[26]。日後當再以專文，深入探索。

在這裡有必要強調的是，重建歷史記憶乃是後戒嚴時期去殖民化工作的重要步驟。不再接受威權式的歷史解釋，不再接受支配式的歷史書寫，正是後殖民文學的主要精神。所以，多元的歷史再呈現，無非是使台灣文化主體與文化營造更為豐碩。如果以為重建文化主體，就是要盤踞文化中心位置，則殖民式的夢魘將不可能祛除，而知識暴力也將繼續橫行。

註釋

1 自一九八七年以降，歷史冤案的平反運動先後次第展開，但大多集中在個別政治案件的田野調查與檔案分析。目前較值得注意的調查報告，包括行政院二二八事件小組，《二二八事件研究報告》（台北：時報，一九九四）；以及台灣省文獻會編，《台灣地區戒嚴時期五〇年代政治史料彙編》（五冊）（台中：台灣省文獻會，一九九八）。

2 Gayatri Chakravorty Spivak, "Can the Subaltern Speak?" in Patrick Williams & Laura Chrisman, ed., *Colonial Discourse and Post-Colonial Theory: A Reader* (New York: Harvester Wheatsheaf, 1994), p. 70.

3 關於解嚴後台灣社會是後殖民或後現代的傾向，參閱陳芳明，〈後現代或後殖民：戰後台灣文學史的一個解釋〉，見本書頁二三—四六。

4 有關鄉土文學論戰的單篇論文，已不勝枚舉。目前國內就此議題所寫的碩士論文包括李祖琛，〈七十年代台灣鄉土文學析論：傳播結構的觀察〉（國立政治大學新聞研究所碩士論文，一九八六年一月）；周永芳，〈七〇年代台灣鄉土文學研究〉（中國文化大學中國文學研究所碩士論文，一九九二年六月）；藍博堂，〈台灣鄉土文學論戰及其餘波，一九七一—一九八七〉（國立台灣師範大學歷史研究所碩士論文，一九九二年六月）；翁慧雯，〈文學與政治：七〇年代台灣的「鄉土文學」論戰〉（國立台灣大學社會學研究所碩士論文，一九九四年六月）；何永慶，〈七〇年代台灣鄉土文學論戰研究〉（中國文化大學中國文學研究所碩士論文，一九九五年十二月）；洪儀真，〈三〇年代與七〇年代台灣鄉土文學論戰中的左翼思想及其背景之比較〉（國立台灣大學社會學研究所碩士論文，一九九七年六月）。

5 參閱施敏輝（陳芳明）編，《台灣意識論戰選集》（台北：前衛，一九八九）。

6 Amilcar Cabral, "National Liberation and Culture," *Return to the Source: Selected Speeches of Amilcar Cabral* (New York: Monthly Review Press, 1973).

7 陳芳明，〈吳濁流的自傳體書寫與大河小說的企圖〉，《左翼台灣：殖民地文學運動史論》（台北：麥田，一九九八），頁二四三—六一。

8 關於鄭清文小說風格的討論，見陳芳明，〈英雄與反英雄崇拜〉，收入齊邦媛等編，《鄭清文短篇小說全集》，第三冊，《三腳馬》（台北：麥田，一九九八），頁一—九。

9 齊邦媛，〈李喬《寒夜三部曲》中難忘的人物〉，《霧漸漸散的時候》（台北：九歌，一九九八），頁二九二。

10 到一九九八年為止，日據時期台灣作家的全集與補遺不斷出版，包括：張炎憲、翁佳音編，《陋巷清士：王詩琅選集》（台北：稻鄉，一九九一）；呂興昌、黃勁連編，《吳新榮選集》（三冊）（台南：台南縣立文化中心，一九九七）；鍾理和紀念館編，《鍾理和全集》（六冊）（高雄：高雄縣立文化中心，一九九七）；施懿琳編，《翁鬧作品選集》（彰化：彰化縣立文化中心，一九九七）；黃英哲、張炎憲、陳芳明等編，《張深切全集》（十二冊）（台北：文經社，一九九八）；許俊雅編，《楊守愚全集》（二冊）（彰化：彰化縣立文化中心，一九九九八）；彭小妍主編，《楊逵全集》（十四冊）（台北：中央研究院中國文哲研究所籌備處，一九九八—二〇〇一）。以上所舉，僅是較值得注意者。另外，新竹縣立文化中心正在編輯《龍瑛宗全集》，台中縣立文化中心也正在編輯《張文環全集》。

11 台語詩集的出版，包括林宗源，《林宗源台語詩選》（台北：自立晚報，一九八八）；黃勁連，《雉雞若啼》（台北：台笠，一九九四）；陳明仁，《流浪記事》（台北：台笠，一九九五）；莊柏林，《莊柏林台語詩集》（台南：台南縣立文化中心，一九九五）；李勤岸，《李勤岸台語詩集》（台南：台南縣立文化中心，一九九五）。此為犖犖大者，還有更多的出版及其討論，參閱林央敏，《台語文學運動史論》（台北：前衛，一九九六）。

12 東方白，《浪淘沙》（台北：前衛，一九九〇）。

13 鍾肇政，《怒濤》（台北：前衛，一九九一）。

14 李喬，《埋冤一九四七埋冤》下冊（苗栗：作家自印，一九九五），頁六四四。

15 同上，上冊，頁一五。

16 吳爾芙的說法見於Virginia Woolf, *Three Guineas* (New York: Harbinger Books, 1938), pp. 107-09；此處轉引自Lois A. West, ed., "Introduction: Feminism Constructs Nationalism," *Feminist Nationalism* (New York: Routledge, 1997), p. xi.

17 平路，〈在父權的邊緣翻轉：《行道天涯》裡的女性情欲〉，《中國時報》（一九九五年三月十七日第三十九版）。

18 參閱彭小妍，〈女作家的情欲書寫與政治論述：解讀《迷園》〉，收入李昂，《北港香爐人人插》，「戴貞操帶的魔鬼系列」（台北：麥田，一九九七），頁二七三—三〇一。

19 邱貴芬，〈李昂：訪談內容〉，《（不）同國女人聒噪：訪談當代台灣女作家》（台北：元尊，一九九八），頁一一二—一一三。

20 以二二八事件的記憶重建為例，蔡秀女、陳燁，以及許多女性的口述歷史，都正在改變台灣社會對事件的認識。參閱邱貴芬，〈塗抹當代女性二二八撰述圖像〉，《中外文學》第二十七卷第一期（一九九八年六月），頁九—二五；以及簡素淨，〈二二八小說中的女性、省籍與歷史〉，《中外文學》第二十七卷第十期（一九九九年三月），頁三〇—四三。

21 田雅各，〈自序〉，《最後的獵人》（台中：晨星，一九八七），頁一一。

22 田雅各，〈馬難明白了〉，同上，頁一〇五。

23 田雅各，〈洗不掉的記憶〉，《情人與妓女》（台中：允晨，一九九二），頁六一—七三。

24 田雅各，〈尋找名字〉，同上，頁八三。

25 魏貽君，〈從埋伏坪部落出發：專訪瓦歷斯・諾幹〉，收入瓦歷斯・尤（諾）幹，《想念族人》（台中：允晨，一九九四），頁二三三。

26 有關眷村文學議題的討論，參閱齊邦媛，〈眷村文學：鄉愁的繼承與捨棄〉，《霧漸漸散的時候》，頁一五三—八八；王德威，〈以愛欲興亡為己任，置個人死生於度外〉，收入蘇偉貞，《封閉的島嶼》（台北：麥田，一九九六），頁一五—一九；梅家玲，〈八、九〇年代眷村小說（家）的家國想像與書寫政治〉，收入陳義芝編，《台灣現代小說史綜論》（台北：聯經，一九九八），頁三八五—四一〇。

「威權體制的變遷：解嚴後的台灣」國際研討會宣讀論文，中央研究院台灣研究推動委員會主辦，一九九九年四月一日至三日。

挑戰大敘述

後戒嚴時期的女性文學與國家認同

引言

這篇論文是以三位女性作家的小說為中心，探討後戒嚴時期國族認同的問題。平路的《行道天涯》，李昂的《北港香爐人人插》，與施叔青的《香港三部曲》，分別針對中國大敘述、台灣大敘述，以及殖民大敘述的傳統，以女性身分發出不同的聲音；而這樣的聲音，在戒嚴時期是很少聽見的。選擇這三位作家來討論，原因在於她們的思維方式典型地反映了現階段台灣文學發展，已經到了需要重新評估舊有價值觀念的時候。通過她們的書寫，不僅可以發現傳統的美學開始受到挑戰，而且也可以預見一個新的女性知識論（feminist epistemology）正在形成當中。

在戒嚴時期的台灣，所有知識的取得幾乎都脫離不了國家機器的干涉。處在威權體制的統治之下，如果說知識是用來為國家服務，並不是誇張的說法。知識嚴密聯繫著與國家權力相關的文化傳統、歷史記憶、文學遺產、價值觀念。透過知識傳播與擴散的管道，國家變成了一種論述，成為生活方式不可分割的一部分。在社會結構裡，到處都可以看見國家的代理機構（agency），這包括學校、報紙、電台、警察、里鄰制度等等。這些機構所組成的網絡相當周延密集，沒有多少人能夠躲避國家的存在，從而隨著國家機構的密布，與其相互依存的知識也就變得無遠弗屆。知識權力與國家權力結合在一起，造成的影響與支配可謂至大且鉅。

這裡不在討論解嚴前國家知識論是如何膨脹，而在於指出在權力的支配下，知識分子對於歷史記憶的重建，以及對於文學遺產的整理，都無法避開傾向大敘述的思考方式。這是因為依賴戒嚴體制而生存的國家機器，基本上乃是以中原文化與代表中國為主要取向。在國家主導之下，戰後台灣社會的主流知識，都強烈滲透了國家民族、道德正義與英雄崇拜等等大規模、大格局的價值觀念。在國族方面，知識的獲得都會偏向以漢人為中心。在道德思想方面，知識則是以儒家哲學為中心。在英雄崇拜方面，知識全然以男性思考為中心。大敘述的美學自然而然就逐步累積起來，而且變得根深柢固。

解嚴後的女性文學，顯然不接受這種美學傳統的同化。伴隨威權體制的式微，曾經受到壓抑的女性思考篤定地釋放出來。拒絕被同化，就等於是在挑戰既存的國家觀、道德觀與英雄觀等等的男性論述。本文討論的女性書寫，有一個共同的挑戰策略，那就是從男性的歷史知識與歷史記憶切入，揭露戰後以來的霸權論述（hegemonic narratives）是如何規範著性別（gender）與性欲（sexuality）。藉用平路、李昂、施叔青的小說文本，大約可以窺見傳統大敘述美學的虛構與空洞，從而也可以發現新的女性思維之強烈批判性格，以及其中以小搏大的技巧。

《行道天涯》：挑戰中國大敘述

台灣女性作家在脫離戒嚴時期體制後，發展出來的種種思考中的一個重要問題便是主體如何重建。女性主體究竟是先天生成的，還是後天社會建構的，一直是值得反覆議論的。在戰後的台灣社會，女性受到強勢文化的支配是無可否認的；問題在於，她們是否有足夠的空間自我呈現（self-representation），或是處於被呈現（represented）的地位？再呈現的能力如果被剝奪，則主體的問題等於被抹煞了。在長期的戒嚴文化中，男性論述透過有關民族主義、道德傳統、英雄偉人的敘述而得以彰顯出來。女性身分與角色，無論在歷史敘述或文學敘述裡，往往被安置在從屬的或邊緣的地位。要在這種文化情境裡尋找屬於女性的聲音，可以說極其困難。女性聲音不僅難以發抒，女性形象也必須透過男性論述才能呈現出來。

國家所掌控的知識之所以富有強烈的民族主義的色彩，無非是建基於一個假想之上；也就是在一個民族的範圍之內，所有的知識乃是具有普遍性。凡是屬於同一個國族，則應該可以分享同樣的價值觀念、同樣的情感意識、同樣的歷史經驗。這種近乎本質論的民族主義，構成了國家所支配的知識一個極為牢固的基礎。從來沒有人敢於質疑，這些必須分享的價值觀念、情感意識、歷史經驗到底是由誰塑造出來的？然而，有關國族的議題最近有了新的詮釋，認為國族（nation-state）或民族主義（nationalism）並非在文化上是屬於本質的，而毋寧是一個想像的共同體（imagined community）。如果這種詮釋是能夠接受的，則這可以用來挑戰國族是一種先天的、或是一種本質的存在（Puri, 11-12）。

國族想像，在種族、性別、階級的不同脈絡中，自然就會產生甚大的差異。不同的種族、不同的性別、不同的階級，對於國家的憧憬與願望會有不同的追求。從這樣的觀點來看，所謂國家神話與文學典律，並不必然有其普遍性的接受。戰後以來的中國歷史知識，透過一致性的教育機構，普遍深植在每位接受啟蒙的學子心中。其中最值得注意的一項重大國家神話，應首推孫中山的故事。

孫中山是中華民國開國的國父，他的歷史地位是無可動搖的。在二十世紀中華民族主義的鑄造過程中，他所扮演的角色也極其重要。沒有他的《三民主義》傳播，中華民族意識的覺醒也許會遲晚一些。在形成現代中國官方的知識論上，孫中山居於關鍵性的地位。無論是右派的中國國民黨，或是左派的中國共產黨，都充分利用了民族主義的擴散而獲得權力的鞏固。孫中山在兩黨的歷史傳統中，都分別擁有至高無上的尊榮聲譽。對於兩黨的民族主義知識而言，孫中山是原創者，是開啟國族建構的奠基者。他是現代中國國家觀念的原型（prototype），縱然他的民族主義是從西方近代國家形成的起源借來了火種。這些都沒有影響左、右兩黨對他的景仰，所有的權力接班人都積極在他的歷史影像上投注他們各自的願望與詮釋。

民族主義等同於革命運動、國家苦難、民族尊嚴、愛國思想，甚至等同於政黨信仰、政黨領袖與政黨利益。無論是民族的、國家的、政黨的意識形態，都被認為具有普遍性（universalism）。孫中山是男性身分，國家領袖是男性身分，政黨領導人是男性身分，這些身分便無可避免與整個民族主義或政黨意識形態有著密切的聯繫。國民黨與共產黨的孫中山形象也許有差異的存在，但是這樣的差異並非建基在種族、性別、階級的脈絡之上，而在於兩黨的權力鬥爭與利害關係之上。更確切而言，孫中山的歷史影像是男性政權與男性政權相互對峙抗衡的一種政治產物。雙方努力剝削孫中山的歷史價值，無非是為了詮釋兩黨各自的合法性。國民黨政府流亡到台灣，對於這位歷史人物的尊崇地位之營造，可謂不遺餘力。戰後台灣社會大敘述美學的誕生，可以從孫中山的歷史價值被剝削的過程中窺見得一清二楚。

在國族面具下鑄造的大敘述美學，終於遭到女性作家的正面挑戰。平路的《行道天涯》在一九九五年出版時，意味著一位被供奉在國家神殿上的偉大人物，必須走下歷史階梯，回歸到人間。平路的解構策略，並不是直接從圍繞在孫中山的各種官方神話切入，而是從這位偉人身邊的小女人宋慶齡開始寫起。歷史的再呈現，依賴的不再是男性身分的眼睛，而是從女性身分換另一個角度去觀察。

《行道天涯》係以三個敘述主軸所構成，亦即分別由孫中山、宋慶齡與兩位宋所認養的孫女的故事交織組織起來。這部後設小說的重心，當然是以宋慶齡為主。如果仔細分析的話，兩位認養的孫女只能視為故事進行時的旁白，是鑑照人情冷暖的一面鏡子。真正構成鮮明對照的，則是有關孫、宋兩位年齡懸殊的夫妻之敘述。小說中凡是描繪孫中山時，時間、事件、人物都特別清楚，而且涉及的都與國家民族的命運息息相關。但是，輪到刻劃宋慶齡的故事時，有些人名的出現是可供考證的，一旦觸及她的祕密情人，就變成了虛構的「S」。宋慶齡穿越過的時間、地點，彷彿都混沌未明。留下的許多縫隙，似乎在邀請讀者填補更多的想像。

兩種不同的敘述方式，自然寓有反諷的意味。男性看歷史，都必然是旁徵博引，證據確鑿，這是為了使其建構的歷史知識具有說服力。女性觀察歷史，顯然不在乎時間、人名、地名的準確，她們對於流動於歷史場景中的情感、情欲、情緒較為重視。男性強調的是國族命脈，女性則偏向個人命運。習慣於中國傳統的歷史書寫方式者，對於大格局、大場面的呈現極為偏愛；相形之下，女性所關心的事實紀錄，不免是屬於小歷史（petite history）。

平路的書寫策略，重點刻意放在小歷史之上。她設計兩種平行的故事敘述，相互投射兩位歷史人物的關切是如何產生差異。然而，正是在彼此的照映中，諷刺的意義就從中浮現出來。因為，孫中山畢生追求的理想便是要拯救中國人民於苦難，要使中華民族於國際上的生存得到尊嚴。如此的道德正義，是無懈可擊的。但是，當他撒手人寰，跟隨著他後半生的宋慶齡，並未獲得拯救，遑論獲得生存的尊嚴。

孫中山升格為國父時，宋慶齡也同時升格為國母。這樣年輕的女性仍然活在血脈沸騰的肉體裡，仍然還有人間凡世的七情六欲；卻由於她是國父的遺孀，而被迫必須與孫中山同時供奉在民族的神殿，而這座神殿則是無可玷辱、無可侵犯的。宋慶齡的聲譽變得如此隆崇，並非是她本人努力去追求的。加諸在她身上的榮耀、勳章，只不過是後來的男性政權把他們的權力欲望轉嫁給她的一種印記。她被尊崇、禮遇，原因無他，因為她是孫中山的最後一任妻子。更具體而言，她是男性的附庸。她的崇高地位，也是後來男性權力接班人的裝飾而已。

在男性的政治世界裡，她注定必須要守活寡。身為遺孀的責任，並非只是守住做為女人的節操，宋慶齡還同時有義務為整個國族守住情操。民族大義對她而言，是一個巨大的監獄；而她自己的肉體，則是情欲的囚房。愛情，自由的愛情，何嘗不是她的嚮往；肉欲，恣放的肉欲，何嘗不在她夢中。在無數的中國日夜裡，她接受體內火燄的煎熬。中國陷於戰爭的烽火，浴於內戰的血海，戰爭勝利了，革命勝利了，只有宋慶齡依舊要與自己的肉體決戰。中共建國成功之後，宋慶齡的地位日益升高。她越沒有自由走出民族磚石所砌造起來的神殿。她曾經向周恩來暗示，「她只想做一個自由自在有婚姻自由的人」。精明的周總理答覆說：「以前怎麼樣，以後就怎麼樣好了。」（平路，八五）男性當權者的信息極其清楚，從前的她必須守寡，新中國誕生之後，她還是必須守寡。小說的反諷在此特別強烈，因為中共革命成功時，向世人宣稱中國人民站起來了，苦難的中華民族獲得解放了，唯獨女性的命運還是沒有獲得翻身的機會。宋慶齡仍然要承擔民族情操的象徵，仍然要鎖住自己的肉體為新的男性政權服務。

平路的小說最為動人心弦之處，便是她把神聖的宋慶齡撕裂成「神女」與「聖女」之間的衝突對挌。體內的情欲不斷向她挑戰，而民族的情操也不斷向她壓制。這一切痛苦，全然源自男性權力的支配。「之前，她沒有想到一個男人可以主宰她的生命，以為自己充滿活潑的自由意志，即使婚姻也純粹是自主的選擇；直至丈夫垂危的時刻，她才瞭解到不同年齡不同人生閱歷的兩個人是怎麼樣存在某種主從的關係。包括丈夫的死亡，都是讓這主從關係繼續下去的方式。」（平路，一六三）當年她嚮往革命家男人的魅力，自主地選擇與他私奔。誠然，這種選擇是出自她的自願。然而，男人的權力網絡是何等錯綜密布，所謂選擇只是一種虛構。當她投入孫中山懷抱時，就已經自動投入男性權力的遊戲邏輯之中。男尊女卑的主從關係，並沒有因為革命的成功而有絲毫改變。

體內隱藏著一個神女的宋慶齡，終於屈服於男性文化的權力之下。她的欲望，或是她的聖潔，其實是依照父權的規範而塑造出來。她不能掙扎。「畢竟，為什麼要翻轉已定的秩序呢？翻了身又怎樣呢？對於這個世界會不會合乎理想她從頭沒有把握，到現在，她更完全失去了指望。」（平路，七八）這種瀕臨絕望的聲音，出自一位曾經也參加過革命運動的女性，無疑是中國現代歷史的一大嘲弄。她敢於背叛權力的主流人物蔣介石，而被劃入了國民黨左派的陣營；她敢於投入中共的革命洪流之中，並且也見證建國的勝利成功。然而，她的背叛與投入，都未能拯救她的肉體於萬一。她協助建立新的體制，而新體制反過來主宰了她。政權有過無數的更迭，唯一沒有改變的，便是女性始終沒有釋放出來，仍深深囚禁在歷史的牢房。

小說中出現的年輕男人S，是如虛如幻的人物。這位男性的存在，只是用來襯托晚年宋慶齡的情欲幻影。S為她洗浴，為她按摩，只能讓宋慶齡意淫地回想已成餘燼的肉欲，畢竟曾經騷動過的體內的那位神女已經逝去。「她悲哀地想著：到現在，自己身上除了枯涸的器官之外，再也沒有任何女性化的東西。這麼說，即使一生最寶貴的還是情愛，這情愛的容器又在那裡？」（平路，一三三）愛情的容器應該是她的身體，但是，她的身體早已變成男性權力崇拜的祭器。女性化東西的消失，正是陽性（musculine）文化的擴張。

從整部小說的結構來看，平路企圖使用拼貼的方式來呈現女性記憶之斷裂。這項企圖，應該是成功的。斷裂，原就是後殖民女性文化的共同象徵。平路避開男性傳統的敘述方式，選擇宋慶齡故事的跳躍性發展，用意極為明顯。因為她的重點是集中在女性皮膚的感覺，生理的反應。透過這樣的描寫，煎熬的痛處、折磨的艱苦，比起任何大歷史的敘述還來得真切。男性大敘述裡所豔稱的民族解放或國家苦難，在女性的感覺檢驗之下，都變得浮華虛偽。所有男性的解放工程裡，絕對不會包括女性權利與性別平等在裡面（Roulston, 55）。在中國，在亞洲，在歐洲，都是如此。

戰後台灣的歷史敘述，都是以中國取向為主流。平路的小說，透過揭露身體政治（body politics）的真相，批判中國大敘述的欺罔。她以女體對抗國體，挑戰千瘡百孔的男性美學，挑戰男性權力氾濫的歷史知識。這部小說可以視為中國現代史的女性新詮釋，固然她不在建立新的史觀。但是，從邊緣窺探主流的策略，無疑為後戒嚴的台灣社會帶來新的歷史想像。主流歷史知識是否能夠繼續維持主流的地位，頗啟人疑竇。

《北港香爐人人插》：挑戰台灣大敘述

相對於中華民族主義在台灣社會的孳生蔓延，台灣意識的崛起應該是屬於晚近的事。中國體制的式微，並非是來自台灣內部的挑戰，而是來自國際政局的威脅。自一九七一年退出聯合國之後，中華民國政府的「中國代表權」開始受到質疑，從而中國體制在台灣的合法基礎也隨之產生鬆動。正是利用這種合法統治的鬆動所帶來的缺口，台灣的黨外民主運動開始在島上萌芽。民主運動的風起雲湧，終於也釀造台灣意識的迸開（施敏輝，〈序〉）。七〇年代的黨外運動宣告中挫，主要是由於一九七九年美麗島事件使國民黨有藉口對民主人士進行大逮捕。然而，台灣意識卻因經過政治事件的洗禮，而有了飛躍性的成長。跨過八〇年代，一個龐沛的文化民族主義運動於焉誕生（蕭阿勤，四二—四三）。

伴隨著民主運動的擴張與再擴張，台灣意識從最初的孕育，到後來蔚為民族主義的運動，全然是受到外在威權政治的刺激而催化。如果說七〇、八〇年代的台灣民主民族運動，其最高目標乃在於追求一個主權國家（sovereign state），似乎不是過於誇張的說法。值得注意的是，這股桴鼓相應的民族民主運動，在發展過程也漸漸累積了屬於大敘述的台灣論述。

台灣論述的形成，脫離不了歷史記憶的重建與文學遺產的整理。這種趨勢在解嚴之後變得更為明顯，而且壯大得無可抵擋。無論是傳記書寫、口述歷史，或史觀建構，都足以說明潛藏在台灣社會的本土文化能量，由於中國體制的崩解而大量釋放出來。為了對抗長期支配台灣社會的中國論述，民族民主運動也相對地發展了後殖民論述。這種後殖民論述的思維方式，在某種程度上與中國大敘述有不謀而合之處。也就是說，台灣意識或台灣民族主義所強調的內容，仍然不脫道德傳統與英雄烈士的敘述。

台灣大敘述所尊重的道德思想，乃是把任何與台灣歷史有關的史物與人物予以聖潔化。這是可以理解的，台灣歷史記憶與文學傳統，長期受到威權體制的污名化與狹窄化，使得參與抵抗運動的領導者，不能不透過淨化的過程，使台灣歷史得到尊崇，從而使台灣人格得到提升。同樣的，為了強調台灣本地人的受難經驗，在歷史上受過政治折磨或罹難的人士，也往往被神聖化。這種對抗中國大敘述的策略，在階段發展上有其正面的貢獻。通過歷史的召喚，使解嚴前後受到壓抑的台灣本地住民，都團結到民主運動的旗幟之下。不過，歷史的過於神聖化，也相對的使男性論述透過這種運動的擴張而獲得膨脹的機會。

從歷史階段性的任務來看，以台灣大敘述對抗中國大敘述的做法，誠然衝破了無數政治上的禁區。朝向追求主權國家的目標上，此策略也亦有其政治智慧。然而，台灣大敘述的美學確立之際，是不是女性的自主性主體（sovereign subject）也同時獲得了確立？在現階段，這種提法仍然不免是一個緊張的問題。對於許多仍然還投身於民族民主運動的人來說，不問國家主權，先問個人主體，是不是過於早熟？換另外一個角度來問，台灣民族的解放與女性身體的解放是不是並行不悖？敢於提出這樣問題的，是小說家李昂。在後戒嚴時期，李昂透過小說書寫表達她內心的焦慮；而這樣的焦慮，不僅是她個人的，也是全體台灣女性的。

李昂在一九九七年出版《北港香爐人人插》的短篇小說集。由於書中的同名小說〈北港香爐人人插〉因有影射之嫌而造成轟動的新聞事件，以致使書中其他的系列的小說反而隱晦不彰。「戴貞操帶的魔鬼」系列小說，其實更能反映李昂在九〇年代的思考狀態。眼見反對運動人士日益接近執政的機會，她比較關切的是，台灣女性是不是也隨之有翻身的機會？女人，是台灣的隱喻，幾乎是文學史上一個重要主題。然而，女人並不等於台灣（王德威，二一九）。台灣歷史記憶的重建，當然也不等於台灣女性記憶的重建。更進一步而言，台灣社會如果能夠得到解放，也並不意味女性身體可以得到解放。

李昂企圖質疑的是，在戒嚴時期的文化支配是以中國／男性主宰台灣／女性的形式進行，則後戒嚴時期，台灣逐步走向開放時，女性的身分也能夠得到翻轉嗎？或者說，文化支配變成了台灣男性主宰了台灣女性的形式。系列小說的第一篇〈戴貞操帶的魔鬼〉，描寫黨外運動代夫出征的政治文化。所謂「代夫出征」這個名詞，就足夠顯示女性並非是主體，她之涉入政治運動，只不過是為了填補丈夫因入獄而遺留出來的空缺。基本上，她扮演的角色仍然從屬於丈夫的地位之下。倘然丈夫不是因為政治運動而入獄，「她永遠是盡責的妻子、母親，從不介入丈夫的政治活動。所有的人都知道她對政治毫無興趣，如若不是大學初戀，純情的愛上那來自農村、苦讀的法律系學生，她絕不可能與政治有任何關聯。」（李昂，五四）

被時勢所迫而參加政治運動的她，在黨外人士中享有尊崇的地位，無非是她擁有「哀傷的國母」

的身分。這個身分，來自有著「大炮」之稱的丈夫。她的丈夫以敢言出名，如今身繫囹圄，許多應該享有的名聲都轉移到她身上。民主運動是一個被神聖化的圖騰，特別是在威權時代仍然如日中天之際。代夫出征的她，為了營救丈夫而出來競選，竟然當選國會議員，自然更被神聖化。這種淨化、神聖化的儀式，無非是使這個運動能夠號召更多的人士支持並參與。民主運動等於是民族解放運動，她承擔起來的使命，較諸丈夫還更沉重。在國會的殿堂上，「她端麗的臉上永遠有著一種絕望的剛毅，她沉穩的、依著稿子（當然是她的幕僚代擬）質詢，溫婉甚且淒涼的聲音問的是最尖銳的生命、人權問題，便有著迫人的悲情氣勢，聲勢奪人。」（李昂，五九）

但是，在民主運動神聖化的背面，其實隱藏著一具充滿情欲騷動的肉體。這位不滿四十的女性國會議員，表面上必須執行丈夫未能完成的工作，必須為整個運動維護體面的尊嚴；但是，在權力神壇之下，她仍然是一個尋常的女人。魔鬼，是一個隱喻；貞操帶，又是另一個隱喻。綁縛住她身體的道德正義，並非是為了榮耀她的身分，而是為了使政治運動有更為崇高的精神。這種崇高精神，來自男性的崇高論述（sublime discourse）。當這種論述變成枷鎖套住女性時，女性體內的情欲魔鬼就被迫蟄伏。

情欲的煎熬必須克服，才能成就整個運動的完美。情欲的壓抑，並非出自女性的自主選擇。轟轟烈烈的革命運動，與悲壯入獄的受難人士，都再三提醒獄外女性必須為民主守貞。小說中的女性國會議員，在訪歐之行途中，與同行的男記者有了靈欲的出軌，欲言又止，欲擒故縱，演出了一場精神外遇的遊戲。流動的欲望是不是民族大義能夠阻擋的？李昂藉此向台灣大敘述美學的挑戰，企圖特別清楚。

〈空白的靈堂〉則描寫另一位「台灣國國父遺孀」肉體內在的情欲跳動，從而也藉女性身體來挑逗台灣意識論者的道德假面。她的丈夫為爭取言論自由而選擇自焚行動，終於造就了她日後走上政治的不歸路。烈士，對民主運動而言，是至高無上的尊稱。李昂並不把焦點放在男性與建國運動的關係之上，而是從台灣國國父遺孀的身分與情欲開始切入。在某種思考上，這篇小說與平路的《行道天涯》有異曲同工之處。兩者最大的差異，在於平路較側重於中國歷史的書寫，並專注於對男性大歷史的顛覆；而李昂則刻意揭露台灣民主運動男性權力四處流溢的事實，比較缺乏明顯的歷史意識。

中國國父遺孀與台灣國父遺孀的最大不同處，便是前者始終不敢逾越男性權力對欲望所設下的規範，後者則敢於碰觸男性權力的禁區，縱然她的行動是祕密的。不過，她們是否遵守了所謂的傳統情操，兩位作者所呈露的政治運動真相，都同樣顯示男性權力的主宰是無所不在的。孫中山為苦難的中國奔波，「台獨教父」則是為苦難的台灣犧牲。他們都是屬於崇高、悲壯的人格，但他們的人格能夠拯救整個民族，卻拯救不了他們身邊的女人。

平路筆下的宋慶齡，只能意淫式地回味曾經有過的情欲。李昂刻劃的台灣國父遺孀林玉真，則露骨放膽想念她的丈夫：「我受不了，誰教你以前把人家弄得那麼舒服，要我怎麼守得住，這還不都要怪你，都怪你。」（李昂，九二）如此邪惡的欲念，對於神聖化的民主運動，不能不說是一大褻瀆。李昂的書寫方式，常常走在模稜兩可的邊界上。當她描寫女性身體，似乎是為情欲而情欲，很難辨識其中的抗議與批判。不過，如果熟悉八〇年代以後台灣大敘述的崛起，以此文化脈絡來閱讀李昂，則其中的情欲流動無疑對台灣的男性權力構成強烈的嘲弄。

李昂擔心的是，情操崇高的民主運動，也許沒有包括女性的權益，也許沒有考量兩性的平等。黨外人士的英雄與英雄崇拜，事實上正在累積另一種台灣的知識論。長期暴露於如此的知識灌輸之下，男性權力也滲透於無形，從二二八事件，到五〇年代白色恐怖，到七〇年代民主運動，犧牲者誠然以男性居多，因此而建構起來的歷史記憶，自然也大多羅列了男性的角色，在此論述下，女性的聲音是不是會被淹沒？李昂以女性身體來抗拒未來可能誕生的新男性政權，不能不說是對大敘述美學的深層批判。

《香港三部曲》：挑戰殖民大敘述

對照平路、李昂的作品，施叔青的書寫工程《香港三部曲》，是世紀末台灣社會裡所僅見的後殖民女性的雄辯證詞。施叔青的思考方式，與上述兩位作者完全不同，偏離上流社會的遺孀、國母角色，而從妓女身分著墨，同時也避開悲壯的革命運動、民主運動的歷史脈絡，而從屈辱的、卑微的殖民史寫起。

一般閱讀施叔青的《香港三部曲》（《她名叫蝴蝶》、《遍山洋紫荊》、《寂寞雲園》），是以雙元對立的方式進行，亦即西方／男人／殖民者支配東方／女人／被殖民者的殖民論述框架（李小良，一九九五）。不過，這部大河小說的企圖並不僅止於此。她進一步要揭發的是，西方男性與東方男性在主宰女性命運時，並不是相互對立，而是有著共謀（complicity）的性格。這種書寫方式，較諸平路、李昂，還有更細緻的考據。平路的歷史視野，是放在封建時代過渡到革命成功的女性角色上。

李昂的注意焦點，則集中在權威時代過渡到民主開放時代的女性身分上。施叔青從世界史的角度，觀察殖民時期過渡到可能是後殖民時期的女性地位之上。

施叔青的小說，顯示男性權力的神聖化，是透過對女性的玷辱、欺侮、蹂躪而獲致的。受到羞辱的女體，在於成就男性崇高的一面。就種族的支配關係而言，白種人的膚色之所以優越，必須通過對有色人種的皮膚來鑑照，才能清楚顯現出來。英國統治者對香港的殖民經驗，正好可以襯托帝國的偉大。沒有黃種人的皮膚，就看不到白種人皮膚之潔白；沒有香港這個殖民地，就對照不出帝國權力的巨大。《香港三部曲》中的女主角黃得雲的出現，便是使白人帝國的碩偉形象更加突出。因此，從性別的支配來看，黃得雲的妓女身分，乃是用來提升男性殖民者的人格。這位男性殖民者，並不只是指英國白人史密斯而已，同時還指射了中國男人屈亞炳。沒有下賤的女體，就沒有昇華的男體。

黃得雲是一個詭異的女體。她是中國女人，卻有著西洋女性的胸脯，並且她的眼睛「異乎常人的淺，簡直不像華人的眼睛」（施叔青，一九九五：九）。這種長相，天生就違背中國女性的傳統。尤其是她沒有纏腳，擁有天足與豪乳，正好暗示她擁有下賤的本錢。憑藉這誘人的本錢，她結識了白人史密斯。第一眼看到黃得雲，史密斯就被她的絕色著迷，因為迷戀，所以必須據為己有。他為她購買房子，為的是獨自占有。

「燭光下這具姿態慵懶的女體散發著微醉的酡紅，斜靠著，渴望被駕馭。女體細骨輕軀、骨肉柔軟，任他恣意搬弄折疊。史密斯是這女體的主人，黃得雲說他是撲在她身上的海獅，獅子手中握的、懷中抱的這個專擅性愛、嬌弱精緻而貧窮的女人。蝴蝶，我的黃翅粉蝶。他把她的雙腳架在自己的肩上，他是她的統治者，她心悅誠服地在下面任他駕馭。」「這不是愛情，史密斯告訴自己，而是一種征服。」（施叔青，一九九三：六三）史密斯與黃得雲的性別關係，是建基在統治者／被統治者與征服者的架構之上。

在殖民地的世界裡，如果被殖民的男性都躲不過肆意被擺布的命運，則身為被殖民的女性，只能選擇以馴服、順從的方式，才能得到倖存的空間。白人男性的貪婪欲望，悉數投射在中國煙花女子身上，意味著帝國主義者的權力在殖民地社會氾濫的景況。黃得雲很清楚，自己不可能與史密斯白首偕老，但她卻懷了他的孩子。這位雜種的孩子，正是殖民文化的產物，殖民者縱然有一天離去了，殖民的痕跡仍深深烙印在被殖民者的身上。

曾經是史密斯的中國僕人屈亞炳，與黃得雲同樣具有被殖民的身分。在史密斯拋棄她之後，屈亞炳乘虛而入。然而，這位中國男人並不是來拯救她的。相反的，他視黃得雲的身體為邪惡之軀。她是妓女，而且是被白人糟蹋過的妓女，屈亞炳對她抱持無限的鄙夷。但是，他又無法抗拒她的美豔，而終於情不自禁「失身於她」。他的男性聖潔肉體，竟然被一位妓女所玷污。他亟思報復，並且一併報復傲慢的白人史密斯，痛恨他曾經占有黃得雲的身體，於是藉助酒力的屈亞炳終於以強暴方式征服這位下賤的妓女。「他飽漲勝利的酩酊，他有足夠的力氣與自信把他的上司，失敗的英國人從他盤據、受用過的女體驅逐出去，消滅英國人在她身上殘留的唇漬、口水與撫摸的紋痕，戒除她赤身裸體坦露燈下的惡習，徹底把英國人的影子從她心底趕出去。屈亞炳破繭而出，長驅直入，一次比一次勇猛，等不及完全委潰，稍一碰觸，又灌了風似的豎起，堅硬如木棒揮鞭驅除事敵，一把火下去，濃煙四起，亞當・史密斯棄守棚屋，握住喉嚨踉蹌而逃。」（施叔青，一九九五：八九）

屈亞炳的奇異心理，凸顯了男性在權力角逐時，往往會以女性的身體做為競爭的場域。雖然知道黃得雲也是受到殖民者壓迫的女性，卻因為她是妓女，屈亞炳反而自認在身分位階上還更優越。不僅如此，他進一步對她施暴、凌虐，竟然獲得了人格的昇華，他取代了白人征服者的位置，征服了黃得雲的肉體。更令人訝異的是，他因為征服了妓女，彷彿也得到了征服白人的變相情感。

黃得雲經歷這兩次被征服的經驗，深知女性若欲獲得解放，絕對不能依賴男人，而必須依靠自己的實力與智慧。《香港三部曲》是一則歷史寓言，亦即曾經被英國殖民過的香港社會，在回歸中國後，並不必然就能夠得到翻身的機會。就像黃得雲被白人史密斯拋棄後，再遇到屈亞炳，也並未改變受辱的命運。英國人走後，中國人進來了，香港的去殖民化工作似乎難已展開，因為代表再殖民的體制已隨著回歸而立即建立起來。中國政府必然要把英國殖民文化徹底驅逐出去，一如屈亞炳要為黃得雲「消滅英國人在她身上殘留的唇漬、口水與撫摸的紋痕」。

尤其是中國民族主義在一九九七年最高漲的時刻，接收香港只有使中國人的人格更加神聖化，可以預見的，香港並不可能得到寬容的待遇。黃得雲從屈亞炳的眼光，可以讀出自己的身分。同樣的，香港也可以從中國的言論政策與法律制定辨識自己的地位，殖民地不能等同於女性，然而神聖的男性政權在權力更迭的過程中，都同樣不會給予解放的權利。受盡帝國主義欺凌的中國，猶似去勢的男人，必須加倍在先前被占有的殖民地社會表現真正的權力，才能在受損害的精神心靈上獲得補償。

施叔青刻意在小說塑造一位姜俠魂的人物，做為反殖民反帝國主義的象徵。相對耐人尋味的是，這位抗拒白人權力的中國男人，竟然是性能力特別旺盛的。是否暗示著，屈服於帝國主義宰制下的男人，是屬於去勢者，一如屈亞炳；而敢於抵抗帝國主義的男人，才是完整的男人。以性能力來定義男人，可能是施叔青的反諷。不過，這樣的定義卻有膨脹男人權力之虞。尤其是姜俠魂每次與女人往來，「經過一次接觸，女人總是勾住她脖頸，央求他把她帶走，走得遠遠的，姜俠魂嘴裡答應著，但是沒有一個女人抓得住他。」（施叔青，一九九三：一三二）如此書寫方式，是否會淪為她所批判的父權文化的共謀？

無可否認的，施叔青的《香港三部曲》，已經為九〇年代台灣女性想像開發了更深的境界。女性史與殖民史的平行敘述，揭露了所有男性權力的虛偽。但是，她真正要追問的是，女性解放的真正意義究竟何在？掙脫男性的控制，是否就叫做解放？伸出援手的另一位男性，是否會帶來解放？她的思考方式，與平路、李昂都有互通之處。中國的革命運動、台灣的民主運動、香港的回歸運動，都在不同的時間、空間脈絡中進行。每一個運動，都為解放做了許諾，但是運動的結果卻往往只是權力的接班更迭，解放並沒有獲得真正實現。

放到性別脈絡來觀察，《香港三部曲》提供了生動的思考，殖民者離去並不意味殖民統治的終結。舊殖民文化仍然會陰魂不散，繼續在本地文化留下傷痕。不僅如此，新的權力接班者，往往會在舊殖民的基礎上建立新的殖民體制；使得被殖民者永遠無法尋找到自己的主體，永遠接受不同政權的主宰。女性的身體，可能就像殖民地那樣，永遠被當做暫時借來的空間，只供做男人進行權力角逐的場域。

在後戒嚴時期，尤其是跨進九〇年代後，女性作家的思維，猶如怒濤洶湧，朝向父權文化的高牆劇烈衝擊。曾經滲透了高度男性權力支配的歷史知識，已開始受到女性作家的質疑。她們已經警覺到，在接受各種資訊與知識的過程中，如何過濾偽裝的男性權力。她們重新換一個角度認識歷史，並且為既有的歷史知識再閱讀、再定義、再詮釋。傳統偏向大格局的敘述方式，已經使女性讀者感到疲憊。平路、李昂、施叔青分別對中國、台灣、香港的歷史經驗進行全新的敘述。舊有的男性知識結構，在她們的經驗之下，已有必要全盤調整。歷史再書寫的年代，畢竟已經到來。

參考書目

平　路。一九九五。《行道天涯》。台北：聯合文學。

李　昂。一九九七。《北港香爐人人插》。台北：麥田。

施叔青。一九九三。《她名叫蝴蝶》。台北：洪範。

———。一九九五。《遍山洋紫荊》。台北：洪範。

———。一九九七。《寂寞雲園》。台北：洪範。

王德威。〈性，醜聞，與美學政治：李昂的情欲小說〉，收入李昂，《北港香爐人人插》，頁九—四二。

施敏輝（陳芳明）。一九八八。《台灣意識論戰選集》。台北：前衛。

蕭阿勤。一九九九。〈一九八〇年代以來台灣文化民族主義的發展：以台灣（民族）文學為主的分析〉。《台灣社會學研究》第三期（一九九九年七月），頁一—五一。

Anderson, Benedict. 1983. *Imagined Communities: Reflection on the Origin and Spread of Nationalism.* London: Verso.

Lionnet, Francoise. 1995. *Postcolonial Representations: Woman, Literature, Identity.* Ithaca: Cornell Univ. Press.

Parker, Andrew, et. al., ed. 1992. *Nationalisms & Sexualities*. New York: Routledge.

Puri, Jyoti. 1999. *Woman, Body, Desire in Post-colonial India: Narratives of Gender and Sexuality*. New York: Routledge.

Roulston, Carmel. 1997. "*Women on the Margin: The Women's Movements in Northern Irelan, 1973-1995*". pp. 41-58. (in West.)

Tanesin, Alessandra. 1999. *An Introduction to Feminist Epistemologies*. Oxford: Blackwell.

West, Lois A, ed. 1997. *Feminist Nationalism*. New York: Routledge.

本文收入何寄澎主編，《文化、認同、社會變遷：戰後五十年台灣文學國際學術研討會論文集》（台北：行政院文化建設委員會，二〇〇〇），頁四〇一—二一。

女性自傳文學的重建與再現

引言：漂流．逆旅．漫遊

女性小說的情欲書寫曾經在二十世紀八〇年代盛行過。探索身體的欲望，讓女性身軀能夠從父權文化的囚牢中釋放出來，是那段時期女性作家的主要策略之一。跨越九〇年代以後，女性小說進一步挑戰男性的歷史撰寫權[1]。男性酷嗜強調歷史發展過程中的關鍵事件，從而強調男性改造社會、重建家國的角色與地位。女性作家對於這種大敘述的描寫，已開始感到不耐與不滿。針對既有歷史書寫的虛偽與虛構，她們開始利用歷史縫隙、缺口與空白，滲透女性特有的想像與記憶。進入二十一世紀之後，女性作家不僅繼續挑戰男性的歷史書寫，並且也積極重建女性自身的記憶。

記憶是一種虛構，書寫是一種虛構，文字也是一種虛構。藉助虛構的文字，透過虛構的書寫，重現虛構的記憶，在二十世紀與二十一世紀交會之際，已經在台灣女性作家之間蔚為風氣。如果歷史記憶的追求，全然訴諸虛構的思考，則台灣女性的書寫策略究竟暗藏怎樣的文化意涵？女性在歷史發展過程中又是如何自我定位？這些弔詭的問題，可以引發許多弔詭的答案。

主題重建的議題，一直是後殖民女性主義的重要關切。但是，當台灣社會逐漸被引導去進行後現代主義的思考之際，主體之做為文學的主題，又往往受到挑戰與解構。在歷史上不斷被迫放棄記憶的女性，一旦自覺到重建主體的必要性時，卻遭遇到後結構主義式的拆解與移位。後結構理論在台灣成形時，也正是女性作家開始投注於自傳性文字的書寫。後殖民的思考，是為了追求主體的重構（reconstruction）；而後結構的思考，則是為了探索主體的解構（deconstruction）。對於九〇年代盛行的女性自傳書寫，她們如何在後殖民與後結構之間取得平衡？這個問題的答案，便是這篇論文企圖要索取的。

漂流、逆旅、漫遊，可能就是現階段台灣女性自傳書寫的主要關切。李昂的《漂流之旅》（台北：皇冠，二〇〇〇）、郝譽翔的《逆旅》（台北：聯合文學，二〇〇〇）、朱天心的《漫遊者》（台北：聯合文學，二〇〇〇），是三部毫不相干的女性自傳體作品。李昂浮雕歷史人物謝雪紅，郝譽翔筆下的父母，朱天心塑造的父親形象，她們處理的議題縱然是毫無重疊之處，但是，她們採取的思考方式卻完全迥異於傳統的傳記作品。這種現象絕對不是出自她們之間有意識的共謀（conscious complicity），而是一個全新的記憶之重構方式已儼然浮現。

漂流：對男性歷史記憶的背叛

三位女性作者，分別出生在五〇、六〇年代，亦即台灣社會正在戰後蕭條年代中掙扎的階段。在那段時期，威權體制是最鞏固的高峰期，省籍問題緊張地在每個人內心膨脹著，歷史記憶都被建立在所謂的中原意識之上，性別差異的問題從來都不是問題。因為，在那樣蒼白的年代，知識與權力都牢牢掌控在男性手中。也正是在那樣充塞陽剛（musculine）思考的歲月，任何事情都無需懷疑。整個社會都相信真理是確實存在的，並且所有的疑問都可獲得確切的答案，從而所有的歷史紀錄也都是真實而具體，所有的價值觀念也同樣可以放諸四海而皆準。

然而，這種可靠的、值得信賴的歷史，伴隨台灣社會的日趨多元化，已漸漸不可能受到尊崇。在男性霸權當道的年代，歷史記憶不僅是一種連綿不斷的線性延伸（linear extension），並且是正確而真實的歷史。男性權力構築起來的時間意識，大約都是建立在「時代精神」、「民族情操」、「繼往開來」或「承先啟後」等等崇高、悲壯的抽象觀念之上。台灣知識分子所熟悉的「為天地立心，為生民立命，為萬世開太平」之類的訓詞，正是具有強烈歷史意識或歷史任務的陽剛性格之展現。

坊間流行的傳記文學，大多出自男性手筆。他們的個人記憶往往必須與歷史重大事件銜接起來，也證明男性權力的一脈相承。無論他們的意識形態與政治立場是何等歧異，一旦牽涉到自傳或回憶錄的書寫時，都不能忘情於他們是如何與時代精神或重大時刻有著密切聯繫關係。這種書寫方式，維持了台灣傳記文學傳統的穩定性與合法性。在女性記憶重建運動還未大量崛起之前，這種穩定性與合法性從未遭到挑戰。從歷史的角度來看，男性歷史記憶書寫的穩定，其實也意味著父權文化的穩定。

強調時間的延續，強調事件的因果關係，強調歷史書寫的科學與客觀，正是男性傳記文學的特色。而這種特色，由於女性自傳文學的浮現，並不再是歷史書寫的主流。九〇年代中期以後崛起的女性自傳作品，無論是回憶式的，或是虛構性的小說，帶來最鮮明的轉變，莫過於她們之極力擺脫傳統的因果關係論（cause-effect theory）。換言之，她們不再側重於事件發展的時間先後秩序，也不再側重於記憶的來龍去脈與因果關係。她們寧可選擇跳躍式、碎裂式的記憶；而依據那樣凌亂、瑣碎的記憶，如水漬暈開一般，去渲染她們的情緒、感覺與喟嘆。在她們的書寫裡，時間是一種不確定的存在，而記憶更是一種不穩定的存在。

李昂的《漂流之旅》，記錄的是她追尋日據時期台灣共產黨領袖的生命蹤跡。這部散文體的旅遊書寫，事實上是她寫謝雪紅故事的作品《自傳の小說》之副產品。《漂流之旅》與《自傳の小說》並置在一起，構成了極為詭異對照。為了撰寫謝雪紅的故事，李昂特地參照了三部男性的歷史作品，包括陳芳明的《謝雪紅評傳》（台北：前衛，一九九一），古瑞雲的《台中的風雷》（台北：人間，一九九〇），以及謝雪紅口述，楊克煌筆錄的《我的半生記》（台北：楊翠華自印，一九九七）。這三部有關謝雪紅的歷史作品，都是經過歷史考證與原來史料寫成的。具體而言，這些男性作品中的時間、地點、人物、事件都是以貼近「真實」的方式重新建構歷史記憶。謝雪紅口述的《我的半生記》，是由她的革命伴侶楊克煌代為操筆，對於時間的精確更是特別考究。以這三部歷史作品為基礎，李昂完成了《自傳の小說》的撰寫。

《自傳の小說》這個書名，是一種矛盾語法，它是由「自傳」（autobiography）與「小說」（fiction）所構成。前者強調的是事實與證據，後者則側重在虛構與想像。透過相互矛盾的書寫策略，李昂塑造出來的謝雪紅形象，已不再是謝雪紅了，反而是李昂個人的情欲與欲望投射的對象。《自傳の小說》到底是屬於謝雪紅的故事，或是屬於李昂本人的故事，似乎變成了模糊而不確切的想像。然而，值得注意的是，在撰寫《自傳の小說》之際，李昂以實地考察的方式，到日本、俄國、中國等地去尋找謝雪紅生前遺留過的足跡。這段漫長的旅行，並不是在同一時間完成，而是在不同時間，以跳躍方式去追尋，終於構築了《漂流之旅》這部旅行書寫。李昂在《漂流之旅》的扉頁，寫下這幾行字：

> 作者最始初的意圖在結合小說《自傳の小說》與遊記《漂流之旅》，希望讀者做各式可能結合的閱讀。特別是，寫成後發現，叫「自傳」的小說充滿虛構，而遊記裡卻有自傳色彩。

反芻李昂所寫的這幾行文字，當可體會到她企圖挑戰虛構與真實之間的定義，或者確切一點來說，她是在挑戰小說與歷史之間的界線。在她的書寫裡，時間是不重要的，甚至主體也不是重要的。當她說：「書寫又能記錄下多少真實，特別在一個女人、一個作者手中？」（《漂》，一六）可以說極其雄辯地說明她是對所謂歷史、所謂記憶充滿了不信任。如果歷史記憶是不可靠的，李昂的《漂流之旅》究竟是在營造什麼？

對於李昂而言，空間的感覺恐怕較諸時間的意識還來得重要。當她遊蕩在不同的國度時，李昂彷彿可以體會謝雪紅當年那種自我放逐、自我飄泊的滋味。閱讀《漂流之旅》時，幾乎可以時時看到作者本人與歷史人物不斷進行對話。在她的文字背後，往往出現兩種聲音，既是李昂的，也是謝雪紅的。這種雙重影像的描寫方式，非常不符合傳統歷史書寫的規格。以兩種影響互相對映，可以使情緒與感覺較為準確地釋放出來。她這樣書寫時，時間感已變成是次要的，空間感就變得比較重要。

誠如傳記研究者費雪（M. Fischer）所說的：「自傳往往是透過雙軌式的過程去追求，我稱之為對鏡、對話的說故事式，以及跨文化式的批判。」[2]所謂雙軌式（double tracking）的進行，乃是作者本身的生命史與文本傳主的生命史之互動關係。作者是傳主的投射，而傳主也是作者的照映，兩者之間存在著微妙的辯證關係。作者在旅行時的真實感覺，可能也是傳主在歷史飄泊時的同樣感覺。反過來說，傳主生命歷程中曾經遭遇的挫折與幻滅，可能也是作者透過文字書寫企圖要分享的。

從這個角度來看，李昂選擇謝雪紅故事做為她個人的生命敘述，自始就採取了雙軌式的手法。為什麼李昂的歷史追尋必須以「漂流之旅」自況？稍微熟悉作者的背景，就知道她曾經與台灣民主運動有過深刻的投入。她見證了台灣社會從封閉的戒嚴時期走向開放的解嚴階段。舊政權在時代轉型的過程中不斷式微，許多權力也被迫要轉移出來：「……更多的政治空間、政治權位，逐漸的在釋放出來。這對戒嚴時期稱作『異議分子』，但畢竟是『政治從事者』，怎不看出是終能『嶄露頭角』的時機。然後我發現這是個更大的欺騙。特別是，如果權力鬥爭高明的掩藏在道德的口號、島嶼的悲情歷史之後。而如果這當中還牽涉到情感上的欺騙，便成雙重的欺騙。」（《漂》，三七）李昂非常清楚地指出男性歷史的欺罔虛偽，她無法接受曾經參與民主運動的人士，又重蹈爭權奪利的歷史。她更無法忍受的是，那些投入權力場域角逐的民主運動者，仍然使用道德情操與悲情歷史做為鬥爭的面具。男性歷史是如此創造出來，並且也將如此書寫下去。面對生動的政治演出，李昂不能不發出這樣的喟嘆：「循著謝雪紅的足跡，循著謝雪紅走過的一切，或方能逃離。」（《漂》，三七）

漂流，隨著謝雪紅的故事而漂流，乃是出自於李昂對歷史真相的覺悟。正如她自己承認的，台灣民主運動的歷史有她情感的寄託。但是「政治的欺騙」與「情感的欺騙」的雙重虛偽一旦揭穿之後，她的唯一出路無非是漂流。在男性主流價值之外從事漂流的生涯，正是李昂書寫自傳所要表現出來的批判與抗議。透過對謝雪紅歷史影像的窺探，李昂彷彿可以體會到女性角色在政治舞台被邊緣化的滋味。李昂遠行到莫斯科，除了探訪當年謝雪紅在東方大學留學的舊址，同時也是為了要遺忘她在參與台灣民主運動中所遭到的創傷。遺忘是一種更為絕決的漂流：「我是怎樣將這記憶的圖像最後從根抹除，甚且在到抵俄羅斯短暫的四天後，感到你真在我心底退出。你不再是我任何時刻醒來的第一個意念，也不曾時時刻刻盈滿我的心懷。」為什麼李昂能夠把情之所鍾者徹底遺忘？她說：「是因著我不斷遷移的地點。」她又說：「我第一次如此深刻的知覺到，遷移有助於遺忘。」（《漂》，一二八）李昂使用遷移（displacement）一詞，說明遺忘的真義，從而也為漂流做了恰當的定義。

究竟是作者遺忘了歷史，或是歷史遺忘了作者？對於男性的自傳作品而言，這可能是重要的問題。因為，男性自始至終都是與歷史緊密銜接在一起，歷史創造原來就是在男性手上，歷史書寫也同樣出自男性手筆。然而，對於女性作家而言，她們敏銳地覺悟到自己本來就不是屬於歷史的一部分。如何寫歷史，如何塑造人物，對於女性而言，似乎是過於遙遠的問題。正如其他女性作者一般，李昂寧可選擇遷移、遺忘、漂流。通過無止盡的遺忘與遷移，才能證明自身的存在。確切地說，她逃離男性的歷史，就可以逃離被收編、被扭曲、被醜化。在謝雪紅身上，李昂看到了活生生的鑑照。謝雪紅便是在男性的權力場域，企圖與同樣屬於台灣共產黨的男性黨員爭奪領導權。謝雪紅根據男性訂定下來的政治遊戲規則與男性進行對峙抗衡，她也使用男性所設計出來的政治口號投入了所謂民族解放運動，最後卻在男性的政治舞台上受到羞辱、凌遲與污名化。在男性書寫下來的歷史上，謝雪紅終於以一個負面、破碎的形象遺留於後世。那麼驚心動魄的權力鬥爭，李昂也在台灣的民主運動史上清楚見證到。正如她所撰寫的短篇小說集《北港香爐人人插》，便是大膽質疑男性政治史的殘酷與慘烈。台灣社會開始進入翻身的階段，女性的身分是否也跟著翻身了？《漂流之旅》的答案，當然是否定的。

李昂追尋謝雪紅的〈日本紀行〉與〈俄羅斯紀行〉，都在強調自己的遺忘與放逐。在《漂流之旅》的最後一章〈中國紀行〉，李昂終於宣稱：「我是一個沒有國家的人。」（《漂》，一六六）這是她到達一個更具父權性格的中國國度時的強烈感受，身為女性的謝雪紅便是在這個國度裡受到前所未有的政治鬥爭。李昂為了追隨她的足跡，也為了體會謝雪紅生前的政治氛圍，旅行到北京與上海做歷史的探訪。在這裡，李昂觸及了敏感的國族認同的問題。彷彿是在談論自己，彷彿又是在談論謝雪紅：「但至少，我確知了我是『台灣人』這個事實。理由很簡單，在一堆中國人不把你當作『中國人』，而你也發現自己並非中國人，也不想做他們那類中國人時，你只有自己想想，是否還能用Chinese這個稱呼？」（《漂》，一六六）李昂到達中國時的那種強烈陌生感，似乎就是在印證當年謝雪紅在北京、上海被鬥爭時的那種孤立感。

《漂流之旅》是一部女性放逐書。文字敘述充滿了支離破碎、凌亂瑣碎的記憶。在她反反覆覆的訴說過程中，讀者有時分不清究竟是謝雪紅的經驗，還是李昂的經驗，甚或是兩個人的共同經驗。時間的線性發展，歷史意識的連綿不斷，在她的旅行遊記中變得那麼不重要，反而是屬於情緒、情感、欲望、想像等等的空間感，才變成了她主要的關切。就像《漂流之旅》的封底文字所呈現的：「……李昂開始循著謝雪紅的足跡，從東京、神戶、莫斯科，一路到北京、上海……她感受謝雪紅的呼吸，體會謝雪紅的熱情與愛欲，一點一滴拼湊出謝雪紅不平凡的人生。『我明白到我同時活著兩種人生：我自己的生活，以及，謝雪紅多姿多彩的一生。』這是李昂的覺悟。」雙軌式的自傳再現，破壞舊有男性傳記文學的成規，也鬆動男性歷史記憶的穩定性。李昂這樣做時，並不是唯一的女性作家。同時期的女性作家，也正循著類似的方向叛離男性的歷史記憶。

逆旅：倒退前進的歷史觀

如果李昂是透過謝雪紅的漂流之旅重新認識自己的生命經驗，郝譽翔則是藉由她父母的流亡生涯再度開啟對自己身分認同的觀察。當傳統男性史家在追問歷史是如何發展時，郝譽翔並不關心所謂的歷史因果論，她只是從容地對她所認為的歷史重新予以詮釋。這是一種新歷史主義（New Historicism）的再現。就像她自己所說的：

> 如今我所寫下的文字無他，其實不過在解釋這樣的一幅畫面而已，解釋畫面底下所蘊藏的奧祕，而我把真相迂返剝露出來，所謂真相永遠都是複數的：一個經由我虛構而誕生的「真實」。（《逆旅》，一六）

這種說法，極有可能激怒傳統的歷史學家。大多數的男性史家都相信，事實（fact）只有一個，真相（truth）也只有一個。他們更傾向於相信，真理是越辯越明白。《逆旅》的書寫方式則是反其道而行。郝譽翔宣稱，真相不僅是多數的，而且真實是經由作者的虛構而誕生的。一如李昂嘗試過的，身為女性作家的郝譽翔在建構自己的身世時，也企圖挑戰或挑逗真實與虛構之間的疆界。她的敘述方式是刻意的（有時不免是惡意的），因為她縱容自己的記憶違背時間的秩序去進行。她甚至利用拼貼、跳躍的技巧，把父親的形象摺過來又疊過去，把故事的先後也顛顛倒倒地鋪陳。然而，她又以一種近乎無辜卻又雄辯的語言為自己的敘述手法合理化：

> 書中所描述的一切，可以說和現實一點關係也沒有。它們只會徒然暴露出我的自以為是：以為人生的真相就是如此如此，正因為如此如此，所以如此如此。可是我越寫才越了解到書寫的無力與不可能，這本小說的散漫結構，正是我找不到合適（或更貼切的說，是理直氣壯）的敘述語調的一個明證。（《逆》，一八）

《逆旅》究竟是一部散文、還是小說，在文體方面可謂漫漶不清。但是，全書始終遵循的一個主題則從未改變。作品的主題是，她不斷在追蹤父親的形象。一位早年就拋妻棄女的父親，在這位作者心中遺留下來的影像，幾乎是一個定義不明的存在。郝譽翔反覆寫出她與父親之間的愛恨情仇。然而，這種情緒的描寫，如何以具體的事件或事物呈現出來？因為，父親是一個抽象的想像、憧憬與嚮往。在如此焦慮的渴望中，作者只能藉著聲音、顏色、光線、氣味，對父親形象做各種探測與揣摩：

大家坐在客廳聊天，我卻不知怎麼獨自一人走到父親的房間，那裡對我而言有一種難以言喻的神祕感。我悄悄走進那完全充斥著強烈髮油香味的空氣，椅子上搭滿了一件件懶散的襯衫，灰黑一片的弧狀電視螢幕映出我變形的身影，藏青色襪子縮成一團，睡在打開成八字狀的蛇皮皮鞋裡，雙人床上兩個繡著鮮紅牡丹的枕頭正交頸而眠。（〈搖籃曲〉，《逆》，四五）

在這樣的文字中，頗有張愛玲的韻味。不過，這段所描寫對象的男人，是作者的父親。郝譽翔的記憶，並不訴諸時間，而是以強烈的空間感來表達對父親的陌生與無知。髮油、襯衫、襪子、皮鞋、枕頭等等具象物體的呈現，彷彿是她生命中的初識。那種疏離與淡漠，何其鮮明呈露於書寫之中。對作者來說，父親永遠是飄搖不定的遊魂，而身為女兒的，也在父親游離動蕩的生命裡鑑照自己的遷移漂泊。

父親的流亡，來自他的時代與政治大環境。如果根據「真實」的史料，她的父親是山東流亡的學生，在一九四九年跟著難民潮流落到澎湖，然後集體被強迫速編成為軍隊。凡是不從者，如果不是被誣指為匪諜，便是被判處死刑。父親更為巨大的流亡生涯，乃是始自這次的澎湖冤案。因為，父親不僅遠離了家鄉，而且也偏離了他原來追求的讀書生涯。生命的軌跡，被政治權力撞歪之後，他的理想抱負與青春歲月再也不可能保持原來的面貌。郝譽翔誕生於這樣的流亡命運之下，其實從生命之初也迎接了一個浮遊不安的世界。當她能夠意識到父親與母親的感情失和時，父親的影子在她腦海裡只剩一縷游魂。

《逆旅》不斷質疑父親的真實歷史，對作者而言，那個白色恐怖的年代確實在歷史上出現過嗎？父親的苦難與孤獨真正發生過嗎？多少人遭到誣控、審判、處決，又與她的生命何干？因為，她未曾經驗過一個穩定而溫暖的家，那種被棄擲而遺忘的感覺，比史料記載的悲慘，恐怕還要來得真實。父親從來就不是屬於她，因為他是「天生的浪遊者」。每次提到父親，她的內心總是浮起一種詭異的情感：

> 於是我刻意要去錯認父親的了，甚至帶著自虐的快意去渲染我的想像力，否則我無法理解他的生命到底與我有何干係，而從此以後，他的身分與他的存在都要通過我的文字才能獲得意義。（《逆》，四八）

父親拒絕面對現實時，她也跟著拒絕面對父親。郝譽翔刻意使用存疑的記憶（apocryphal memoirs）來挑戰現實的世界[3]。文字的存在，乃是透過她的虛構、虛擬、偽造、捏造的技法，形塑她所不熟悉的父親。然而，她的虛構卻辯證地呈現了真實。她在描寫父親的流離失所狀態時，也把她自己實際經驗過的離家、放棄、隔絕等等感覺釋放出來。在某種意義上，她的感覺與父親的感覺有時是重疊的，有時則是屬於互不相干的兩個星球。她的質疑方式，也許不是針對曾經發生過的歷史，而是直接在挑戰父親這個人的真實性。虛構與偽造，並不能代表真正的父親。但是，從來未曾細心照顧過、溫暖過女兒的父親，他的存在與不存在又有何區別？他的真實與虛構又有何嚴肅的意義？她的錯誤，無論是誤讀（misreading），還是誤認（misrecognition），正可以引導她去鑄造千萬種父親的姿影與身段。父親形象一旦變成了多數，歷史的真實立即產生了不穩定與不確定。

在時間的流逝中，作者的記憶總是保存著一些幽暗、沉淪的空間。每當她回首時，不快樂的感覺就立刻湧上來。例如，她早已遠離的家：

> 每次回去卻感到那間屋子正在急速的腐敗當中。是因為時間嗎？日子和從前一樣分秒流逝，但為什麼以往就不曾察覺呢？腐敗的氣味不知道由哪裡發生，繼而便悄悄的占領了整間屋子。對了，除了氣味還有顏色，空氣中彷彿到處都飄散著濛濛的黑霧，霉菌的斑點從浴室一路爬到客廳來，而落地窗簾垂掛著死亡的氣息，我每次看到了總是惋惜，心想，早知有此結果，當初也就不必枉費苦心，在烈日底下沿街挑選了好久。（〈情人們〉，《逆》，一五一）

傳統史家的時間是流動的（mobile），是進步的（progressive），但是在郝譽翔的記憶建構裡，記憶是凝滯不變的，甚至是向後倒退的。她對歷史的回顧似乎就是一種透視（perspective），往昔的風景並沒有依先後次序排列，而是一種共時性（synchronic）的再現。她的記憶是一個固定的盒子，一個不變的空間，其中並不存在歷時性（diachronic）的流動感。因此，家的意義，不是與時俱進的空間，更不是與她的成長經驗成正比。家永遠就是腐敗地、靜止地佇立一個定點，她看到的顏色，聞到的空氣，都可以與死亡聯繫起來。這種靜止的記憶，較諸流亡的父親還來的具體可觸。郝譽翔的自我定位，便是透過不斷回顧的鏡頭，尋找固定的與不固定的記憶。曾經做為山東流亡學生的父親，並沒有引領作者去認識國家的苦難與民族的傷痛。郝譽翔即使閱讀過王忠信、陶英惠編的《山東流亡學校史》，也閱讀過師大碩士論文陳芸娟的《山東流亡學生研究（一九四五—一九六二）》，全然並沒有讓自己去撰寫父親與國族的關係。

那種悲壯、偉大的歷史事實，充滿了正義、氣節、風骨等等字眼，似乎距離女性作家的生命過於遙遠。《逆旅》要傳達的信息是，歷史並沒有想像中那樣崇高而昇華，歷史並沒有帶來更可期待的樂觀願景。流亡、死亡、離家、遺棄、遺忘，才是她真正的歷史經驗。父親的雙重流亡，何曾在歷史上留下痕跡：「他們不但被畢生信仰的政權所放逐，又被台灣這塊島嶼所放逐，然後，在本土論述越來越強勢的今天，歷史就預備這樣子悄悄地把他們遺忘了。」（〈後記〉，《逆旅》，一九〇）這可能是郝譽翔對於男性歷史書寫的最大控訴。從男性史家的立場來看，所謂的歷史就是權力與權力之間的更迭。從前是以中華民族主義做為歷史論述的主流，現在則是以台灣意識為基礎的本土論述為主流。這種男性權力的循環更替，並不能代表歷史就是向前進步的。在歷史的洪流中，有多少看不見的人物，有多少不曾為自己立傳的族群，在時代翻滾的變動中被沖刷得無蹤無影。

郝譽翔以倒退的方式觀看背後逝去的風景。在歷史縫隙中，在文學史紀錄的缺口中，她窺見了父親一生的顛沛流離。沒有人會記住她父親曾經有過的腐敗與挫折，然而，於她卻是刻骨銘心。因為，父親的放逐與流亡，也轉嫁到她的身上。父親的孤寂與苦悶不也就是她的感受，而她的失落與幻滅，不也是父親可以分享的。父親被國家放逐，她自己也被父親放逐，這種經驗不正是對進步的歷史觀構成辛辣的諷刺？

漫遊：沒有歷史的歷史記憶

流亡與放逐的主題，在九〇年代以後，逐漸取代台灣女性作家的情欲書寫。這是女性文學版圖擴張與再擴張的具體實踐。真正開啟流亡書寫的作家，並且以大量作品在流亡主題上積極經營的，當推朱天心。自一九八七年解嚴以降，朱天心逆著台灣社會日益開放的方向，開始把自己封閉起來，封閉在一個懸空的世界。

較諸郝譽翔《逆旅》所表現的順著時間發展方向倒退著前進的歷史觀，朱天心更是違背整個宇宙運轉的秩序。她是逆著時間的方向，逆著歷史的方向，朝著不斷倒退的風景前進。這兩位女性作家年齡相差十一歲，朱天心（一九五八—）與郝譽翔（一九六九—）的父親都是山東人，並且都是出身軍伍。朱天心的母親是苗栗人，郝譽翔的母親是澎湖人，籍貫都同樣被劃歸為外省族群。朱天心擁有一個溫暖和諧的家庭，自幼即接受濃烈的父愛與母愛；而郝譽翔自幼就嘗盡被遺忘的滋味。父親的形象，在兩位作家的書寫中都變得非常重要。不過，郝譽翔作品中的父親，看來是那樣疏離而淡遠，甚至很難辨識他的容顏。在朱天心的文學裡，父親一如父王，無論他叫做「天父」或「國父」，形象清晰而崇高。兩人對於父親歷史蹤跡的追尋，同樣挾帶著無比的力與熱。然而，她們發展出來的歷史觀都截然不同。對於外省族群受到雙重放逐的情境，在前述的郝譽翔作品中已有清楚的呈現；同樣的朱天心於一九九二年完成的《想我眷村的兄弟們》，更加深刻地說出外省族群的多重困境：

國民黨莫名其妙把他們騙到這個島上一騙四十年，得以返鄉探親的那一刻，才發現在僅存的親族眼中，原來自己是台胞、是台灣人，而回到活了四十年的島上，又動輒被指為「你們外省

人」……（《想》，九三—九四）

在這段精簡的控訴裡，朱天心點明她與她的族群終於落空的心情。她的強烈失落感，牽涉到三條歷史主流的發展。第一條是國民黨的歷史，沿著這條歷史路線，可以發現外省族群當年是如何被誘騙到台灣。第二條是共產黨的歷史，循著這條路線追溯而上，則可以理解到外省族群是如何被驅趕到台灣。第三條則是民進黨的歷史，追尋這條路線的發展，當可體會到外省族群所懷抱的中國圖像是如何被瓦解。三條不同的歷史主軸，代表的都是男性權力在不同政治團體之間相互對峙，又相互傳遞。朱天心所認識的歷史，永恆地停止在一九八七年。就在這年，台灣正式宣告脫離戒嚴體制，或者說，也正式偏離了島上中國體制所規定的歷史方向。但是，對朱天心，以及對朱天心所企圖代言的外省族群而言，解嚴卻是歷史夢魘的開端。非常清楚的，解嚴並非只是解除軍事統治的枷鎖而已，而且也是拆解外省族群的政治信仰。典範的中國已不復存在，夢中的桃花源也隨之煙消雲散。朱天心彷彿是站在歷史廢墟之上，念天地之悠悠，獨愴然而涕下。

歷史向前推進的速度，恰似江河日下。誘騙外省族群來到台灣的國民黨，在解嚴之後日益走向崩壞的道路。曾經象徵理想遠景的中國圖像，也跟著墜入花果飄零的命運深淵。在反共思想的薰陶之下，共產黨那邊的中國自始以敵對的立場存在，更不是朱天心能夠認同。至於民進黨，在建構強勢的本土論述之際，只有使島上的中國之夢加速凋萎。可以設想的是，歷史若是由這三個政黨來書寫，朱天心想像中的纏綿悱惻的中國，也許找不到恰當安放的位置。正是把自己定位在面對這三股巨大歷史洪流的襲捲之下，朱天心更感受到生命的蒼涼與荒涼。

她對歷史感到幻滅，具體表現在一九八九年完成的《新黨十九日》。所謂新黨，指的是當年甫告成立不久的反對黨民進黨。草根型民主運動的不斷崛起，使得朱天心不能不覺得焦慮，因為她所認同的中國歷史已無止盡的輸掉，到了無可挽回的地步。在小說中有這樣一段文字：「我們歷史老師說國民黨是股票黨，民進黨是投機黨，……」（《我記得》，一五六）如此反諷的語言，恰如其分地反映了那段時期她的歷史觀。

台灣社會的歷史往前加速進行時，朱天心反而認為她的歷史緩滯下來了，甚至可以說歷史已經開始死亡了。這種歷史之死，與日俱增，直到她的父親逝世時，朱天心更加能夠反芻雙重死亡的滋味。《漫遊者》一書的出現，無異是她向世人宣布父王已死，歷史已死，時間已死。原來朱天心想像中的中國，乃是傳遞自她的父親朱西甯。這才是她真實的歷史，一個有血脈相連的中國傳承史。當她抗拒整個台灣現實的轉變時，至少還有一位父親支撐她心中僅有的信念與信仰。如今，她的父親離開了人間，等於是離開了真實的歷史。剩下來的朱天心，迎接的不只是雙重放逐而已。較諸李昂與郝譽翔所承受的失落感，朱天心所面對的是多重的死亡：

> 因為父親的不在，我才發現與父親相處的四十年，無時無刻無年無月我不在以言語行動挑戰他的信仰、情感、價值觀、待人處世、甚至生活瑣碎。（《漫遊者》，二六）

父親與作者之間的父女關係，其實是辯證的。他們相互共存，也相互對峙。縱然她是站在父親的對立面，但是她堅守的信仰、情感、價值觀與生活瑣碎，事實上也是源自於父親的生命。無論兩人之間是如何相生相剋，父親之做為她生命中的最終依靠則是無可否認。這種依靠，可以命名為神，為王，為中國，為歷史，為時間，均無不可。一旦依靠不再是依靠時，歷史景象之荒蕪幾可想像：

> 於是天文說出很恐怖的話，她說人死了就是死了，不會再有什麼，我驚嚇極了，想說服她其實我也不能被現存的任何宗教所描述人死後的世界所說服，但我以為它只是以一種我們完全無法想像的方式存在著，因為我一直相信，有一天我們在另一個時空裡一定還見得著，而且父親應該會說，關於他的後事種種，處理的挺好，簡單，不拘形式……（《華太平家傳》的作者與我〉，《漫遊者》，一五七—五八）

這是朱天心漫遊的起點，以父親的死亡為起點。因為，她並不認為父親已死，她甚至以為有一天在另一個時空還會相遇對話。具體言之，從父親離去的那一刻開始，朱天心就已經出神又入神地專注於虛構事實，虛構生命，虛構歷史。如果要繼續活下去，歷史將如何發展？對於島上存在的「本土」政權，流行的「本土」文化，盛放的「本土」文學，她並不認為那是真實的歷史。《漫遊者》處處對這些表現了無比的厭惡與棄絕，她所賴以生存的土地反而變成了荒謬而真空的狀態。相對於她所虛構的「真實」，台灣的現實早已淪為「虛構」。

朱天心使用一種告解（confession）的文體，彷彿在對一位具體的「你」進行獨白。這個「你」是誰？父親，讀者，還是作者自己？這已是無關緊要的問題。告解式的文體，近乎獨白，既不是屬於小說，更不屬於散文，而純然是一種書寫。只有書寫，才能證明她還有能力檢驗真實與虛構。凡屬能夠說出的或書寫的，就是一種真實。當真實能夠說出時，在某種意義上，那是一種懲罰的形式，也是一種凌遲的形式[4]。為什麼？因為作者深深相信的「真實」，例如典範、幸福、歡樂已經永不歸來。如果要繼續這種真實的存在，就必須以假想虛構的方式使其復活。但是她也知道復返、復歸是不可能的，而只能以最頑強的方式拒絕觀察、接觸現實中正在發生的一切。《漫遊者》有兩個地方引述愛倫坡的同樣字句：

> 你的幸福時刻都過去了，而歡樂不會在一生中出現兩次。唯獨玫瑰可以一年盛放兩度，於是，你將不再跟時間遊戲，並將無視於那葡萄藤與沒藥，你將身上披著屍布活在世上，就像麥加的那些回教徒。（〈出航〉，《漫遊者》，七八；〈銀河鐵道〉，《漫遊者》，一二九）

愛倫坡的語言之值得再三回味，就在於印證生命中的美好時光已經一去不復返。朱天心最甜美的記憶，存放在另一個時空。那個時空停留在歷史上縹緲的一個定點。至於在現世這個時空，她只是「身上披著屍布活在世上」。她注定被懲罰活在這個世間，這個地上，這個社會，這個時代，這個國度，這個陌生的異域。

《漫遊者》這部自傳文學，被形容為「悼祭之書」（《漫》，六—二五）。悼祭應是生者在悼祭死者。但是，事實上，這更是一部「死亡之書」，因為包括生者自己也已宣告死亡。朱天心的書寫，遺留下來的只是一些痕跡。她最美好的時間，在童年，如〈銀河鐵道〉所寫；在夢中，一如〈夢一途〉的記載；在國外，一如〈五月的藍色月亮〉之幻想；在古代，一如〈出航〉產生的錯覺。絕對沒有可觸的、可感的真實幸福發生在此時此刻的台灣。她的歷史記憶，意識流一般到處流竄，到處氾濫。然而，這樣的歷史記憶，卻是沒有時間，沒有地點。她的歷史成扁平狀，是沒有深度的歷史（depthless history），是沒有歷史的歷史記憶。朱天心的《漫遊者》，是一次徹底的死亡：「不是真的，不是真的，我們來此居住，我們只是來睡覺，只是來作夢。」（〈出航，《漫遊者》，八三）果真如此，這是台灣之死，歷史之死，作者之死。

小結

自九〇年代以降，女性書寫正在改寫台灣文學史的版圖。從情欲釋放的階段出發，女性作家不斷在挑戰男性陽剛美學的合法性。但是，接近九〇年代的世紀末，女性作家的挑戰更上層樓，她們不僅書寫情欲而已，而是更進一步，對男性的歷史記憶進行質疑、逼問。

對正統而合法的男性歷史，女性作家採取了漂流、逆旅、漫遊的方式，逐漸偏離傳統史家那種因果關係論或歷史進步論的思考，放棄所謂真實、目的、時代精神之類的單一思考，而開始以虛構、揑造、幻想、錯覺的技巧，以跳躍、斷裂、割離的手法，與男性書寫徹底劃清界線。傳統的真實歷史有那麼真實嗎？女性的虛構歷史有那麼虛構嗎？從李昂的《漂流之旅》，郝譽翔的《逆旅》，朱天心的《漫遊者》一路檢驗下來，女性自傳文學的經營，依賴的是游移、動盪、漂浮的文字予以展現。她們的書寫，越不受男性的思考控制，就越能呈現自身的主體。男性書寫的穩定性，至此開始出現鬆動的跡象。無論是對抗父權也好，還是對抗霸權也好，女性的自傳文學已然開啟了更為生動而豐富的想像。

參考書目

朱天心。一九八九。《我記得……》。台北：遠流。

——。一九九二。《想我眷村的兄弟們》。台北：麥田。

——。一九九七。《古都》。台北：麥田。

——。二〇〇〇。《漫遊者》。台北：聯合文學。

李　昂。二〇〇〇。《自傳の小說》。台北：皇冠。

——。二〇〇〇。《漂流之旅》。台北：皇冠。

郝譽翔。二〇〇〇。《逆旅》。台北：聯合文學。

Ashley, Kathleen., Leigh Gilmore, Gerald Peters, ed. 1994. *Autobiography and Postmodernism*. Amherst: Univ. of Massachusetts Press.

Lejeune, Philippe. translated by Katherine Leary. 1960. *On Autobiography*. Minneapolis: Univ. of Minnesota Press.

Lionnet, Francoise. 1989. *Autobiographical Voices: Race, Gender, Self-Portraiture*. Ithaca: Cornell Univ. Press.

Lionnet, Francoise. 1995. *Postcolonial Representations: Woman, Literature, Identity*. Ithaca: Cornell Univ. Press.

Stanley, Liz. 1992. *The Auto/biographical I*. Manchester: Manchester Univ. Press.

註釋

1 對於男性歷史撰寫權的挑戰，是九〇年代台灣女性小說家的重要策略之一。她們一方面探索女性的身體與身分，一方面藉女性浮沉的故事，對於男性大敘述歷史的虛偽與虛構從事穿透、解構的工作。其中最顯著的是平路的《行道天涯》（台北：聯合文學，一九九四），透過宋慶齡的故事，質疑中國國民革命史的真實性。其次是李昂的《北港香爐人人插》（台北：麥田，一九九七），以台灣黨外運動中的女性角色，質疑民主改革陣營的歷史記憶。最後是施叔青的《香港三部曲》（台北：洪範，一九九三—一九九七），透過香港一名妓女黃得雲的故事，質疑西方白人殖民史的虛構性格，同時也進一步質疑殖民地身分在回歸中國之後是否能夠翻轉。關於這三部小說的討論，參閱陳芳明，〈挑戰大敘述：後戒嚴時期的女性文學與國家認同〉，見本書頁一三一—一五〇。

2 Michael M. J. Fischer, "Autobiographical Voices and Mosaic Memory", in Kathleen Ashley, Leigh Gilmore, Gerald Peters, ed., *Autobiography and Postmodernism*, p. 93: "Autobiography is often pursued through dual-tracking I will call mirroring, dialogic storytelling, and cross-cultural critique."

3 Philippe Lejeune, translated by Katherine Leary, "The Autobiography of those Who Do Not Write," Chapter 9, *On Autobiography*, p. 187.

4 Leigh Gilmore, "Policing Truth: Confession, Gender, and Autobiographical Authority", in Kathleen Ashley, et. al., ed., *Autobiography and Postmodernism*, p. 55.

「新世紀華文文學發展」國際學術研討會宣讀論文，元智大學中國語文學系主辦，二〇〇一年五月十八日至十九日。

台灣現代文學與五〇年代自由主義傳統的關係

以《文學雜誌》為中心

引言

文學上的現代主義（modernism）與政治上的自由主義（liberalism），在五〇年代的台灣曾經有過微妙的結盟。這種結盟，透過夏濟安主編的《文學雜誌》之發行而具體表現出來。現代主義與自由主義兩種思潮的同時並進，在台灣文學史上是非常罕有的現象。這兩種思潮，在西方有其不同的歷史淵源與時代背景，為什麼竟然在台灣社會能夠匯流在一起？

西方自由主義之濫觴，乃是隨著理性主義的抬頭與資本主義的崛起，而成為中產階級追求政治解放與個人解放的主要信念[1]。自由主義係以理性為基礎，以建立合理的生活秩序。在西方資本主義社會，自由主義傳統的發展，自十七世紀以降迄今已將近四百年。現代主義的萌芽則相當晚起，至少必須等到十九世紀末葉西方社會穿越工業社會與都會化之後，才漸漸成為中產階級所信奉的一種美學[2]。在某種意義上，現代主義在理念上與自由主義是相當衝突的。因為現代主義者所嚮往反理性或非理性的傾向，並非是自由主義者所能夠認同的。不過，兩者思潮也有會通之處，至少兩者都同意個人主義的解放與思想空間的解放，並且兩者都為中產階級所接受。

對照於西方自由主義與現代主義的發展條件，五〇年代的台灣社會並沒有提供較好的環境可供這兩種思潮孕育、釀造並擴張。在極端保守主義的反共時期，台灣社會並未產生強有力的中產階級，相反的，在那段經濟蕭條的艱困年代，國民政府實施的戒嚴體制對於知識分子的思想自由構成了嚴酷的挑戰。當台灣社會的工業化與都會化尚未蔚為風氣之前，現代主義並沒有任何根據地可尋，而自由主義也並沒有強勢的資本主義力量在背後支撐。從事實的發展來看，自由主義與現代主義同時出現於當時蒼白的台灣，可能是一次歷史的偶然，也可能是歷史的誤會。但是，正因為有偶然與誤會的因素之產生，竟然開啟了戰後台灣文學的豐富想像。

《文學雜誌》在一九五六年的誕生，是一重要的觸媒。在此之前，自由主義運動者已通過《自由中國》的出版而積極爭取思想自由與言論自由。由雷震發行的《自由中國》始於一九四九年，終於一九六〇年。在這完整的十年中，自由主義思想雖屢經官方的權力干涉，卻相當成功地在知識分子之間傳播了民主憲政的信念[3]。這份刊物對台灣文學發展的正面影響，便是在一九五三年邀請聶華苓擔任該刊的文藝欄主編。在自由主義思想的引導之下，聶華苓開始採用偏離官方反共文藝政策的文學作品。聶華苓所集結的作家，便與後來的《文學雜誌》作家有了重疊與結盟。這段歷史公案，牽涉到現代主義的轉折，也牽涉到文學史的詮釋問題。重新回顧這段歷史的起承轉合，正是這篇論文的主要關切。

《文學雜誌》與官方反共文藝政策

從文學史的觀點來看，一九五六年對戰後台灣文學的再出發是極有意義的一年。就在這年二月，紀弦重新整編現代派，發行《現代詩》季刊，正式把他過去主張「新詩的現代化」，改寫成為「詩的現代主義」，並且也宣稱，「我們認為新詩乃是橫的移植，而非縱的繼承。」[4]同年九月，夏濟安主編的《文學雜誌》也繼之問世，創刊號的〈致讀者〉反映了該刊的態度：

> 我們反對共產黨的煽動文學。我們認為：宣傳作品中固然可能有好文學，文學可不盡是宣傳，文學有它千古不滅的價值在。
>
> 我們反對舞文弄墨，我們反對顛倒黑白，我們反對指鹿為馬。我們並非不講求文字的美麗，不過我們覺得更重要的是：讓我們說老實話。[5]

對照《現代詩》與《文學雜誌》，可以理解當時的台灣作家已經漸漸對官方文藝政策的支配感到不耐。雖然《現代詩》在其「現代派的信條」強調：「愛國。反共。擁護自由與民主。」在面對文學藝術的追求時，卻顯露出對西方美學思潮的嚮往與期待。同樣的，《文學雜誌》在〈致讀者〉也特別揭示自身的立場：「……我們的愛國熱誠，決不後人，不論我們多麼想保持頭腦的冷靜。」但是，在表達愛國的熱誠之餘，他們反對「宣傳式」的文學作品。這兩份刊物都不約而同高舉愛國的旗幟做為保護色，卻在美學的追求上偏離了反共的文藝政策。

如果要理解《文學雜誌》的自由主義傾向，似乎有必要認識五〇年代的文學環境。國民政府在一九四九年十二月撤守台灣之後，便立即把文學活動視為政治動員不可分割的一環。因此，在一九五〇年四月，當時的立法院院長張道藩在國民黨的支持下成立「中華文藝獎金委員會」，並且發行機關刊物《文藝創作》。反共文學能夠成為五〇年代的主流文學，乃是經過官方刻意的培植與鼓勵。在雄厚獎金的刺激之下，又有文學刊物從旁輔助，自然使許多作家接受了文藝政策的支配。不僅如此，為了集結更多作家加入反共文學的行列，國民黨決定在同年五月四日訂名為文藝節，並且號召一百餘位作家組成「中國文藝協會」，大會召集人是立法委員陳紀瀅。這個文學團體直接由國民黨第四組指導[6]。中國文藝協會成立的目的，可以從該會會章第二條顯現出來：「本會以團結全國文藝界人士，研究文藝理論，從事文藝創作，展開文藝運動，發展文藝事業，實踐三民主義文化建設，完成反共抗俄復國建國任務，促進世界和平為宗旨。」官方的權力干涉得以遂行，便是透過中國文藝協會這個管道而完成的。文學與政治的密切結合，或者說，文學活動受到政治力量的支配，便是始於這個時期。

不過，文藝政策的正式形成，必須等到國民黨主席蔣中正在一九五三年頒布〈民生主義育樂兩篇補述〉一文後，最高指導原則才宣告誕生。為了配合〈民生主義育樂兩篇補述〉的傳播，張道藩在一九五四年四月根據蔣中正的文藝思考撰寫了長達四萬餘字的〈三民主義文藝論〉。遠在一九四二年，在毛澤東發表〈在延安文藝座談會上的講話〉之後，張道藩就已經為國民黨寫過一篇〈我們所需要的文藝政策〉[7]。從此便開啟了黨指導文藝活動的現象。因此，張道藩又在五〇年代再度為國民黨的文藝政策執筆，並不令人感到意外。〈三民主義文藝論〉分成本質論、創作方法論與形式論共三大部分，雖然強調文藝創作是多元化與包容性的，但最後都應該以民族意識、民權意識、民生意識為依歸[8]。無論這樣的文藝政策獲得多大程度的實踐，這份文件足以顯示，政治權力支配作家文學思考的事實是無可否認的。

最能印證文藝政策對文學活動的干涉，莫過於同年五月四日中國文藝協會主導者陳紀瀅率先發動的「文化清潔運動」。通過這場公開的思想檢查運動，蔣中正的威權與張道藩的宣示真正得到了實踐的空間。從一九五四年七月開始，所有的黨營報紙包括《中央日報》、《中華日報》、《台灣新生報》、《聯合報》，同時加入這場空前未有的政治動員，聲討的對象是「赤色的毒」、「黃色的害」、「黑色的罪」。所謂赤色，是指呼應共產黨的文字；所謂黃色，則是指色情小說；所謂黑色，乃是指挖掘內幕消息的報導。當時與國民黨立場一致的主要作家陳紀瀅、王平陵、陳雪屏、蘇雪林、王集叢等，都加入這場規模龐大的文化清潔運動的批判行列。事實上，中國文藝協會發起的文化批判，目的在於主張「修正現行『出版法』及刑法」。

這是保守主義勢力日漸抬頭的一個徵兆。因為，這是對當時已經有限的言論自由進行有計畫的戕害。從當時文化清潔運動公布的宣言當可窺見一二：「我們一向主張『言論自由』最力，無時無刻不在為爭取大的言論自由做最大的努力。但是，上述三害的所做所為，早已越出言論自由範圍。因為，無論如何，我們不相信我們的法律與輿論，能坐視它們享有『造謠惑眾的自由』、『誣衊誹謗的自由』，乃至『危害國家民族的自由』！」[9]以「爭取言論自由」的假面，行限制言論自由之實的行動，正是文化清潔運動的真正目的。

對於真正爭取思想自由的《自由中國》人士而言，面對這種政治動員的言論干涉，自然是無法接受。就在文化清潔運動發軔之際，《自由中國》特別發表社論，認為動輒檢查報刊雜誌，並且以文藝政策為理由對出版品進行搜索與查禁，是違法的，也是違憲的[10]。這篇社論表示，他們既反對實施報禁，也反對不經由司法機關直接對出版品加以處理。保守主義與自由主義的對峙形勢，就在這個清潔運動的議題上劃清界線。五〇年代的台灣自由主義者，在嚴酷的法律條文與緊縮的檢查制度監視下，敢於向戒嚴的威權體制挑戰，反映了當時具有自覺與警覺的知識分子誠然有過人的膽識。他們向當權者爭取些微的言論自由，無非是為了使文化界保有想像空間。但是，他們的努力似乎並沒有得到執政當局的重視。清潔運動的支持者，目睹許多書刊被查禁，反而報以強烈呼應的聲音。《中央日報》還發表社論，認為在反赤、反黃、反黑的口號下，查禁所謂「不良書刊」是正確的[11]。

緊接著清潔文化運動臻於高潮之後，蔣中正在一九五五年又繼之以「戰鬥文藝」口號的提出。為了使這種政治口號得到理論基礎，許多作家都主動撰寫專書予以配合。最顯著的例子，莫過於王集叢所寫的《戰鬥文藝論》。這部書的主旨在於申論，既然中共把文藝當做鬥爭的武器，則台灣也應該回報以戰鬥文藝論。王集叢特別指出：「在他們（中共）血腥統治下，什麼都沒有自由，文藝作家都沒有創作自由。……今天我們和這樣的敵人戰鬥，如果不讓文藝負起戰鬥任務，反而高調『為文藝而文藝』的濫調，或者以文藝傳達消極悲觀的思想情感，或者用『自由創作』來否定文藝的創作性，請問如何對敵？如何爭取自由？」[12]王集叢的論點彷彿是站在自由主義的立場，在為台灣作家講話。事實上，這種邏輯思考無非在於使蔣中正所象徵的最高權力對台灣文藝活動所進行的干涉，能夠獲得合理化的依據。在《戰鬥文藝論》推出的同時，藝術評論家虞君質也特地編輯了兩冊《現代戰鬥文藝選集》，宣稱閱讀了這些優良作品，「既可培養深厚的愛國熱情，兼可引發崇高的民族意識」。他又說，這些作品乃是「中國文藝工作者，在總統提倡戰鬥文藝這一偉大號召下，初步合力產生的豐富的成果。」[13]

當大多數作家向當權者靠攏，並且是露骨地向威權統治者表態，自由主義者的活動空間之受到限制自是可以想像。從這樣的背景來看，《文學雜誌》在一九五六年創刊號上表達對「宣傳文學」的不滿，就充滿了高度的批判意味。自由主義者在戒嚴體制下，可謂手無寸鐵。他們唯一能夠與霸權論述對抗的，只不過是文字書寫而已。他們既然不能向戒嚴體制採取直接的對決，便只好選擇迂迴的方式來表達對自由主義的擁護。

有一個事實最能展現《文學雜誌》的自由主義傾向，便是他們一九五七年二月與《自由中國》聯手，推薦胡適做為諾貝爾文學獎的候選人。在《自由中國》的推薦者中，包括余光中、彭歌、吳魯芹、梁實秋等人在內，而《文學雜誌》則是由夏濟安以編者的名義推薦[14]。在〈致讀者〉的文字中，夏濟安強調：「我們認為獲選希望最大，最值得推薦的候選人是胡適之先生。胡先生著作可說是『等身』，他對於中國文學的貢獻，我們無需在這裡介紹。他去年所寫的《丁文江傳》，是一部傑出的傳記，文學史上的成功之作。胡先生的文章功業，已經為國家爭了不少光榮，我們更希望他成為一九五六年諾貝爾文學獎得獎人。」[15]

胡適是中國五四運動中的自由主義代表人物，正是透過他的思想的在台傳播，而使自由主義傳統引介到台灣來。擔任《自由中國》名譽發行人的胡適，對於台灣的自由主義者雷震、殷海光等人，無疑是精神上的支柱。然而，政治上的胡適固然有他的傳承，文學上的胡適顯然也有他的認同者。《自由中國》與《文學雜誌》同時尊崇胡適為諾貝爾文學獎候選人，自然是承認他在文學史上的地位。不過，在那段時期，兩份追求言論自由的刊物聯手推薦胡適，誠然寓有批判官方文藝政策的意味。尤其是緊跟文化清潔運動與戰鬥文藝運動的推展之後，《文學雜誌》藉胡適之名而高舉自由主義的旗幟，顯有其不能明言之處。

至少到一九五六年為止，胡適的地位至少還未受到挑戰。但是，他的困難處境，正好也反映了台灣自由主義者的尷尬位置。因為從中國共產黨的左派觀點來看，胡適被視為資產階級的馬前卒，他的妥協與忍讓使得右翼政權得到擴張的機會。從五〇年代末期到六〇年代初期，中國共產黨在大陸以「胡適思想批判」為名義所發起的政治運動，正是左翼政權對胡適自由主義思想的強烈抵制。從中國國民黨的觀點來看，胡適提倡思想自由與言論自由，則被認為是在破壞既有的穩定秩序，而且這樣的自由往往使左翼分子有了可乘之機。文化清潔運動固然不是針對胡適思想，然而在反赤、反黃、反黑之際，順手也對提倡言論自由的作家與知識分子展開思想檢查，也正是對自由主義的有系統、有計畫的壓制。在右派的保守主義政權與左派的社會主義政權之間，台灣自由主義者的局限由此可以想見。

少壯派的自由主義者殷海光，在五〇年代末期與胡適決裂之前，對於他在五四時期所提倡的自由思想還是非常尊敬的[16]。與殷海光同一時期的作家，如夏濟安、余光中，以及《自由中國》文藝欄主編聶華苓，也同樣對胡適抱持敬謹之心。原因無他，胡適是那段時期反極權、反威權的知識分子象徵。兩份遵循自由主義的文學刊物同時推薦胡適為諾貝爾文學獎候選人，絕對不是偶然的。

「人的文學」與現代主義轉折

台灣的文學刊物上開始出現一些現代主義的作品，大約是始自《自由中國》與《文學雜誌》。台灣的現代主義文學，產生於自由主義的雜誌，絕對不能從資產階級的經濟觀點來考察，也絕對不能從資本主義的立場來檢驗。這兩種主義都在追求個人解放的思想，而這必須放置到五〇年代的特殊政治環境來考察，才能理解其真正的歷史意義。現代主義與自由主義的結盟，牽涉到文學史的詮釋問題。為了使這個問題說得更清楚一點，似乎有必要從胡適在台提倡「人的文學」的主張談起。

有關這段時期的文學史解釋，呂正惠曾經撰文指出，台灣現代主義與五四運動並非是一脈相通。他指出，「除了西化和反傳統之外，五四精神還具體的表現為民族主義與愛國主義，表現為平民主義、人道主義和現實主義。」那麼，這種五四精神為什麼竟然在台灣被扭曲了？呂正惠認為，「在國民黨數十年的教育下，五四新文學運動變成只是以『白話』代替『文言』的白話文學運動，而五四新文化運動的內涵也降低為『西化』與『反傳統』，至於五四知識分子基於救亡圖存所發展出來的強烈的現實主義關懷則完全被淡化了。」[17]

五四精神在台灣的變質，固然是與國民黨政權性格有密切關係，它的反共與反社會主義的立場，自然無法正視五四運動中左翼思潮崛起的事實。不過，五四精神在五〇年代也並非完全與台灣現代主義全然切斷關係。如果五四精神必須以「平民主義、人道主義、現實主義」來定義的話，那麼這樣的精神風貌已經以在地化、本土化的形式在台灣傳播下來。這是一個相當複雜的歷史問題，因為，要考察現代主義的發展，並不必然要從五四運動的根源去考察。不過，台灣的現代主義運動是在五〇年代與自由主義的結盟下開展的，而自由主義又是右翼五四運動的重要一環，因此對於五四精神的再轉化，顯然有必要重新評估。

正如前述，胡適被推薦為諾貝爾文學獎候選人的行動，乃是自由主義作家對所謂官方文藝政策與政治動員的一個回應。就在這個議題上，戰後台灣文學與中國自由主義傳統終於產生了接軌。在推動自由主義的心情下，胡適對於箝制作家思考與想像的文藝政策，當然是無法接受的。一九五四年五月四日，甫從美國回國的胡適，接受中國文藝協會的邀請做公開演講。以〈中國文藝復興・人的文學・自由的文學〉為題，胡適抨擊文藝政策的不當：

……王藍先生給我提出了十幾個題目，內中有一個題目就提到，他問我，在國外別的自由國家對文藝有沒有輔導文藝的政策，有沒有輔導文藝的組織。我看了很奇怪，因為自由國家，尤其我知道最熟悉的美國，絕對沒有這個東西，對於文藝絕對完全取一個放任的，絕對沒有人干涉，政府絕對沒有一種輔導文藝，或指導文藝，或者有一種文藝的政策。絕對沒有；也絕對沒有輔導文藝的機構。[18]

胡適反反覆覆提到「自由」、「放任」、「沒有人干涉」等等的字眼，就在於闡釋自由主義的精神，而且是相當古典的自由主義。他所批判的對象，包括「文藝政策」、「輔導文藝」、「指導文藝」，以及「輔導機構」。在五〇年代，所謂文藝政策當然就是指蔣中正頒布的〈民生主義育樂兩篇補述〉，以及張道藩為之合理化的長文〈三民主義文藝論〉。所謂「文藝機構」，自然是指中國文藝協會（一九五〇）、中國青年寫作協會（一九五三），以及台灣婦女寫作協會（一九五五）。而所謂「輔導機構」，則是指張道藩所領導的「中華文藝獎金委員會」（一九五〇），以及蔣經國在幕後支持的「軍中文藝獎」（一九五二）。從表面上看，這些文藝政策、文藝社團與文藝獎金似乎是在獎勵作家的創作活動，但實際上其最終目的乃在於箝制、監視、干涉作家的文學思考。

在此之前，《自由中國》對於中國青年寫作協會的幕後指導機關，就已經撰文提出批評。他們認為，國民黨此舉無非是在實行黨化教育，這個組織不僅深入學生的校園生活，而且也是對廣大的社會青年進行所謂的思想洗腦。支持自由主義的新儒學學者徐復觀，特別在《自由中國》撰文指出黨透過救國團對青年從事監控，使青年成為黨務工作的工具[19]。青年救國團的工作性質既是如此，則其下游團體中國青年寫作協會對於年輕作家的操縱，自是不言而喻。胡適在五四文藝節的公開演講，正是對此類似政治動員式的文學干涉，自然感到不滿。針對這個問題，胡適繼而強調：

> ……我們的民眾，作家—文藝作家，應該完全感覺到我們是海闊天空，完全自由；我們的題材，我們的作風，我們用的材料，種種都是自由的。只有完全自由的方向，才可以繼續我們四十年來所提倡的新文藝。這個傳統，我們所認為的自由，提倡文體的革命，提倡文學的革命，四十年來，我們所希望的，是完全有一個自由的創作文藝。[20]

以五四運動的精神，來概括作家爭取「完全自由」的方向，正是胡適刻意要強調的。在反共文藝政策主導的年代，台灣作家不能享有免於恐懼自由的年代，胡適提出的五四精神顯然有其微言大義。不僅如此，胡適還特別使用「中國文藝復興」（Chinese Renaissance）來凸顯五四運動是一種思想的更生運動與再生運動。他並不認為，五四運動只是一種白話文運動。對於這點，他進一步提出自己的見解：

我們希望的，除了白話是活的文字、活的文學之外，我們希望兩個標準：第一個是，人的文學。人，不是一種非人的文學，要夠得上人味兒的文學。要有點兒人氣，要有點兒人格，要有人味兒的，人的文學。文學裡面每個人是人，人的文學。第二，我們希望要有自由的文學。文學這東西不能由政府來輔導，更不能夠由政府來指導。[21]

胡適把五四精神中提倡的「人的文學」，與「自由的文學」等同起來，具有深刻的文化意義。他所說的「人的文學」，真正的意義在於揭示文學乃是屬於個人主義的。「人氣」、「人格」、「人味」都是指向個人主義的解放。胡適的主張，並非是第一人。第一位主張「人的文學」的作家，是五四時期的周作人。遠在一九一八年與一九一九年之間，周作人就已經寫〈人的文學〉、〈新文學的要求〉與〈平民文學〉等等文章。在文學思想的聯繫上，胡適的見解顯然與周作人有相互會通之處。

對於「人的文學」之定義，周作人有極為清楚的詮釋：「這文學是人性的，不是獸性的，也不是神性的」，又說「這文學是人類的，也是個人的，卻不是種族的、國家的、鄉土及家族的」[22]。新文學追求的是個人精神與肉體的解放，這是個人主義的目標，也是自由主義的本質。胡適在一九五八年的演講，雖然沒有明言這主張來自周作人，卻可以比較兩人的見解，當可理解兩者同條共貫的。國家的力量介入個人的創作活動，就違背了人的文學之主張。從歷史的角度來看，胡適重新介紹五四時期的文學思想，正好可以說明《自由中國》與《文學雜誌》在抗拒官方文藝政策之際，也契合了自由主義的精神。

然而，台灣自由精神的現代主義轉折，是如何在《文學雜誌》發生？這裡牽涉到自由主義中對於人性的解釋。胡適在一九三四年曾以英文演講，題目正是〈中國的文藝復興〉，他說新文化運動與文學革命，「是對傳統文化中許多觀念和制度有意識的抗議運動，是有意識把那些受傳統力量束縛的男女個人解放出來的運動，這是理性對待傳統、自由對抗權威和頌揚人的生命、人的價值對抗對其壓抑的運動。」[23]胡適言下的文藝復興，是文化更生運動與再生運動。他特別重視人性的解放，更重視男女個人從傳統束縛中解放出來。以這樣的言論來對照五〇年代的台灣戒嚴體制，胡適所要對抗的當不止於傳統封建制度，而且也要對抗當時氾濫的威權主義。胡適的見解，自然獲得《文學雜誌》的熱烈回應。

在《文學雜誌》的作者群中，夏志清撰寫的批評文學是值得注意的。直到一九七六年時，夏志清仍然寫了一篇題為〈人的文學〉的文章，該文把胡適、周作人、魯迅並列為中國文化界的三位思想巨人。他也同意胡適與周作人的見解：「我認為中國新文學的傳統，即是『人的文學』，即是『用人道主義為本』，對中國社會、個人諸問題，加以記錄研究的文學。」[24]夏志清承認胡適的地位，已是七〇年代的事。不過，順著他的思想理路往上追溯，更可以發現他的新文學觀點，在許多地方都是在呼應胡適的思想。不過，在發揚胡適思想之餘，夏志清的文學批評不僅擁護自由主義思想，同時也在自由精神的思考中滲透了現代主義的理論與觀點。

在現代主義的轉折上，夏志清的文章是有必要予以重估的。一九五八年三月，他在《文學雜誌》發表了一篇〈文學・思想・智慧〉。根據該刊的編者，亦即夏志清的兄長夏濟安在該文之後附上編語，表示此文原是為《自由中國》而寫，經過自由中國社與作者的同意，改由《文學雜誌》發表。這個事實說明，《自由中國》文藝欄編輯聶華苓，與《文學雜誌》可謂過從甚密；而她本人也是該刊的作者之一。夏志清的這篇文章中，特別指出新文學運動的白話文使用，才能夠擺脫舊有的思想束縛。不過，這篇文章的重點卻是強調文學與道德之間的關係。他指出，偉大的作家並不意味他的道德就特別崇高。作家並非是思想家，更不是道德家，「但他們感性較我們活潑，他們觀察人事較我們深刻，他們的自我解剖更較我們殘酷無情，因之他們雖非道德家而能抓住道德問題的微妙處。」[25]

夏志清特地以兩位西方現代主義作家的文學為例，一是法國詩人波特萊爾（Boudelaire），一是英國詩人艾略特（T. S. Eliot）。他認為前者的道德意志比普通人更為不清，「但他每寫一首詩，他的想像充滿了他淫亂生活的意像，而能把他靈魂深處的齷齪意念整理出來。」具體而言，波特萊爾的創作思維乃在於表達「自己頹廢生活可怖的智慧」。同樣的，艾略特的作品，也是在悟出人生的「沉悶、恐怖和榮耀」。這種文學思考的介紹，已相當具體把現代主義的特徵呈現出來。夏志清寫這篇文字時，正是胡適提出「中國文藝復興」與「人的文學」的前兩個月。自由主義如果是在尋求人性的解放，在這樣的思考脈絡下，現代主義正好與自由精神產生了密切的銜接。

更為確切地說，現代主義文學對於人性枷鎖的掙脫，誠然較諸自由主義還更為深刻。因為，自由主義在政治上所要對抗的，無非是具體可見的權力干涉與制度壓迫。它的目標，在於爭取較為廣闊的言論空間。無論自由主義者的思想有多激進，都無法遁逃既有的政體之規範與限制。現代主義所要抗拒的，不是客觀現實中的政治體制問題，而是個人精神世界的挖掘與解放。把這兩種具有抗議精神的思想置放於五〇年代的台灣社會，當可發現自由主義的抗議是顯性的（manifest），而現代主義的抗議則是屬於隱性的（latent）。顯性的抗議，往往招來當權者的立即鎮壓與監視；隱性的抗議，則可以在政治體制內較易獲得倖存的空間。台灣的現代主義者，在嚴苛的現實政治條件下，必須另尋思想的出口。面對變幻萬千的政局，他們的內心誠然有太多無法表達的語言。最能表達現代主義者的困境，當推白先勇在回顧的文字中所呈現出來的：「求諸內，他們要探討人生基本的存在意義，我們的傳統價值，已無法做為他們對人生信仰不二法門的參考，他們得在傳統的廢墟上，每一個人，孤獨的重新建立自己的文化價值堡壘。」他又指出：「然而形諸外，他們的態度則是嚴肅的，關切的，他們對於社會以及社會中的個人有一種嚴肅的關切，這種關切，不一定是五四時代作家那種社會改革的狂熱，而是對人一種民胞物與的同情與憐憫。」[26]雖然白先勇是在七〇年代說出這樣的心聲，卻足以印證早期他與他的世代投入現代文學運動的心情。他所說的「人生基本的存在意義」與「傳統的廢墟」，顯然都是在暗示白色恐怖年代的荒涼心境。身為一位知識青年，他既然沒有走上顯性的抗議道路，則隱性的、消極的抗拒自然就成為他僅有的選擇。白先勇最早完成的現代小說之所以會在《文學雜誌》發表，就不是一件偶然的事了。

現代文學的出發點：《文學雜誌》

夏濟安是六〇年代現代文學運動的奠基者，這是當時的作家與後來的學者所公認[27]。白先勇曾經回憶，「夏濟安先生編的《文學雜誌》，實是引導我對西洋文學熱愛的橋樑。」[28]歐陽子也表示過，她的許多短篇小說都是在夏濟安課堂上的習作[29]。《文學雜誌》當然不是五〇年代唯一發表現代主義作品的刊物，在聶華苓主編的《自由中國》文藝欄，以及林海音主編的《聯合報‧副刊》，其實已經見證到現代主義的星火此起彼落地閃現。不過，就理論的介紹、作品的翻譯、創作的提倡而言，《文學雜誌》誠然是較具規模，也較具系統的一份刊物。

對於守住舊文學陣營的保守主義者而言，夏濟安先生可能在思想上是比較前進的。但是，對於今天已經穿越過現代主義階段的知識分子而言，他的思想可能又略嫌守舊。如果對他的文學思考稍有認識的話，站在新舊思想交會點的夏濟安，可以說典型地表現了一位自由主義者的立場。在《文學雜誌》有許多重要的文字，都是出自他的手筆。處在「新舊對立、中西矛盾」的文化困境裡，夏濟安曾經對五〇年代的讀者提出他的建言：

> 一個態度誠懇的小說家，應該為這種「矛盾對立」所苦惱，而且應該藉小說的藝術形式，解決這種苦惱。小說家究竟不是思想家。他的可貴之處，不一定是揭櫫什麼新思想，也不一定是重新標榜某種舊思想。他所要表現的是：人在兩種或多種人生理想面前，不能取得協調的苦悶。直捷了當的把真理提出來，總不如把追求真理的艱苦掙扎的過程寫下來那樣的有意思和易

於動人。30

這段話，既是自由主義的，也是現代主義的。其中所傳達的信息是，從事新小說的創作，並不必然就需要排斥舊文化。這種寬容與包容的立場，無疑是自由精神的極致表現。不過，文中傳達的另一個信息又是，在新舊文化發生衝突時，作家無需立刻提出終極的答案，而是把兩種不同價值相互摩擦的過程中所產生的矛盾、苦惱與不和諧表現出來。這種掙扎而又折磨的痛楚經驗，又是現代主義者所要營造的。

長期以來，現代主義在台灣的傳播曾經招致許多非議與批判，便是被指控過於西化，過於蔑視自己的傳統。然而，檢驗夏濟安的思考，他介紹現代主義的態度並未有任何偏頗。明顯易見的一個事實是，他認為小說家並不一定要有「新思想」，但是必須有一種為新思想所培養的批評的態度。換句話說，堅持舊文化者，應有吸收新思維、新感覺的風範。因為，接觸新的思想，也可協助剖析舊的文學作品。在同樣的文字中，他舉了一個實例：「三百年前莎士比亞對於人性的知識，在今天看來並不落後。詩人的想像，有時竟能和心理分析學研究精神病人的結果，有不謀而合之處。」對屬於舊文學的莎士比亞作品，他並不排斥；對屬於新思想的心理分析，他也能夠欣賞。自由主義的立場，加上現代主義的思考，就構成了《文學雜誌》的重要特色。

在文學上採取自由主義與現代主義的雙重思考，是夏濟安留給後人的一個典範。在另外一篇重要的文章〈白話文與新詩〉，他再次對於新文學所使用的語言表達了寬容的見解。在這篇長文裡，他闡釋五〇年代的白話文，已與五四時期的白話文有了極大的不同。其中最主要的因素，乃在於白話文書寫已摻雜了太多西洋文學的影響。他說：「這幾十年來也許還沒有產生過很多了不起的作品；但是假如這個時代的文學史還值得一寫的話，寫這部文學史的人將發現我們所受的影響很複雜。白話文本身就是一件很混雜的東西。」使用如此混雜的語言，他特別指出：「假如白話文不能成為『文學的文字』，我們對於白話文，始終不會尊重。」具體言之，他認為白話文若不能提升到文學藝術的層次，則有可能會遭到鄙夷輕視。因此，對於白話文，他比起同時期的許多文人還更能保持尊重的態度。原因無他，他希望白話文能夠升格成為「文學的文字」。更為重要的是，他也希望作家能夠使用白話文寫出傑出的詩作。在新詩創作方面，他提議使用現代主義的技巧來提升白話文的運用：

關於詩篇的結構，我沒有多少意見可以貢獻。但是近代英美批評家認為一首詩不但在思想方面和音調方面是一個整體，連譬喻意象（images），都要有系統的組織起來。照這個標準來寫詩，詩人除了靈魂、心、和敏銳的感覺之外，還需要一副供制衡、選擇、判別、組織之用的頭腦。沒有這樣的頭腦，他仍舊可能有詩的靈感，但是很難寫出好詩。[31]

他對白話文採取自由主義的觀點，對詩的創作則懷抱現代主義的態度。他在這段文字中已掌握到了意象詩的一些竅門，而這樣的竅門可以透過白話文的使用而獲致。能夠以如此尊重的心情來看待白話文，對於正在起步的台灣現代文學而言，無疑是穩重而懇切的忠告。

夏濟安對於白話文的高度重視，獲得海外學者陳世驤的回應。陳世驤任教於美國柏克萊的加州大學，原是與夏濟安毫未謀識。但是，夏濟安委託在美訪問的胡適，專程向陳世驤約稿[32]。陳世驤以新批評的方法，解析中國的古典詩，大多發表於《文學雜誌》。這種兼容並蓄的方式，更加能夠散發《文學雜誌》的自由主義風格。不過，在海外為《文學雜誌》撰稿的，還包括了寫散文的吳魯芹、陳之藩、思果與夏志清。他們都是自由主義的學者，卻又對現代主義思潮甚表支持的。

在海外的學者中，夏志清介紹了張愛玲到台灣，也許是台灣文學史上的一項盛事。當時任教於美國哥倫比亞大學的夏志清，正在撰寫兩部重要書籍，一是《中國古典小說史》，一是《中國現代小說史》，二書均是以英文寫成。不過，在現代小說史中，有關張愛玲的篇章，則是優先譯成中文而發表於《文學雜誌》。從來沒有人能夠預料，經過夏志清的介紹，竟然開啟了日後廣大的張愛玲文學流域。

夏志清所寫的〈張愛玲的短篇小說〉發表時，夏濟安特別加上按語：「本文原為介紹張愛玲給美國讀者而寫，因此討論的時候態度也許顯得過分『熱心』。假如這篇文章能夠使國人注意到張愛玲在中國文學史上地位的重要性，她將能得到更公允的批判。」[33]顯然，夏濟安做為一個編者，已注意到這篇文字的反共與捧張的傾向過於強烈。他樂於推薦他弟弟的文章，但也希望讀者能夠保持警覺。不過，夏濟安的預言，日後竟然成真。張愛玲在文學史的地位，在這段時期就已建立了。在《文學雜誌》的批評中，這是第二篇以現代小說的技巧來分析文學作品。第一篇，則應屬夏濟安所寫的〈評彭歌的《落日》兼論現代小說〉[34]。張愛玲小說的特色，在這篇文字中幾乎已經道盡（除了女性主義理論之外）。夏志清說：

她的意象繁複而豐富，她的歷史感，她的處理人情風俗的熟練，她對人的性格的深刻的抉發。……《傳奇》裡有很多篇小說都和男女之爭有關：追求，獻媚，或者是私情；男女之愛總有它可笑的或者是悲哀的一面，但是張愛玲所寫的決不止於此。人的靈魂通常都是給虛榮心和欲望支撐著的，把支撐拿走以後，人要成了什麼樣子——這是張愛玲的題材。[35]

這種精闢的解析方式，放在五〇年代的台灣文壇，可以說闢出了非常可觀的道路。夏志清的文學批評，影響了後來的許多創作者。至少，他使許多作家注意到張愛玲的存在，也使不少作家發現現代小說創作的訣竅。緊接這篇文字之後，夏志清又立刻發表了〈評《秧歌》〉，他再次藉用反共的立場來表達他對自由主義的嚮往：

在我們的道德想像中，共產黨是一件怪物：它的殘暴超過舞台上最血淋淋的戲，超過了我們想像中的地獄。張愛玲把共產黨的世界包含在一種鬼森森的氣氛之中，實在是給共產黨一種最現實的描寫；因為它的兇惡不是人類的想像所能忍受的。《秧歌》不僅是一部中國農民受苦受難的故事，而且是一部充滿了人類的理想與夢想的悲劇；而人類的理想與夢想是為共產黨所不能容的。[36]

這裡清楚解釋了台灣自由主義思想產生的重要背景。如果沒有共產主義的威脅，這種思想很難在那段時期浮現。然而，自由主義者所要批判的，又不是共產制度而已。對於台灣社會內部存在的反共文學、文藝政策與威權體制，也正是自由主義者所要抨擊的。自由主義者的兩難處境，使得許多作家必須轉而求諸現代主義去尋找出路。戰後第一代的現代主義作家余光中、葉維廉、王文興、白先勇、莊信正、王敬羲、聶華苓、於梨華、陳若曦、方思、葉珊、夏菁、吳望堯、夐虹、瘂弦、洛夫等等，無不以《文學雜誌》做為出發點。

《文學雜誌》停刊於一九六〇年，正好與高舉自由主義旗幟的《自由中國》同時終止發行。以顯性抗議精神對抗威權的自由主義運動，終於抵不過權力的高度干涉。然而，自由主義精神並沒有因此而凋零。隱性抗議的現代主義運動者，在一九六〇年又重新集結在白先勇創辦的《現代文學》的旗幟下。人的文學，自由的文學，抗議的文學，在政治理念方面並不那麼鮮明，但是《現代文學》重新出發時，他們帶來的新感覺與新美學，已開始改造台灣文學史的軌跡了。

註釋

1 有關自由（liberty）的兩種概念，消極的自由與積極的自由，可以參閱Isaiah Berlin, "Two Concepts of Liberty", *Four Essays on Liberty* (London: Oxford Univ. Press, 1969), pp.118-72。所謂消極的自由（negative liberty），泛指免於恐懼或威脅的自由；而積極的自由，是指追求個人的解放，包括言論、思想、結社、遷徙等等的自由。

2 有關現代主義的概念，最簡約的定義可以參閱John Gross, "Introduction," *The Modern Movement: The TLS Companions* (Chicago: The Univ. of Chicago Press, 1992)。此書以葉慈（W. B. Yeats）、龐德（Ezra Pound）與勞倫斯（D. H. Lawrence）為西方現代主義的起點。

3 雷震的《自由中國》與戰後台灣民主憲政發展有極其密切的關係。到目前為止，較為精簡扼要的研究，參閱薛化元，《〈自由中國〉與民主憲政：一九五〇年代台灣思想史的一個考察》（台北：稻鄉，一九九六）。

4　「橫的移植」的提出，係出自〈現代派的信條〉第二條：「我們認為新詩乃是橫的移植，而非縱的繼承。這是一個總的看法，一個基本的出發點，無論是理論的建立或創作的實踐。」刊登於《現代詩》第十三期封面（一九五六年二月）與第十四期封面（一九五六年四月）。

5　編者（夏濟安），〈致讀者〉，《文學雜誌》第一卷第一期（一九五六年九月二十日），頁七〇。

6　關於中國文藝協會成立的經過及其沿革發展，參閱鍾雷主編，《文協十年》（台北：中國文藝協會，一九六〇年），頁一—七。同時亦參閱陳芳明，〈台灣新文學史第十一章：反共文學的形成及其發展〉，《聯合文學》第十七卷第七期（二〇〇一年五月），頁一五〇—五一。

7　張道藩，〈我們所需要的文藝政策〉，收入道藩文藝中心主編，《張道藩先生文集》（台北：九歌，一九九九），頁五九七—六二七。

8　張道藩，〈三民主義文藝論〉，同上，頁六二八—八六。

9　〈厲行除三害宣言〉，《聯合報》（一九五四年八月九日）。

10　社論：〈對文化界清潔運動的兩項意見〉，《自由中國》第十一卷第四期（一九五四年八月十六日），頁四—五。

11　社論：〈以法取締不良刊物〉，《中央日報》（一九五四年八月二十八日）。

12　王集叢，《戰鬥文藝論》（台北：文壇社，一九五五），頁八—九。

13　虞君質編，《現代戰鬥文藝選集》（一）（台北：中華文化出版事業委員會，一九五六），頁一。

14　余光中等，〈建議推胡適先生為諾貝爾文學獎候選人〉，《自由中國》第十六卷第三期（一九五七年二月一日），頁一一五。

15　編者（夏濟安），〈致讀者〉，《文學雜誌》第一卷第五期（一九五七年二月二十日），頁九四。

16 胡適與殷海光之間在思想上的合與分，有關這方面的扼要討論，參閱章清，〈中國自由主義：從理想到現實——胡適與殷海光簡論〉，收入劉青峰編，《胡適與現代中國文化轉型》（香港：香港中文大學出版社，一九九七），頁一九一—二二二。

17 呂正惠，〈現代主義在台灣〉，《戰後台灣文學經驗》（台北：新地，一九九二），頁六—八。

18 胡適，〈中國文藝復興・人的文學・自由的文學：五月四日在中國文藝協會會員大會講演全文〉，《文壇季刊》第二號（一九五八年六月一日），頁六。

19 徐復觀，〈青年反共救國團的健全發展的商榷〉，《自由中國》第七卷第八期（一九五二年十月十六日），頁一一。

20 胡適，〈中國文藝復興・人的文學・自由的文學：五月四日在中國文藝協會會員大會講演全文〉，同註18。

21 同上，頁一〇。

22 周作人，〈新文學的要求〉，《藝術與生活》（上海：群益書社，一九三一），頁一三一。參閱徐舒虹，《五四時期周作人的文學理論》（上海：學林，一九九九），頁一五一—五三。

23 此處轉引自周明之著，雷頤譯，《胡適與中國現代知識分子的選擇》（成都：四川人民出版社，一九九一），頁一九八。另參閱Jerome B. Grieder, *Hu Shih and the Chinese Renaissance: Liberalism in the Chinese Revolution* (Cambridge: Harvard Univ. Press, 1970).

24 夏志清，〈人的文學〉，《人的文學》（台北：純文學出版社，一九七七），頁二二八。

25 夏志清，〈文學・思想・智慧〉，《文學雜誌》第四卷第一期（一九五八年三月二十日），頁一四。後收入夏志清，《愛情・社會・文學》（台北：純文學出版社，一九七〇），頁二八。

26 白先勇，〈現代文學的回顧與前瞻〉，《驀然回首》（台北：爾雅，一九七八），頁九八—九九。

27 夏濟安對於新世代作家的鼓勵與提攜，可以在許多文學作品中獲得證詞。有關這方面的討論，參閱Sung-Sheng

Yvonne Chang, *Modernism and the Nativist Resistance: Contemporary Chinese Fiction from Taiwan* (Durham: Duke Univ. Press, 1993). 特別是Chap.2, "The Rise of the Modernist Trend", pp. 23-49。

28 白先勇，〈驀然回首〉，《驀然回首》，頁七〇。

29 歐陽子，〈自序〉，《那長頭髮的女孩子》（台北：文星書店，一九六七），頁二。

30 夏濟安，〈舊文化與新小說〉，《文學雜誌》第三卷第一期（一九五七年九月），頁三九。

31 夏濟安，〈白話文與新詩〉，《文學雜誌》第二卷第一期（一九五七年三月），頁一六。

32 陳世驤，〈序〉，收入夏濟安，《夏濟安選集》（台北：志文，一九七一），頁七。

33 〈編者按語〉，《文學雜誌》第二卷第四期（一九五七年六月），頁二〇。

34 夏濟安，〈評彭歌的《落日》兼論現代小說〉，《文學雜誌》第一卷第二期（一九五六年十月），頁三二—四〇。

35 夏志清，〈張愛玲的短篇小說〉，《文學雜誌》第二卷第四期（一九五七年六月），頁九。

36 夏志清，〈評《秧歌》〉，《文學雜誌》第二卷第六期（一九五七年八月），頁一一。

「現代主義與台灣文學」學術研討會宣讀論文，國立政治大學中國文學系主辦，二〇〇一年六月二日至三日。

余光中的現代主義精神

從《在冷戰的年代》到《與永恆拔河》

引言

現代主義思潮在台灣的傳播，曾經發生過至深且鉅的影響。凡是在六〇年代、七〇年代卓然成家的文學工作者，無不受過現代主義的洗禮。但是，經過一九七七年鄉土文學論戰之後，現代主義開始遭到批判，以致這股一度澎湃洶湧的思潮所受的誤解與曲解，日益加深。許多迷戀過現代主義的作家，紛紛與之劃清界線，彷彿視之為洪水猛獸。然而，從文學史的觀點來看，現代主義開創了台灣文學全新風格的事實，則是無可否認的。站在世紀的末端回首環顧，就可發現最積極投身於鍛鑄並重塑現代主義精神的台灣作家，當首推余光中。本篇論文在於重新評估六〇年代現代主義風潮中，余光中所扮演的角色為何，究竟他是一成不變地模仿西方的現代美學，還是刻意以批判性的接受態度改造現代主義。這個問題是台灣文學史上的一個公案，值得再三推敲。

改造現代主義

戰後引燃現代主義火種到台灣的先驅行列裡，余光中是其中之一。早期浸淫在浪漫主義的餘韻，特別是延續五四新月派的流風，余光中完成了《舟子的悲歌》、《藍色的羽毛》、《天國的夜市》、《鐘乳石》等詩集。把這四冊詩集置放在五〇年代的歷史脈絡中，仍有其不平凡的意義。歷來討論詩史者，過於偏重紀弦傳遞現代詩的歷史角色，而忽略了在反共文學臻於高峰的年代，台灣社會其實也潛藏了另一種浪漫主義的思考。余光中早期詩風就已開始表現繁複的想像與譬喻的技巧，而感性的熱情與知性的冷靜也相互交織於詩行之間。倘然沒有經過浪漫主義的試煉，就很難建立他在稍後所經營的現代主義精神。在撰寫《鐘乳石》期間，正是夏濟安主編的《文學雜誌》起步介紹西方文學之際。余光中的現代主義傾向就在這冊詩集中呈露出來，清楚預告了他日後追求的方向。

所謂現代主義，在西方原是源自工業革命的勃發與資本主義的成熟。都會裡的中產階級逐漸意識到自己淪為機械生活的一部分，遂產生無法言喻的焦慮與苦悶。現代主義文化便是在描述現代人如何逃避狹隘的社會現實，也是在刻劃人類內心的意識流動，並且也在自我省視中探尋生命存在的意義。然而，這樣的現代主義到達台灣以後，卻有了相當程度的轉化。在整個改造過程中，余光中正是扮演了重要的角色。

五〇年代末期的台灣社會，事實上仍然還是受到高度政治權力的干涉。知識分子的內心如果存在著所謂的焦慮與苦悶，那絕對不是來自資本主義的影響，而應該是來自戒嚴體制的掌控。余光中在反共政策當道的年代向現代主義汲取詩情，自然寓有消極抗議的意味。不過，從他的詩作來看，可以窺見他並非全盤接受西方的文學思潮，他與同時代詩人截然迥異之處，就在於並不完全迷信現代主義的一切。

余光中對現代主義的改造，在台灣文學史上有其特殊意義。從二十世紀的全球觀點來看，現代主義通常被視為西方殖民主義的再延伸。如果這個看法可以成立，則現代主義對台灣社會的衝擊，無疑是新殖民主義的一次再挑戰。在五〇、六〇年代之交，許多詩人紛紛向現代主義棄械投降之際，余光中展開前所未有的既接受又批判的工作。當其他詩人模仿西方作家的「斷裂」與「疏離」等等負面精神時，余光中反其道而行，利用現代主義的技巧，從事「銜接」與「救贖」的嘗試。

斷裂（rupture），指的是在美學上與傳統切斷關係，重新尋找新的感覺與思維。跨入六〇年代以後，詩壇開始出現「自動語言」與「純粹經驗」之說，可以說是全面向現代主義學習並模仿的徵兆。余光中經營《萬聖節》、《天狼星》、《五陵少年》與《敲打樂》四冊詩集時，他一方面挑戰古典美學，一方面則又從中國傳統文學中尋找想像。同樣的這些作品中，也可以發現余光中耽溺於意象的懸宕與內心世界的挖掘，但同時又對現代主義的過於悖離與背叛的美學進行抗拒。這說明了余光中在當年參加新詩論戰時，為什麼必須要為現代詩的立場辯護，同時又要與同屬現代陣營的詩人爭論的原因。他的雙面作戰，恰恰凸顯了批判性地接受現代主義的態度。

疏離（alienation），則是指與主流價值文化保持一定的距離，甚至是刻意自我逃避。在反共時期，現代主義的疏離顯然是對戒嚴體制的一種反諷。但是，逃避的風氣一旦盛行時，詩人就與整個社會現實全然脫節了。余光中拒絕跟隨流行，反而是面對著當時政治上的壓抑，使用隱喻、象徵、拼貼的技巧，批判保守腐朽的文化。從而，透過批判的態度，放棄自我逃避，而訴諸於自我救贖，也正是因為這樣的追求，而終於爆發了他與洛夫之間的論戰。余光中的《天狼星》受到洛夫的批評，便是這冊詩集現代不足，傳統有餘。被詬病為不夠虛無太過貼近現實，也許某些現代詩人引以為恥。余光中為此提出他的雄辯，為詩史留下可供議論的空間。如果以早期所寫〈降五四的半旗〉與稍後發表的〈再見，虛無〉相互印證，則可理解余光中的詩觀在六〇年代已相當成熟地建立起來了。

「自我」的重新塑造

要觀察余光中現代詩創作在六〇年代的重要轉變，就不能不注意他的兩冊詩集，亦即《蓮的聯想》與《在冷戰的年代》。前者，是古典美學的再整理；後者，是現代史經驗的再過濾。余光中曾說《蓮的聯想》是他的「新古典主義」時期。當他如此自我定位時，等於是對同時代的現代風潮提出正面的回應。他毫不掩飾地向宋詞美學擷取精華，而且極其放膽地在傳統的旋律與節奏中耽溺。這冊詩集自然不是完全襲仿詞學的藝術，同時也不是承續浪漫主義的格律形式。余光中獨創一種「三聯句的形式」，採取正反合的辯證結構，讓句子與句子之間相生相剋，使讀者產生跌宕連綿的錯覺，而終於製造了生生不息的意象聯想。新古典美學的熔鑄，對余光中或對整個詩壇而言，是一個深刻的啟發。中國文字特有的聲音、色調、嗅覺與聽覺，從未受到如此高度的開發。余光中以他靈敏的想像，既在詩中渲染文字的魅力，也在散文裡釋放語言的能量。他縱情符號與意義之間刻意扭曲重塑，卻又不全然放棄傳統文學所負載的潛在信息。他掌握了文字的流動性與跳躍性，但也不輕易割捨其中連續與漸進的性格。

這種對現代主義所強調斷裂的傾向，誠然是一嚴肅的宣戰。不過，值得議論的尚不止於此，六〇年代末期出版《在冷戰的年代》，余光中正式放棄疏離的態度，投入歷史的觀察，對中國近代的挫敗經驗予以檢討反省。余光中自己說過：「《在冷戰的年代》是我風格變化的一大轉捩，不經過這一變，我就到不了《白玉苦瓜》。」在台灣社會陷於悶局的時期，現代詩人大多避開政治與歷史的觀察，汲汲於對自我深層意識的挖掘，由於歷史與政治充滿太多的高度禁忌，挖掘自我是尋找出路的一條途徑。在那苦悶的年代，這其實也是屬於精神上的自我放逐。余光中在這段時期，選擇了介入現實的態度。縱然他的介入，還是有時代局限；特別是從現在的觀點來檢討，介入的深度是很淺的。但如果放在當時的文化脈絡來考察，自然就顯現他的格局與其他同輩詩人非常不一樣。

《在冷戰的年代》有余光中的〈新版序〉，頗能反映他在六〇年代後期的文學思考：「我壯年的靈魂在內憂外患下進入了成熟期，不但敢於探討形而下的現實，形而上的生命，更敢於逼視死亡的意義。這時自我似乎兩極對立，怯懦的我與勇健的我展開雄辯。」（余光中，一九八四：三）他回顧自己在這段時期的生命，將之視為「成熟期」，顯然是相對於在此之前的創作生涯而言。如果對這段陳述沒有誤解的話，余光中似乎暗示稍早的詩作頗具實驗的性質。也就是說，早期的現代主義傾向，思考並未穩定或沉澱，只不過是在為後來的創作做鋪路的工作。必須等到《在冷戰的年代》宣告完成，他的形式與內容才臻於成熟的境界。不過，比較值得注意的是，他對「自我」一詞的詮釋，全然有別於六〇年代現代主義詩人的看法。現代主義思潮在台灣的登陸，使作家與詩人發現了內心世界的存在。啟開心靈的窗口，現代詩人找到可以讓苦悶、焦慮的情緒恣意渲染的空間。詩人孜孜開發自我的深層意識之際，正好找到了拒絕面對紛亂現實世界的理由。現代主義的「自我」（ego）與後現代主義的「自我」（self）之間的最大差異，在於前者強調個人的心理活動與深層意識，而後者則側重於外在世界中個人的主體定位。流行於六〇年代台灣的現代主義，顯然還未把主體的追求提上日程表。余光中在詩中不斷追問「我是誰」時，其實已經是在尋找主體的重建。這並不是說，余光中在當時已經預先意識到後現代主義的即將到來。他與同時代現代詩人最大不同的地方，便是他勇於介入，勇於抗拒流行。他以主體意識來取代當代詩人之間蔓延的自我中心精神（egocentrism）。所謂主體，便是自我與客觀世界之間的互動關係。放在六〇年代的台灣社會，無非就是在荒涼的現實中確立自己的身分，以自己的思想與感覺來看待世界。在早期的現代化實驗時期，余光中嘗試過虛無精神的探索。例如關於死亡的主題，他寫下毫無抵抗態度的句子：

只有零亂的斷碑上仍刻著
一些斑剝的文字，誘行人
以苔的新綠

——〈廢墟的巡禮〉

這是出現在詩集《鐘乳石》的作品。他以自然主義的書寫方式，並不為死亡做價值判斷式的詮釋。這裡無所謂失落，也無所謂掙扎，而只是順從與接受。從這個角度來看，它當然是屬於虛無。

「誘行人／以苔的新綠」，暗示了死亡的吸引力。足證初涉現代主義的余光中，還未對生命意義進行正面的省視。跨入六〇年代初期，亦即創作《五陵少年》的時期，他開始呈現對生命的積極意義，縱然現代主義的虛無並未完全退潮。自我的身影，清楚反映在如此的詩行裡：

暴風雨之下，最宜獨行
電會記錄雷殛的一瞬
凡我過處，必有血跡
一定，我不會失蹤

——〈天譴〉

「凡我過處」的寫法，開啟了他在那段時期的自我想像。他在後來《在冷戰的年代》所寫的作品，如〈凡我至處〉與〈熊的獨白〉，就特別強調「自我」所占據的位置。「我不會失蹤」的宣稱，等於是預告他的投身介入，而並不逃避現實。他刻意把自我的生命，置放於社會與歷史的脈絡中來檢驗。自我與現實之間的對話，構成了這段時期的主題。

《在冷戰的年代》呈現出來的現實大約有三：一是越戰，一是中國歷史，一是中國大陸。在某種程度上，余光中還是相當技巧地避開了台灣的社會現實。不過，政治大環境的限制，也不容許有餘裕的空間供詩人馳騁。對照於當年的同期詩人，余光中的想像頗具突破的勇氣。特別是面對越戰的爆發，他採取的是反戰的立場。曾經受人議論的〈雙人床〉與〈如果遠方有戰爭〉，無疑就是他反戰思考的生產品。如果現代主義所主張的疏離是可以接受的，余光中經營的反戰詩顯然就浮現了複雜的意義。

誠如前述，疏離是對主流價值的一種抗拒。但如果從馬克思主義的觀點來看，疏離就是一種異化。異化，是指工業革命後人類創造了全新的文明，卻又陌生於這樣的文明。異化，同時也是指人類創造了新的價值以改善生活，卻反而被這種新價值所駕馭與支配。然而，在文學的現代主義美學中，疏離代表的是消極性的批判，代表的是冷漠與失望。越戰的硝煙瀰漫在六〇年代的台灣時，掩護戰爭是社會的主流思索，至少那是反映了官方政策的延伸。余光中並不支持戰爭，亦不與主流價值附和。他以反諷的方式，在作戰與做愛之間劃清了界線：

讓政變與革命在四周吶喊
至少愛情在我們的一邊
至少破曉前我們很安全
當一切都不再可靠
靠在你彈性的斜坡

——〈雙人床〉

不確定的年代，不穩定的社會，成為詩中的主題。現代主義基本上是在鑑照現代人內心的不穩定與不確定，但在詩中卻主客易位，可以確定的反而是詩人選擇的愛情，不可靠的則是充滿敵意的世界。在雙人床上，「仍滑膩，仍柔軟，仍可以燙熱」（第十五行）的詩句，反襯了邪惡戰爭的粗糙與冷酷。這種書寫，似乎與現代主義美學有了落差。

現代主義在西方的盛行，為的是表現都會裡中產階級被物化並異化之後所產生的冷漠。歷來現代人的面貌如果不是荒謬，便是支離破碎。現代美學裡出現的人類，在精神與性格上大多帶著模糊的影像，有時是孤絕的，有時則是陰鬱的。這種美學，對台灣現代詩人曾經造成很大的影響。余光中對現代主義的改造，乃是以救贖的方式來取代逃避。在戰爭疑雲籠罩之下，他選擇愛情來對抗仇恨，選擇和平來質問戰爭：

我們在床上，他們在戰場
在鐵絲網上播種著和平
我應該惶恐，或是該慶幸
慶幸是做愛，不是肉搏

——〈如果遠方有戰爭〉

這首詩不斷重複使用疑問句，他刻意採取猶豫的態度，毋寧是在諷刺戰爭年代的危疑。「做愛」與「肉搏」的兩個意象，在行為上彷佛很接近，但在意義上卻有很大的分歧。做愛，等於是意味著生機，肉搏，則暗示了死亡氣味的降臨。「鐵絲網」象徵的是人與人之間的敵對與隔離，和平的播種則代表人與人之間的寧靜共存。一戰一和，一生一死，反覆在詩中辯證式地出現，正是疏離與救贖的交織進行。所以，這首詩最後以嚴厲批判的句子暴露戰爭的醜惡：

如果遠方有戰爭，而我們在遠方
你是慈悲的天使，白羽無疵
你俯身在病床，看我在床上
缺手，缺腳，缺眼缺乏性別
在一所血腥的戰地醫院
如果遠方有戰爭啊這樣的戰爭
情人，如果我們在遠方

此詩的最後第二十一行至第二十七行，雖然是以「如果」的假設語氣來構築想像，詩人對戰爭的批判則已有確切的結論。在戰火中，愛情是以分裂的面貌出現。愛人昇華成為天使，詩人淪為「缺乏性別」的病患。作戰對做愛的破壞，一至於此。如果余光中是一位純粹的現代主義者，處理戰爭的主題，當是順水推舟，而非逆向操作。也就是說，他可能會依據現代主義的要求，描繪戰爭攜來的災難與虛無，並且刻劃生命的絕望與失落。余光中並不遵循這樣的紀律，採取正反對照的辯證思考，使墮落與昇華並置，造成強烈的對比。在詩中，他從來沒有放棄生命的憧憬。這種手法，與同時期洛夫《石室之死亡》所處理的戰爭意象，可以說是相悖的。

自我，究竟是社會的產物，還是孤立的存在，在余光中作品中誠然有明確的答案。他寧可通過經驗主義（empiricism）證明生命的苦與痛，而不是耽溺於抽象的演繹。現代主義通常傾向於強調沒有一致的認同（coherent identity），亦即人的存在是由各種不連貫的因素所構成。台灣現代詩會產生破碎的意象，從而人的生命也呈現不定的狀態，主要是詩人過於遵奉現代主義的信條。同樣在現代主義中接受過洗禮的余光中，全然並不這樣迷信。他在塑造自我時，仍然堅持有一理想的彼岸。

〈火浴〉的經營，正是他拒絕接受分裂的自我的一個明證。在水與火之間，存在著洗濯與焚燒兩種嚮往的欲望。洗濯的憧憬，來自西方；而焚燒的渴望，則源自東方。這首詩，曾有論者指出乃是受到美國詩人佛洛斯特（Robert Frost）所寫〈冰與火〉的影響。不過，〈火浴〉在冷熱相剋相生的對峙欲望外，還具有更為豐富的隱喻。水象徵著西方文化的洗禮，火則暗示著東方的苦痛經驗。火鳳凰的再生，代表的是東方人格歷經劫難之後，終於沒有放棄生之欲望。熾熱的火，自然也是隱喻詩人本身的感情傾向，以及對理想的激烈追逐。這首詩，最後捨棄了水，轉而求諸炙痛的火，恰可說明生命已獲得確切的認同。這種書寫策略，正好違背了現代主義的紀律。全詩的結束，營造了一個清晰的自我影像：

我的歌是一種不滅的嚮往
我的血沸騰，為火浴靈魂
藍墨水中，聽，有火的歌聲
揚起，死後更清晰，也更高亢

——〈火浴〉

毀滅，對現代主義而言，可能是一種抗議。在余光中詩中，毀滅不必然等於毀滅，而產生另一種積極的意義。毀滅，是輪迴，是再造，是生生不息。〈九命貓〉、〈自塑〉、〈狗尾草〉、〈白災〉、〈凡我至處〉，都是相當自我的作品。但他並沒有將自我從客觀世界中抽離出來，而是不斷與現實經驗、歷史經驗進行對話。他總是使用雙元對立的技巧，相互衝突，終而取得和諧。或者，在兩種價值觀念中，他採取延遲的速度，鋪陳猶豫與徬徨的詩句，最後到達一個抉擇的關鍵，結論當會油然浮現。他的詩恆有一個目標隱藏在尾端，讓讀者跟隨詩的速度迂迴前進。他善於在詩中提出模稜兩可的問題，在答問之際，主題便漸漸拆解開來。最典型的句法，莫過於此：

壯年以後，揮筆的姿態
是拔劍的勇士或是拄杖的傷兵？
是我扶它走或是它扶我向前？
我輸它血或是它輸我血輪？

——〈守夜人〉

收在《白玉苦瓜》裡的這首詩，是余光中思維模式的最佳寫照。他的懷疑，其實就是他的不疑。他手中握筆，很清楚是他掌握靈魂的自畫像。自我與筆，是一而二，二而一的辯證，都是生命的一體兩面。答案自在其中，所有的疑問都只是為了烘托出這樣的答案。另一種寫法則是如下：

不知道時間是火焰或漩渦
只知道它從指隙間流走

——〈小小天問〉

這裡又是提出疑問的句法，但答案已儼然出現。這首短詩的最後四行點出了他預設的主題：

為了有一隻雛鳳要飛
出去，顫顫的翅膀向自由
不知道永恆是烈火或洪水
或是不燃燒也不迴流

他向時間叩問，只因為它一去不回首。抽象的時間只能以具體的事物來形容，才能感知它的存在。他選擇火焰與洪水來比喻，頗知似乎都不是很恰當，所以，他才使用「不知道」的不明確語氣，助長全詩懸疑的氣氛。他再次證明自己的生命禁得起考驗，在時間的折磨之下。火焰的燒與不燒，洪水的流與不流，並不是主題所在，它們只是被用來釀造氣氛。最重要的是，他要把不碎不滅的意志，羅列在全詩之中。

以回歸取代放逐

余光中改造現代主義的工作，便是當其他詩人著迷於「切斷」的美學時，他傾向於不切斷。更確切一點來說，文學中的斷裂可以使用不同的形式表達出來。就美學理論而言，現代是對古典的一種反動。凡是屬於傳統的事物，現代主義即使沒有刻意要推翻，至少也會思考如何去抗拒。就精神面貌而言，現代主義往往以流放與漂泊自況，他們殫思極慮要與自己的社會斷裂，從事心靈上的自我放逐。傳統或本土，意味著深沉的保守與封閉；現代追求的是開放與前衛（avant garde）。為了營造全新的感覺，凡是傳統與本土，很有可能被視為陳舊、腐敗。更徹底的斷裂，便是在語言文字上全盤整頓，重新試驗其新的想像空間。舊的說法，舊的修辭，都必須翻新。

對抗古典，批判傳統，自我放逐等等的實踐，在余光中早期作品中歷歷可見。以他在六〇年代初期完成的《鐘乳石》與《萬盛節》為例，流亡的精神隱然可見。當然，詩中的流亡不必然都是由於現代主義的煽惑，有很多是來自苦悶的政局的薰陶。不過，對現代主義的迷信，確實也支配了他早期的詩觀。現代主義臻於高潮的階段之際，他欣然選擇了回歸。對於六〇年代余光中詩風的轉變，我曾經有如此簡單的分期，亦即：一、走向古代中國，以《蓮的聯想》為主；二、走向近代中國，以《敲打樂》與《在冷戰的年代》為主；三、走向當代中國，以近日民謠歌頌台灣鄉土味的作品為主。這是在一九七二年的分析觀察，似乎還可以證明是正確的。在分期裡的「走向當代中國」，當然是指台灣而言；而當年他所寫歌頌台灣風味的作品，稍後便收入詩集《白玉苦瓜》之中。為詩人的創作生涯劃分時期，有時不免是武斷的，不過，這種解釋無非是在強調他採取了回歸的路線，恰好與眾多現代詩人的走向背道而馳。

倘然要考察余光中的回歸精神，大約可以從兩方面切入。當現代主義者不斷經營死亡主題的時候，他以生命予以回應。當其他詩人喟嘆花果凋零的失根狀態時，他以文化中國與現實台灣的土壤予以答覆。放逐（exile）或流亡（emigre），是公認的現代主義精神的主調。流亡可以分為兩種，一種是心靈上的流亡（mental exile），例如刻劃流浪、飄零、失常、死亡等等的象徵；一種是肉體的流亡（physical exile），例如描繪離家出走或無家可歸的苦悶狀態。余光中的作品都沒有經營這樣的主題。就在死亡氣息傳染於現代主義者的詩頁時，他的詩集充滿了勃勃生機。就在無根的靈魂浮游於其他詩人的書冊時，他的思索已在自己的土地上找到根鬚。

死亡，你不是一切，你不是
多風的邊境鎮立著墓碑
反面對著墳墓
正面，對著歷史

——〈死亡，你不是一切〉

這首出現於《在冷戰的年代》的短詩，是答覆詩人羅門而寫。背對墳墓，面對歷史，誠然具有繁複的意義。人們都必須經歷一次死亡，死亡就是一次審判。但是，對於詩人而言，他們的作品往往要經歷許多身後的審判。每次受到審判的考驗，他的文學就復活一次。死亡，終結的是人的肉體生命，卻終結不了文學的生命。這種思考方式，頗具辯證精神。猶如他在另一首詩〈安全感〉所說：「敢於應戰的，不死於戰爭。」創造生的契機，在他的作品裡反覆提出。他使用現代主義的技巧，不斷反問自己。像是獨白，又像是對話，也就是以兩個自我進行論辯，結局總是會找到正面而積極的意義。他也會與古人對話，每次對話可能是對決，但最後便是為歷史、為生命留下肯定的詮釋。《白玉苦瓜》所收的〈詩人：和陳子昂抬抬槓〉與〈貝多芬：一八〇二年以後他便無聞於噪音〉，便是在古典與現代之間取得和諧的平衡。陳子昂的詩句是「前不見古人，後不見來者，念天地之悠悠，獨愴然而涕下」，余光中給予的答覆如下詩行：

凡你過處，群魎必啾啾追逐
何須愴然而涕下
你和一整匹夜賽跑
永遠你領先一肩
直到你猛踢黑暗一窟窿
成太陽

——〈詩人〉

這又是對死亡的另一種諷刺。無視於時間帶來的孤獨，無視於歷史累積的蒼茫，詩人的作品永遠可以禁得起考驗，可以在每一時代找到知音，則孤獨與蒼茫都是多餘的。〈貝多芬〉一詩，則是在描述文化大革命期間紅衛兵的反智運動。被標籤為資產階級藝術家的貝多芬，竟然受到文革狂左派的鞭屍。余光中以貝多芬的音樂回應文革的噪音：

鼓聲是心悸，聽，誰在擂門？
命運第一句，霹靂四個重音
二十五年的緊閉後，誰，在搥門？
——〈貝多芬〉

藝術之不死，在革命、戰爭陰影下最能接受考驗。《命運交響曲》絕對不是一場政治運動就可消音的，等到激情的運動退潮之後，音樂又將宣告復活。「誰，在搥門」的生動問句，對於封閉的中國社會無疑是很大的諷刺。貝多芬不死，他的聲音高過政治噪音；而凡塵的噪音，卻不是已聾的貝多芬能夠聞見的了。

余光中對於生命的堅信，也出現在《與永恆拔河》詩集中，〈與永恆拔河〉與〈菊頌〉等詩，幾乎就是〈火浴〉、〈自塑〉的延續，這構成了余光中文學思考裡的主要詩風之一。幾乎可以說，他厭倦了現代主義的那種虛無與消極，才選擇了歌頌生命的題材。長期營造下來，就成為他個人的重要傳統。究竟是他輸血給詩，還是詩輸血給他，已無關緊要。他對於死亡主題的抗拒，已經改寫了台灣現代主義的風貌。對死亡的抗拒，就是對流亡的批判。因此，捨棄自己的文化主體，而泅泳在西方的文學思潮中，絕對不是余光中能夠認同的。

無需繼續在西方流浪，便成為余光中一直警覺的問題。他從《在冷戰的年代》開始，到《與永恆拔河》為止，詩中意象日漸圍繞在中國與鄉土台灣的圖像建構之上。他在七〇年代初期發表〈車過枋寮〉時，使用的是民謠風的創作模式。這首詩展開了他日後一連串的台灣圖像之營造。同樣的，〈自玉苦瓜〉的發表，也帶出了稍後歷史想像系列。這些題材，可以用來解釋余光中的認同找到據點的理由。

是現代主義的衍生，也是本土文學的延伸

改造現代主義並不必然放棄現代主義，他只是為了使這種新感覺不致過於離奇。他在詩中創造錯愕，而這種錯愕又是可以接受的美感。六〇年代期間在詩中釀造出驚人的意象，一直是現代主義者的心之所好。余光中對氣氛的掌握，對意象的描繪，往往與讀者能夠產生共鳴。恰到好處，見好就收，幾乎是余光中最擅長的現代技巧。

> 一架七四七的呼嘯遠後
> 落日淡下去，如一方古印
> 低低蓋在
> 一幅佚名氏的畫上
>
> ——〈樓頭〉

你航空信裡寄來的紅葉
滿是霜餘的齒印，血印
夾在詩選的「秋興」那幾面
便成為今年最壯麗最動人聯想的
一張書籤

——〈秋興〉

意象的經營，不必然要依賴奇僻的字句。最尋常的文字，做最恰當的銜接，也可造成奇異的聯想。引述的這些詩行正好可以說明，現代主義的改造，是中年以後的余光中從事的重大文學工程，但他還是巧妙地利用了現代主義的技巧創造開闊的想像空間。所以，當其他詩人抱持冷漠的疏離時，余光中詩中不僅沒有疏離，反而是充滿了救贖。同樣的，現代主義者勇於斷裂時，他選擇的卻是銜接。救贖與銜接，構成了現代主義風潮中的逆流。他能夠投身如此的工作，主要在於他沒有偏離現實，也沒有偏離歷史。

對現實的觀察，使余光中繼續堅持兩個方向，一是他的懷古與懷鄉，一是他的台灣經驗。長期以來，他同時受到讚美和批評的作品，便是對中國的懷念與歌頌。尤其是在七〇年代鄉土意識崛起後，這種美學經營逐漸引起爭議。在爭議的漩渦中，圍繞的一個問題便是他屬於「本土文學」嗎？在淒厲的七〇年代，官方文藝政策與民間文學思考發生正面衝突時，本土論的聲音有其深厚的歷史淵源。由於余光中發表〈狼來了〉以後，已被視為是為官方發言，從而他的作品也被歸為現代主義的陣營，以致他在那段時期的詩風受到忽視。

鄉土文學論戰的功過，坊間已有定評。余光中在這個問題上始終保持沉默，但在他內心想必也自有一番論斷。然而，要理解他在這段時期的藝術追求，還是必須回到作品本身來觀察。他在七〇年代出版《白玉苦瓜》之後，非常清楚地理出了美學方向。詩集裡所收〈車過枋寮〉、〈霧社〉、〈碧湖〉等詩，足夠預告台灣經驗已成為他詩中的重要主題。對於本土論者來說，這似乎還不夠本土。因為，余光中對於中國歷史文物的眷戀，以及對中國傳統文學的重新詮釋，似乎不是本土論者所能接納。

「本土文學」是把僵硬不變的尺碼嗎？在威權體制的年代，本土乃是相對於當時虛構的中國想像及其延伸出來的霸權論述而存在。不過，在八〇年代解嚴之後，本土不應該再以政治意義來理解，而應該從文化角度給予較為寬闊的意義。凡是在台灣社會孕育出來的文學作品，都應該屬於本土文學。倘然本土文學不是意味著單一價值的觀念，則不同背景出身的作家所寫出的文學作品，就必然有不同的美學表現。余光中的懷鄉懷古之作，乃是他個人生命經驗無可分割的一部分。正是有台灣這塊土地，才提供了那樣的空間寫出那樣的作品。倘然，他的詩作不能被認同為本土文學，則整個台灣文學史都必須改寫，而且必然是很難下筆。

強烈的懷舊一直是余光中從年輕到近期的重要題材。利用時空的落差，他創造了一個可觸及卻又無法企及的想像格局。七〇年代以後完成的《與永恆拔河》、《隔水觀音》、《夢與地理》、《紫荊賦》、《安石榴》與《五行無阻》，更見證了他在情感上的成熟飽滿。幾乎任何題材都可入詩，他更把親情做最細緻的處理，不但寫自己的妻子，也寫出嫁的女兒，甚至他的孫兒也成為詩中人物。

《安石榴》的出版，似乎是向台灣的土地傾訴內心的情緒。從〈埔里甘蔗〉到〈台南的母親〉，在流動的聲響中聽見島嶼的脈動。不過，文學作品絕對不是交心表態，倘然是為了符合一種固定的標準來創作，則何異於思想檢查？

曾經參加過論戰也曾經受到議論的余光中，文學生涯橫跨半個世紀。他從事的書寫工作，包括詩、散文、評論與翻譯。在文學史上受到肯定的，仍然還是他在現代詩方面的成就。他曾經說過，要成為一個時代的重要詩人，就必須長壽，而且多產。就產量而言，他已完成了十七冊詩集。在朋輩之中，足以睥睨。在現階段，余光中已宣稱要與歷史競賽，要與永恆拔河。這場對決，顯示了他不滅的意志。

參考書目

余光中。一九六〇。《鐘乳石》。香港：中外書報社。
——。一九六〇。《萬盛節》。台北：藍星詩社。
——。一九六四。《蓮的聯想》。台北：文星。
——。一九六七。《五陵少年》。台北：文星。
——。一九六九。《敲打樂》。台北：藍星詩社。
——。一九六九。《在冷戰的年代》。台北：藍星詩社。
——。一九七四。《白玉苦瓜》。台北：大地。
——。一九七九。《與永恆拔河》。台北：洪範。

陳芳明。一九七三。《鏡子與影子》。台北：志文。

——。一九七六。《詩與現實》。台北：洪範。

Calineseu, Matei. 1987. *Five Faces of Modernity: Modernism, Avant-Garde, Decadence, Kitsch, Postmodernism*. Durham: Duke Univ. Press.

Nicholls, Peter. 1995. *Modernisms: A Literary Guide*. Berkeley: Univ. of California Press.

Schware, Daniel R. 1997. *Reconfiguring Modernism: Explorations in the Relationship Between Modern Art and Modern Literature*. New York: St. Martin's Press.

本文收入林明德編，《台灣現代詩經緯》（台北：聯合文學，二〇〇一）。

永恆的鄉愁
楊牧文學的花蓮情結

引言

無政府主義者楊牧，遠離台灣長達三十年。自我放逐的生涯，並未減緩他的創作速度。他的放逐，使他長期處於邊緣的位置。但是，也正是由於飄泊於異域，他始終能保持豐富的記憶與想像，也能夠對任何權力支配保持高度懷疑的態度。這與他無政府主義的政治信仰，可以說是一致的。正如他自己承認的，他嚮往與追求的，無非是無拘無束的境界：「對我而言，文學史裡最令人動容的主義，是浪漫主義。疑神，無神，泛神，有神。最後還是回到疑神。其實對我而言，有神和無神最難，泛神非不可能，但守住疑神的立場便是自由，不羈，公正，溫柔，善良。」[1]

如果把疑神一詞的解釋，擴大到宗教信仰的範疇之外，則應該可以理解為一切無上權威的懷疑。不過，無論是他自稱的懷疑立場，或是自命的無政府主義者，並不意味著他對生命或情感都懷有虛無感。在他的靈魂深處，事實上還存在著一個無可動搖的精神寄託，那就是他的故鄉花蓮。原鄉的召喚，構成楊牧文學中的最大張力。他懷疑一切，唯獨對故鄉深信不疑。這並不是說花蓮足以主宰楊牧生命的浮沉，但它之成為他文學中的一個重要隱喻（metaphor）則殆無疑義。

每一片波浪都從花蓮開始

離鄉與懷鄉，在楊牧的詩裡，是一種微妙的辯證關係。由於離鄉，楊牧才漸漸把自己形塑成為疑神論者或無政府主義者。但也由於懷鄉，他才不致淪為流亡的虛無主義者。如果離鄉是一種肉體的流亡（physical exile），懷鄉則是屬於一種精神的回歸（mental return）。如此一去一返的流動，既承載著甜美的記憶，也攜帶了豐饒的想像。不過，值得注意的是，對於僑居的土地而言，他永遠是一個陌生的異鄉人；而對於他所思念的故土來說，他又何嘗不是一個疏離的外鄉人。這兩塊土地在他的生命歷程中，都是異質的存在。這自然構成他文學創作中的一大矛盾。

楊牧選擇飄泊，可能有其政治的或社會的理由。他在異鄉生活的時間，遠遠超過他在故鄉的停留。不過，他並不必然對於所賴以生存的北美土地就產生定居生根的認同。他的理想彼岸，終究還是歸屬於台灣。特別是花蓮，無疑是精神上的終極原鄉。長期的流浪生涯，從未淡化他的僑居意識或放逐意識（expatriatism），同時也未淡化他的懷舊情緒（nostalgia）。這兩者之間，緊綳著他從青年過渡到中年的歲月，也繫住了他不斷旅行不斷追尋的心靈。

一九七四年楊牧發表〈瓶中稿〉，為他離鄉後的第一個十年做了一次情感的回顧。他為與此詩同名的詩集《瓶中稿》所寫的自序說：「血，或許因生物之特性，到底是冷的；鰓鰭俱全，也或許是因為生物的本能，終於使我在潮水和礁岩之激盪交錯中，感知一條河流，聽到一種召喚，快樂地向我祖先奮鬥死滅的水域溯逆。奮鬥和死滅，仍然是命運，而既然是命運，就已經是命運了。」[2]楊牧所說的河流，應屬生命的長河，聯繫他個人命運與故鄉命運的一條臍帶。經過長達十年的知識追逐之後，他終於開始回溯生命原點的記憶。

如今也惟有一片星光
照我疲倦的傷感
細問洶湧而來的波浪
可懷念花蓮的沙灘？[3]

在楊牧的新詩創作生涯，如此懇切呼喚花蓮的名字，當以此詩為第一首。「疲倦的傷感」意味著他飄泊旅程之後的心理狀態。「洶湧而來的波浪」，既指著他親眼目睹的海洋，又喻他載浮載沉的流浪心情。然而，飄過萬里大洋的波浪，何嘗不是當年離鄉時壯志飛揚的寫照？在生命轉折完成一個階段時，他終於也有強烈思鄉的時候。楊牧以誇張的想像，暗喻鄉愁的襲來猶如一場海嘯：

然則，當我涉足入海
輕微的質量不滅，水位漲高
彼岸的沙灘當更濕了一截
當我繼續前行，甚至淹沒於

無人的此岸七尺以西
不知道六月的花蓮啊花蓮
是否又謠傳海嘯？

楊牧假想自己縱身海洋，化為其中的一片波浪。思鄉的力量有多沉重？那不只是使故鄉彼岸的沙灘更濕一截而已，他的想念如排山倒海而來的怒濤，拍打著花蓮的海岸。洶湧之勢，當如謠傳中的海嘯。在此時之前，楊牧從未讓花蓮的形象這樣具體而清晰呈現於作品之中。

花蓮，在詩中是一個象徵的存在。倘然在風塵的途上他未曾遭到折磨，而也未淪落於疲倦傷感，花蓮的名字可能不具深刻的意義。恰恰就是因為浪子歷經風霜，當他回首，才驚覺花蓮赫然留存在他心中。換句話說，故鄉的意義在這首詩裡還並非是正面的，而只是靈魂受傷後的一帖藥方而已。

到了一九七五年，〈帶你回花蓮〉發表時，故鄉的形象才出現正面的意義。一位海外遊子表達對自己土地的擁抱與眷戀時，情不自禁寫下這樣的句子：

讓我們一起向種植的山谷滑落
去印證創生的神話，去工作
去開闢溫和的土地。我聽不見
那絕對的聲音，看不見

那絕對的眼色。去宣示
一個耕讀民族的開始
去定居，去繁殖
去認真地歌唱[4]

「創生的神話」、「溫和的土地」、「耕讀民族」，為的是象徵信仰的啟示與生命的律動是如何發生在花蓮。楊牧能夠寫出這樣的作品時，他已經有過返鄉的經驗。他描繪偏遠土地的開闢，其實是在歌頌整個花蓮住民的共同記憶。創生的神話，並非神話，而是拓荒者的生命與奮鬥凝聚起來的歷史記憶；而這樣的記憶，近乎奇蹟。楊牧對這片土地的眷戀與認同，由此可見。當他邀請詩中的「你」去定居、去繁殖時，並不只是表達個人情愛而已，並且也流露了他對花蓮的孺慕之情。

〈帶你回花蓮〉，從「這是我的家鄉」開始，而以「這是我們的家鄉」結束，是一種美麗的轉折。辨讀詩中情緒的起伏，可以發現楊牧有意以花蓮做為生命再出發的一個據點。當他說：「河流尚未命名」，又說「山岳尚未命名」，無非是想表示他在此之前並未為花蓮賦予確切的意義。等到「你」回鄉之後，他的生命終於產生了全新的意義，從而他的原鄉也隨著有了全新的象徵。因為有這首詩的誕生，楊牧的花蓮情結於焉宣告成形。

印證他在這段期間所寫的散文集《柏克萊精神》，也可以發現他投向故鄉的激切之情。他以六篇散文，即〈歸航之一〉、〈歸航之二〉、〈台灣的鄉下〉、〈鯉魚潭〉、〈瑞穗舊稱水尾〉、〈山谷記載〉等，記錄著他生命中的一次重要回歸。對他的作品稍有警覺的人都會發現，這六篇散文全然擺脫飄逸的遐思與抽象的修辭，而專注於使用拙樸的文字報導他在花蓮的所見所聞所思。他寫到家鄉的風土人情時，完全放下浪漫主義者的身段，鋪陳了一個出身鄉下的平凡心靈。在〈歸航之二〉的散文裡，他毫不掩飾對故鄉所懷抱的驕傲。同時，他也毫不矯情地如此形容台灣的山巒：「那種迤邐的氣韻是生動的，我不但可以淡墨摹它，也甚至能夠工筆畫它。」[5]家鄉的山水，果然是形象分明地烙印在他的胸臆。

花蓮之做為理想與情愛的原型，到了一九七八年〈花蓮〉一詩完成時，就呈現得更為具體。楊牧攜著他的新娘返鄉，懷著寧靜而又深刻的思念。以著淡微的哀傷與輕快的愉悅，這首詩傳達了他悲喜交織的情緒。歷史記憶塑造了他的花蓮人格，愛情經驗則又刷新他生命的新頁。這首詩正是由升降互見的兩種情感所構成：

那窗外的濤聲和我年紀
彷彿，出生在戰爭前夕
日本人統治臺灣的末期
他和我一樣屬龍，而且
我們性情相近，保守著
彼此一些無關緊要的祕密
子夜醒來，我聽他訴說
別後種種心事和遭遇[6]

回到故鄉的浪子，沉浸在午夜的濤聲裡。從幼年時期，就已經熟悉的海洋聲音，如故人久別重逢。濤聲的擬人化，使他有了對話的對象。當海浪與他一樣屬龍時，彼此正好可以分享共同的歷史記憶。原來飄盪浮游的心，這時顯然找到了歸宿。短短數行，揭露了楊牧與他故鄉之間的親密關係；這種關係屬於生命的祕密，即使是他的新娘也很難窺探。楊牧嘗試要與新娘一起分享祕密，正好可以印證他的用心良苦。讓新娘一起返鄉，也就是愛情接納的一個暗示；如今又進一步讓新娘分享歲月的祕密，更可顯示他是全心要接納她成為生命中無可分割的一部分。因此，緊接著詩的色調突然轉為明朗：

有些故事太虛幻瑣碎了
所以我沒有喚醒你
我讓你睡，安靜睡
睡。明天我會撿有趣
動人的那些告訴你

新娘在這首詩中扮演的角色頗具關鍵。楊牧與濤聲之間的內心對話，涉及了人格的成長與命運的釀造。對話透露出來的語氣，稍呈沉鬱，但情感是可以相互信賴相互扶持。但新娘出現時，詩的發展有了明顯的轉折。楊牧與她的對話，帶有一種呵護與叮嚀。對他而言，濤聲無非就是故鄉召喚的聲音，兼具父性與母性。倘然楊牧對新娘的愛戀是寬宏而深厚，那麼如此的心懷當是來自故鄉對他的薰陶。他讓新娘睡，為的是使她沉浸在花蓮的安詳與寧靜。

詩中的你、我、他，亦即新娘、楊牧、海洋之間建立起和諧的關係，出現在第二節的詩行：

雖然他也屬龍，和我
一樣，他的心境廣闊
體會更深，比我更善於
節制變化的情緒和思想
下午他沉默地，在陽臺外
湧動，細心端詳著你
（你依偎我傻笑，以為
你在看他，其實）他看你
因為你是我們家鄉最美麗
最有美麗的新娘

花蓮至此有了更為繁複的隱喻。家鄉不只是家鄉，而且還是心境廣闊、體會更深、更善於節制思想情緒的人格化身。楊牧帶著新娘去瞭望海洋，除了要讓她知道家鄉的美，同時也要讓家鄉知道他有一位「最有美麗的新娘」。楊牧刻意使用台語式的表達，顯然是為了證明自己是徹底的花蓮人。寬容的土地，迎回一位飄泊的海外浪子，也迎接一位美麗的女子。最感驕傲的，並不是花蓮，而是楊牧本人。

流亡者的回歸，是現代主義裡的一個重要母題（motif）。由於放逐生涯造成與家鄉的隔離，流亡者才能以更廣闊的眼光回顧故土。這首詩的企圖很明顯，便是在詩中釀造強烈的歷史意識。憑藉這樣的意識，放逐生涯的過程中才得以有一個值得依靠的信仰，而且也因此有足夠的力量抗拒異域的任何挑戰與折磨。楊牧把最好的，都歸於故鄉；把最美的，都歸於新娘，恰恰可以反映他在寫這首詩時的飽滿心情。他曩昔的記憶與新生的愛情，在家鄉的土地獲得完美的結合，使放逐的靈魂暫時有了棲息的時刻。

我要你睡，不忍心
喚醒你，更不能讓你看到
我因為帶你返鄉因為快樂
在秋天子夜的濤聲裡流淚
明天我會把幾個小祕密
向你透露，他說的
他說我們家鄉最美麗
最有美麗的新娘就是你

喜極而泣的激動，是浪子回歸的心懷。這是全詩最後一節的八行，語調與節奏顯得特別輕快。

在第六行，他機智地使用了跨句（enjambment）：「向你透露，他說的」，既承接第五行未完的句子，又開啟了第七行猶待完成的句子。詩中企圖向新娘轉述的小祕密，原來是濤聲對她的讚美。以幽默的詩行做為總結，使〈花蓮〉一詩顯得開朗而明亮。

事實上，全詩並沒有真正的對話，而只有一個敘述者（narrator），那就是詩人楊牧。所謂濤聲，全然出自詩人的虛構，此詩完成了流亡者對家鄉朝聖的歷程。從〈瓶中稿〉，歷經〈帶你回花蓮〉，到〈花蓮〉一詩的誕生，可以體會到楊牧的懷鄉意識並未因長年的海外浪遊而淡化。放逐到精神的最邊疆，楊牧的回歸意志反而變得更為粗壯強悍。當他望鄉，毋寧是在內省自我；當他與家鄉的土地、海洋進行對話，他毋寧是在拷問自己。他受傷過，也挫折過，但是他堅持維護完整的人格。他的自審與辯護，並沒有其他的理由，一切都是為了花蓮。

對家鄉的俯視與仰望

如果細讀上面討論的三首詩，楊牧對花蓮所執著的認同，便是家鄉的山與水。這是可以理解的，因為花蓮原來就是山與海交會的土地。保存在他記憶裡的鮮明形象，自然是矗立的山巒與澎湃的海洋。他後來寫出的〈俯視：立霧溪一九八三〉與〈仰望：木瓜山一九九五〉，正是詮釋對花蓮懷念的深刻情感。〈俯視〉共五十三行，〈仰望〉共四十八行，前後加起來共計一百零一行的詩，既可視為兩首詩，也可合而觀之變成一首詩。兩首詩都是以遊子的心情，鑑照山河歲月。這時的懷鄉，詩人已過中年。他的鄉愁不再只是存在著空間的隔離，同時也存在著時間的差距。空間的鄉愁，指的是他對地理上原鄉的懷念；時間的鄉愁，則是指他對少年時期的喟嘆與眷戀。雙重的鄉愁，構成他近期文學追逐的主題。

……你是認識我的
雖然和高處的草木一樣
我的頭髮在許多風雨和霜雪以後——
不像高處的草木由繁榮渡向枯槁
已舉向歲月再生的團圓
——我的兩鬢已殘，即使不比前世
邂逅分離那時刻斑白……[7]

這是〈俯視〉的第七行至第十三行，描寫他俯臨花蓮立霧溪的心懷。「你」是詩人對溪水的稱呼，但這並不意味立霧溪與詩人之間的感情很密切。他離鄉過久之後，這條長流對他已覺陌生。他使用對照的手法，讓溪水高處的草木來照映自己的頭髮。家鄉的草木，即使經過風雨和風霜，還有迎向再生團圓的時候；然而，流亡者的頭髮在歷經風雪之後，收穫的卻是兩鬢已殘的歲月。大自然的輪迴流轉，循環不已；但它卻意味著時間的一去不返，草木的再生正好凸顯少年生命的消逝。

這樣靠近你

以最初的戀慕和燃燒的冷淡
彷彿不曾思想過的無情的心
向千尺下反光的太虛幻象
疾急飛落——

跨過中年歲月的詩人，頗知自己長久的遠行似乎難以得到家鄉的諒解。「最初的戀慕」，是少年時的依偎之情，「燃燒的冷淡」則是指在異域的懷念，彷彿熾熱，其實冷淡。詩中形容他俯望立霧溪時，有一顆下墜的心，是無情的心。這是楊牧的自責之詞，這是遊子內心最深層的愧疚。

每一度造訪都感覺那是
陌生而熟悉，接納我復埋怨著我的你

他與故鄉之間的矛盾情感，在這兩行表現得更清楚。陌生的是時間上的鄉愁，因為歲月催人老，詩人的心境已不復從前；熟悉的是空間的鄉愁，因為景物依舊，河水與草木仍然生生不息。詩人覺得立霧溪是在表示埋怨，其實那是他內心情緒的一種投射。近鄉情怯的浪子，在孺慕與愧歉交織的矛盾中，終於產生了如此的狂想：

這樣傾斜下來，如亢龍

向千尺下反光的太虛幻象
疾急飛落，依約探索你的源頭
逼向沒有人來過的地心
熾熱的火焰在冰湖上燒
那是最初，我們遭遇在
記憶的經緯線上不可辨識的一點
復在雷霆聲中失去了彼此

從陡峭的河壁俯視溪流，詩人假想自己投入千尺之下的地底。為了尋找生命的源頭，也為了追求與土地發生情緣的最初，他縱身於比溪水還更深一層的土地核心。這種比喻，與〈瓶中稿〉中詩人將自己化為波浪一般，都在於為自己的流亡尋找較為合理的定義。如果從未經歷流亡，對於故鄉的懷念絕對不會如此自我譴責又自我辯護。「復在雷霆聲中失去了彼此」，具有反諷的意味。因為，立霧溪永遠都留在原來的鄉土，真正宣告失蹤的才是詩人本身。也正是表達了如此的詩句，更可以反射了詩人的輾轉不安。所以，這首詩結束時，再一次以反諷的手法揭露詩人的自疚之情。

我飄泊歸來，你踞臥不寧
仰望著，是的，假如這一次
悉以你的觀點為準，這一次

當我傾一倖存之軀瀕臨，俯視……

詩人企圖易客為主，讓溪水仰望這位飄泊的旅人。但是，真正踞臥不寧的，並非是立霧溪，而是讓詩人又一次的自我鑑照。生命不斷垂老，河流的景象並沒有巨大改變。他所感嘆的，當不只是早年的辭鄉，並且也是為歲月的急逝而傷懷。「倖存之軀」，頗有「此身雖在堪驚」的喟嘆。悲傷的楊牧，從來沒有這樣悲傷過。

對照之下，〈仰望〉之作可以視為〈俯視〉一詩的延伸。〈俯視〉的觀點，係以溪水觀人為主；〈仰望〉的觀點，則以詩人觀山為主。選擇深溪與高山為主題，似乎是為了呈現詩人心情的起伏落差，也同時是為了呈現時間的消亡與再生：

山勢犀利覆額，陡峭的
少年氣象不曾迷失過，縱使
貫穿的風雨，我在與不在的時候
證實是去而復來，戰爭
登陸和反登陸演習的硝煙
有時湧到眉目前，同樣的
兩個鬢角齊線自重疊的林表
頡頏垂下，蒽蘢，茂盛[8]

詩中的「少年氣象」，是指木瓜山的山勢。不變的山勢面對已變的旅人，其間橫隔著風雨的歲月。詩人的在場與缺席，都不能阻止時間的淪亡，就像鬢角的霜髮垂直而下。他遠眺高山，那未曾造訪過的高山，有他想像中的飛禽走獸，這些虛實的生物往往出現於流亡時的夢魘之中：

在我異域的睡夢中適時切入——
多情的魘——將我驚醒，聽
細雪落上枯葉，臺階，池塘
我以為那是恐怖與溫柔
懸空照面，輕撫我一樣的
犀利，一樣陡峭，光潔的額
少年氣象堅持廣大
比類，肖似。然後兩眼闔上……

故鄉的景物，進入異鄉的睡夢，那種經驗只有流亡者才能體會。午夜夢迴時，驚覺細雪落在窗外，詩中以「恐怖與溫柔」概括驚醒後的滋味。在海外的思故鄉之日遠，在家鄉則仰望高不可及的山巒，都在印證那種疏離、隔閡的空曠感。他的精神與靈魂，不能不說是已經異化（alienated）。空間的距離遠遜於時間的距離所帶來的改造力量，飄泊的歲月果然把他傷害成為一個白髮的中年；縱然少年氣象猶存，他已不可能恢復最初的心情。

此刻我侷促於時間循環
今昔相對終於複沓上的一點
山勢縱橫不曾稍改，復以
偉大的靜止撩撥我悠悠
動盪的心，我聽到波浪一樣的
回聲，當我這樣靠著記憶深坐
無限安詳和等量的懊悔，仰首
看永恆，大寂之青靄次第漫衍
密密充塞於我們天與地之間——

詩中再一次湧現詩人的懊悔，因為他不能再追回在異鄉虛擲的生命。「偉大的靜止」對照著「動盪的心」，正好說明了故鄉景物的永恆，也說明了異域放逐的流動與不安。〈仰望〉一詩，象徵著他對花蓮的依戀與崇敬。距離〈俯視〉的發表，先後竟有十二年之久。然而，兩詩的情緒渲染，仍可以相互銜接起來。一山一水，都暗喻著花蓮是他終極的嚮往，永遠是充滿了活力，永遠是維持著少年氣象。他唯一不能掌握的，便是垂老的速度不斷加劇。詩人毫不掩飾他的自責與懊悔，面對著立霧溪與木瓜山，與其說是在讚美他的鄉土，倒不如說是在悼念少年生命的遠逝。

這是值得注意的轉變。早年他側重於空間鄉愁的發抒，亦即地理上的隔閡帶來緊張的望鄉。但是，在近期，他漸漸注意到時間鄉愁的描寫。正因為如此，他開始搜尋少年時期的記憶，有意為自己的人格成長找到恰當的解釋。倘然，這樣的觀察是正確的，那麼他會把時間的鄉愁從詩延伸到散文的營造之上，就不是令人太訝異的事了。

無政府主義者楊牧

《山風海雨》（一九八七）與《方向歸零》（一九九一），共收十三篇規模較長的自傳性散文。二書所要表達的都是集中於描繪時間的鄉愁。所謂自傳性散文，絕對不能等同於回憶錄或是自傳。楊牧撰寫這兩部散文的目的，並不是為了重建史實精確的記憶。他已經不可能尋回曾經穿越過的每一個日子與每一個事件，唯一能夠捕捉的，只是那逝去歲月裡的一些氣味、感覺與聲音。事實上，那些氣味與聲音也不必然就像散文所描述的那樣發生過。楊牧真正要寫的，乃是透過零亂、破碎的記憶之重組，以表達他中年以後的懷舊心情。這當然是時間鄉愁催促之下的產物，他對花蓮眷戀之深，對幼年到少年歲月的懷念之切，都可在這兩冊散文集窺見其中之吉光片羽。

這一系列的散文，始於《山風海雨》的第一篇〈戰火在天外燃燒〉。這篇散文的意象，也倒映在〈花蓮〉一詩所構築的想像世界。楊牧刻意讓散文發展的速度緩慢下來，彷彿是電影鏡頭的慢動作，進行地特別從容，甚至可以說未曾出現激烈的波動。他以「寧靜的山城」形容花蓮：

> 是的，花蓮就在那公路和鐵路交會點上沉睡，在一片美麗的河流沖積扇裡，枕著太平洋的催眠曲，浪花湧上沙灘，退下，又湧上，重複著千萬年的旋律，不管有沒有人聽到它。花蓮就在

高山和大海銜接的一塊小平原上，低矮的房子藏在檳榔樹，鳳凰木，老榕，麵包樹，和不知名的棲息著蚰蠐和金龜子的闊葉樹下。河畔和湖邊是蘆葦和水薑花。[9]

楊牧運用這樣的文字畫出花蓮的風貌時，心情想必是充滿了幸福和愉悅。從寧靜的小城出發，他生命的觸鬚開始探索城鎮邊緣的山脈與溪流，也開始接觸陌生的阿眉族人，更進一步搜尋成人世界，那充滿了假的與真的禁忌之成人世界。〈詩的端倪〉揭示了一顆詩的心靈是如何受到大自然的感召。這篇散文寫得頗為令人動容，因為他重建第一次遭到地震經驗所帶來的生命衝擊，從而啟發了他對神祕力量的好奇與畏懼：

……我警覺我微小的生命正步入一個新的無意識的階段，在恐怖懼怕中，在那呼嘯和震動之中，孕育了一組神話結構；或者說，那神話的起源是比這地震的春天早得多，也許在風雨洪流，山林曠野，血光淚水，在這以前在我不寧的足跡裡就已經發生了——如果是這樣的，是這春天追趕的呼嘯和暈眩的震動，促成我一組神話結構的成熟。啊，春天，黑色的春天。假定這一切竟然非如此不可，那黑色的春天所提示給予我的正是詩的端倪。[10]

在幼小的心靈裡，他絕對不可能有如此複雜的感受。這種感受，是進入中年以後的楊牧，為早年的經驗賦予全新的詮釋。就在遙遠的幼年歲月中，他可能感覺的是一股不可解的、意義模糊的神祕力量。大約只是那樣而已。隨著那感覺而來的，是恐懼與倉皇。可能是由於那種慌亂的經驗長駐記憶，才使他反覆去想像，並且還創造新的想像。這就是後來在散文中所說的「神話結構」。神話與想像，無疑是釀造詩的重要泉源。〈瓶中稿〉所誇張的海嘯想像，正是孕育於這個時期經歷的地震經驗。〈詩的端倪〉，預告了他日後的流亡與回歸。

進入《方向歸零》之後的散文，楊牧集中於追憶寫詩欲望的營造與累積。性意識的啟蒙，國族認同的迷失，生命亡逝的惶惑，懷疑精神的抬頭，充塞他生命成長的過程。他的心智終於臻至成熟時，乃是少年時期他第一次提出了有關詩的問題之際。他問詩從哪裡來？

> 詩從一種激情那裡來。你將無限湧動的激情壓抑到靈魂深處；憂鬱和它融合，盪漾在你的靈魂深處；恐懼它，試探了它，有時教它變色。變色的激情在你靈魂深處顛躓移位，有時躍起，仆落，匍匐，再無生息，有時四處飛奔，快若雷霆。它是沒有一定的形狀或性格的。我已經發覺了，我想那就是藝術的動力，是真理。[11]

由於表姐的死，楊牧開始思考生命的意義；也由於對她不停的懷念，而發展出「無名的傷感，青澀的惆悵」。這份機遇，竟然催化了他詩的靈感。激情與憂愁融合在一起時，會在靈魂深處產生騷動。毫無疑問的，這自然又是楊牧後來附加上去的詮釋。不過，這種傷痛的經驗，果真經過沉澱與過濾，終究會釀造極為接近詩的質素。〈程健雄和詩與我〉，回憶他自己在十五歲以後是如何介入詩的創作。花蓮小城在那時候恐怕未曾察覺，一位充滿理想主義的青年詩人，就要宣告誕生。他漸漸耽溺於美麗的字彙與典雅的修辭，這時的楊牧還未領悟到文字與生命是如何銜接起來。然而，他一旦開始追逐文字美的建築時，便已經在學習抽象的思考與語言的表達。一位早熟的花蓮少年詩人，就在那個時期自我形塑起來。

楊牧自覺到成熟生命的到來，大約是離鄉之後，遠赴戰地服役。他以為自己迎接的是一個大時代，即因目睹士兵在爆炸中死亡，他立即從一個大時代陷入一個大虛構時代的深淵之中。他之所以會變成一個安那其（anarchist），或是一位無政府主義者，似乎可以追溯到服役期間的經驗。楊牧為什麼會變成無政府主義者？他自有一番辯解：

> ……安那其之發展，養成，定型，皆有待許多政治現實因素來促進，有待整個文化社會和非文化社會之啟迪。他需要經歷一些有力的衝擊，精神和感情之衝擊，例如目睹一個或多個政府如何驕縱獨裁，司法者腐敗，立法者貪婪，目睹現有體制內再也沒有公理，沒有正義，小圈子裡的特權份子巧取公共資源與財富，大圈子外的人民遂鋌而走險，以豪奪回應。……他必須曾經為這些現實痛心疾首，曾經介入對抗，然後廢然退出，才有可能轉變為一個真正，完整，良好的安那其，一個無政府主義者。[12]

為什麼不厭其煩引述楊牧變成無政府主義者的因緣？這是因為要強調花蓮小鎮孕育的只是一位想像力特別豐饒的詩人。他的想像，得自家鄉的風土人情。然而，他一旦離開花蓮投入社會活動之中，開始見證政府權力的氾濫與社會秩序的失調。他對政治感到幻滅虛無，對社會沉淪感到無助。他的文學道路，開闢了與其他作家不同的方向；那就是並不以文學作品干涉氣象。他對政治與權力，保持冷漠的態度；但對於醲造詩魂的家鄉花蓮，則永遠具備了熱情與想像。這說明了他之所以淪為虛無主義的緣故，畢竟他還有花蓮這片土地做為他的信仰。

永恆的鄉愁

流亡的主題，將是楊牧文學不變的主題。除非他決心回歸，否則他則延續長年以來累積的雙重鄉愁，亦即空間的鄉愁與時間的鄉愁。空間的鄉愁，源自他選擇的自我放逐；時間的鄉愁，則是來自他被迫的垂老年齡。在地理上，他被放逐到太平洋以外的北美土地上；在心理上，他被放逐到青春王國的邊疆。肉體上的流亡，可能會有回歸的時候；但是精神上的流亡，將是一條永不回頭的不歸路。因為，他有一個隨時可以返回的故鄉，卻有一個永遠回不去的青春。

楊牧文學的成就在於生動刻劃了他生命中的大矛盾，一個永遠無法克服的矛盾。他只能在地理與心理的相互不斷衝突中活下去。那股衝突的力量，催趕他走向更為長遠的文學道路。花蓮能夠獲得一位傑出的詩人，原因在此；花蓮不能永遠占有一位離鄉的詩人，原因也在此。在文學史上，如果有人問起為什麼這個時代會出現楊牧如此卓越的詩人？原因無他，怒濤洶湧的歷史，但知每一片波浪都從花蓮開始。

註釋

1 楊牧，《疑神》（台北：洪範，一九九三），頁一六八。
2 楊牧，〈瓶中稿自序〉，《楊牧詩集，I：一九五六—一九七四》（台北：洪範，一九七八），頁六一七—一八。
3 楊牧，〈瓶中稿〉，同上，頁四六七—七〇。
4 楊牧，〈帶你回花蓮〉，《楊牧詩集，II：一九七四—一九八五》（台北：洪範，一九九五），頁一一〇—一四。
5 楊牧，〈歸航之二〉，《柏克萊精神》（台北：洪範，一九七七），頁一七。
6 楊牧，〈花蓮〉，《楊牧詩集，II：一九七四—一九八五》（台北：洪範，一九九五），頁二七九—八三。
7 楊牧，〈俯視：立霧溪一九八三〉，同上，頁四〇六—一〇。
8 楊牧，〈仰望〉，《時光命題》（台北：洪範，一九九七），頁一一八—二一。
9 楊牧，〈戰火在天外燃燒〉，《山風海雨》（台北：洪範，一九八六），頁七。
10 楊牧，〈詩的端倪〉，同上，頁一五五。
11 楊牧，〈你決心懷疑〉，《方向歸零》（台北：洪範，一九九一），頁七四。
12 楊牧，〈大虛構時代〉，同上，頁一七四—七五。

本文收入《花蓮文學研討會論文集》（花蓮：花蓮縣立文化中心，一九九八）。

史觀的討論

第二輯

馬克思主義有那麼嚴重嗎？

回答陳映真的科學發明與知識創見[1]

針對我目前還在撰寫的《台灣新文學史》，陳映真寫了一篇長達三萬字的批評〈以意識形態代替科學知識的災難〉（《聯合文學》二〇〇〇年七月號）。如果我的判斷沒有錯，這篇長文應該是陳映真近期最為博大精深的成熟之作。他的思想體系、政治信仰與民族情操都融匯在這篇雄辯的文字裡。對於統派而言，這將是一篇重要的理論依據。身為台灣的馬克思主義者，陳映真為統派陣營提供了極其珍貴的科學知識。無論是歷史解釋，或是左派分析，陳映真相當認真地展現了他卓越的見解。要檢驗台灣統派思考能力的程度，陳映真的這篇文字無疑是一個不容忽視的指標。

在他的思想臻於成熟階段之際，陳映真創造一個讓我與他可以進行對話的空間，誠屬難能可貴。為了不致辜負他的誠摯邀請，我自然是不會錯過稀有的對話機會。不過，我艱難地讀完這篇長文之後，不免感到萬分困惑。所謂艱難，指的是他在文字上的苦澀表達方式。我的閱讀過程，彷彿是在捧讀中國文革時期的樣板文章。我終於能夠理解他全文的企圖時，才發現我與他之間的對話將面臨怎樣的困難。

第一，《台灣新文學史》是一部還未完成的撰寫，全書將有二十章，現階段的進度僅及整個計畫的三分之一。陳映真對我的批評，只集中在這本書的緒論部分，亦即第一章〈台灣新文學史的建構與分期〉。未及等到作者完成全書，讀者便如此焦慮地搶先寫出書評，這是值得訝異的事。令人驚奇者，尚不止於此。他只讀過第一章，便全盤否定了整個撰寫計畫。緒論往往只是計畫的簡約鋪陳，其中充滿了空隙與缺口，必須等待稍後章節的填補。陳映真乘虛而入，發揮他高度的想像。事實上，他提到的許多見解，我在個別的篇章上都有過申論。他如此急躁地對我進行指控與抨擊，果真是在討論文學史嗎？等我寫完，再來討論，會過遲嗎？

第二，陳映真大作的題目是〈以意識形態代替科學知識的災難〉，旨在強調他的科學、理性、客觀的討論態度，而對意識形態表示了不勝貶抑或鄙夷。對於他顯露的莊嚴姿態，我抱持相當強烈的期待。然而，他的通篇文字所謂的科學知識，只不過在幾個地方引用馬克思主義的理論，其餘都在渲洩他的中國民族主義情緒。把馬克思主義當做僅有的科學知識，然後以這樣的科學知識做為面具，來巧飾他中國民族主義的統派意識形態。近十餘年來，陳映真酷嗜以科學的假面虛掩其統派立場，我是非常習慣的。偏離中國民族主義的思考，他的馬克思主義就立刻經不起分析。他的偽科學身段，很難讓人找到對話的基礎。

第三，他提出的許多論點與看法，在歷史上從來都沒有發生過。台灣文學史是一門新興的領域，需要更為謹慎的態度去研究分析。在我的記憶裡，並沒有發現過陳映真在文學史方面做過任何探索與鑽研。他從來沒有在第一手史料上蒐集、細讀、整理，因此他所表現出來的歷史知識，總是流於印象式、抽象式、幻象式。面對這種跳躍性、選擇性的思考，我與他對話的困難程度自是可以想像。

為了使雙方的對話可以進行，同時也為了使議題不致過於散漫無章，這篇回應文字集中在殖民地時期、再殖民時期與後殖民時期三個階段來討論。這正是陳映真的長文中最為關心的。

為何日據時代台灣稱為殖民地社會

一部文學史的書寫，絕對不能偏離其歷史之所以孕育的社會。我在《台灣新文學史》的第一章特別強調：「台灣既然是一個殖民的社會，則在這個社會中所產生的文學，自然就是殖民地文學。以殖民地文學來定位整個台灣新文學運動，當可辨識在歷史過程中殖民者與被殖民者之間的權力消長關係；也可看清台灣文學從價值壟斷的階段，如何蛻變成現階段多元分殊的現象；更可看清台灣作家，如何在威權支配下以雄辯的作品進行抵抗與批判。」換句話說，這部文學史在於指出一個重要的現象，台灣作家在二十世紀努力的目標，便是不斷嘗試從殖民地社會的霸權論述中掙脫出來。這種霸權論述，無論是階級的、種族的或性別的，都是依附殖民地社會而存在的。只有從這個角度來考察，才能解釋為什麼台灣文學在權力控制下的掙扎與壓抑，同時才能解釋為什麼作家歷經長期抵抗後，所獲得的心靈解放，刺激了文學想像的蓬勃發展。從後殖民的角度來看，這種文學史的展開，誠然是跳躍而奔放的。

在台灣新文學史上，日據時代是一個殖民地社會，原是毋庸置疑的，對於這種說法，陳映真頗有意見。他的整篇長文便是集中在「殖民地社會」的定義上，反覆、細緻而瑣碎地進行批評。為什麼日據時期不能稱為殖民地社會？陳映真的知識創見是，這個名詞「牽涉到既有的、馬克思主義・

歷史唯物主義的社會性質理論和殖民地社會理論」。

這是一個非常奇異的批評方式。殖民地社會的存在，是一客觀的事實，為什麼必須根據馬克思主義來定義？一個被殖民的社會受到剝削與壓迫，受到權力的支配與干涉，為什麼必須援引馬克思主義來證明有沒有殖民地社會。沒有馬克思，殖民體制就不能成立嗎？陳映真緊緊抱住「社會性質」一詞，便開始揮汗表達他理解馬克思主義的能力。這對於認識台灣文學史並沒有任何幫助。

我正在撰寫的《台灣新文學史》，並不是在探討台灣社會性質的演變史，也不是在追問台灣政治經濟的發展史。為什麼進行文學史的回顧，必須字字句句唯「馬」首是瞻？陳映真的知識創見再一次強調：「在馬克思社會形態發展理論中，就絕沒有一個單獨稱為『殖民地社會』的社會階段。」換句話說，凡是馬克思沒有說過的話，歷史就不會發生。這種把馬克思主義奉為聖經的說法，便是陳映真所標榜的科學知識。

陳映真沒有注意到的是，馬克思主義理論中固然提及帝國主義擴張的問題，但是並沒有在帝國主義與殖民地之間的關係上演繹出更為充實的解釋。列寧在這個議題上，亦即在帝國主義與殖民地的依違消長關係上建立了理論。只閱讀馬克思，忽略了列寧，陳映真當然不知道有殖民地社會這樣的提法。這裡應該要指出的是，即使沒有馬克思與列寧，台灣在日據下淪為殖民地社會則是無可否認的。只是陳映真翻遍了馬克思的書籍（他可能只讀過《馬克思恩格斯選集》而已），找不到任何有關殖民地社會的討論後，便以為自己在知識上有了重大的發現。

為什麼陳映真不能容忍把日據下台灣稱為殖民地社會？理由是很清楚的。因為，台灣如果被定義為殖民地社會，則其經濟基礎、社會結構、生活方式就與中國社會出現巨大的區隔。因此，他不厭其煩地援引馬克思主義理論，再三強調台灣不能定義為殖民地社會，而應該定義為「殖民地・半封建社會」。如此的解釋，正好可以與當時中國的「半殖民地・半封建社會」相互呼應。他的企圖，在經過近萬字的推理之後終於呈現出來：「兩岸社會性質的近似性，規定了兩岸革命的性質都是反帝（民族主義），反封建（民主主義）的，同時也規定了兩岸救亡運動之一環的文學鬥爭的口號與內容，勢必也是反帝，反封建的。」

他的推理方式，終於暴露他內心原始批評的動機。馬克思主義是科學知識，這樣的科學知識證明他的統派意識形態是正確的。這是非常令人喜悅的邏輯思考，也是不能不令人稱讚的真知灼見。依照陳映真的科學發明，終於讓我們在歷史上訝異地看到一個事實，那就是日本人在台灣統治的結果，便是把台灣社會性質改造成近似中國社會的性質。以這樣的邏輯推理下去，台灣總督府對中國歷史所做的最大貢獻，便是五十年的殖民統治很早就已經在為兩岸的統一做鋪路工作。如此充滿歡欣鼓舞的結論，已經為中國歷史解釋做出了極其傑出的突破。

就在這樣的結論基礎上，陳映真相當自信地提出他的教導與訓誨：「只有從日據台灣社會殖民地・半封建性質，才能說明日據下台灣反帝民族・民主鬥爭的『反帝・反封建』性質，也才能說明作為殖民地台灣的民族・民主鬥爭之一環節的台灣文學的『反帝・反封建』思想與題材；才能理解分別為半殖民地和殖民地的中國與台灣的新文學，都以反帝・反封建為戰鬥的旗幟，而前者並施重大影響於後者；才能理解在第三國際、世界無產階級文化／文學運動影響下台灣左翼文論和組織的發展；才能理解台灣新文學主要地以（批判的）現實主義為創作方法，最後也才能理解在嚴酷『皇民化』時期台灣新文學的挫折、抵抗和屈從。」

在這段南蠻鴃舌式的上國語言中，陳映真備極辛勞地要把台灣的反帝、反封建文學與中國的反帝、反封建文學湊合起來。而且更重要的是，中國的反帝、反封建文學「施重大影響」於台灣。他的用心良苦，非常感人。不過，在他手舞足蹈之餘，這裡必須冷靜指出，他以上的解釋，純屬虛構。他談了那麼多歷史，在台灣歷史上從沒有發生過。他談了那麼多文學，在台灣文學的內容中則找不到根據。

陳映真歷史知識的貧困，表現在他對中國歷史與台灣歷史的認識。就中國歷史而言，他說自秦漢以後，中國社會從「貴族封建社會」，轉化為「私人地主封建體制」，並經歷了兩千多年停滯反覆、獨立的地主封建制。這種說法，絕對是抄襲來的，並且是抄襲自中國文革時期的教條文章。如果他稍加注意現階段的中國歷史學界，這種腐臭的提法早已被棄擲了。他看不到唐宋之際的歷史變化，也看不到明清之間的社會演變。他看不到，因為他從來沒有做過研究。他向壁虛構的歷史解釋，即使是陳映真筆下的「我國社會科學理論界」也很難同意。

就台灣歷史而言，絕對不能使用「殖民地•半封建社會」的名詞就能一以貫之。陳映真在長文中，耐心地討論台灣的經濟內容，並不足以概括殖民地社會的全部。所謂殖民地社會，乃是指帝國主義者在他國的社會施行軍事占領，強迫輸入資本主義，同時在此社會中利用霸權優勢，在政治上、經濟上、文化上遂行其權力支配。因此，殖民地社會中的人民，對自己的政治主張、經濟活動與文化思考都失去了自主的身分。陳映真只看到經濟的一面，所以才會那麼歡愉地把台灣社會與中國社會以「近似性」一詞的模糊字眼硬是銜接起來。

僅就文化的層面來看，台灣新文學運動者自始就是以日文、中國白話文、台灣話三種語言從事文學創作。其中除了白話文是受中國五四運動的影響之外，日文書寫與台灣話文書寫都與中國社會有了極大的隔閡。中國新文學運動發軔以來，作家純粹都是使用白話文為表達思想的工具。五四作家永遠不能體會台灣作家使用日文的痛苦，更無法體會台灣作家尋找台灣話文之重建途徑的苦心。原因很簡單，中國社會並沒有直接受到殖民體制的控制，語言使用仍維持其完整性。台灣作家在二〇年代，混合使用日、台、中三種語言；到三〇年代上半葉，日語使用的比例則逐步升高。到了一九三七年以後，高壓語言政策的施行，迫使台灣作家必須純粹使用日文。這種情形，全然沒有發生在中國社會。

殖民地社會的文學，最主要特徵就在於作家語言的混融與混亂。中國的反帝、反封建文學如何能夠施影響於台灣作家？以左翼作家為例，楊逵、吳新榮、郭水潭等人，他們全部的作品都是以日文完成。無論是創作技巧或是文學理念，都與中國新文學運動毫不相涉。陳映真做了那麼多深刻的「理解」，就是永遠無法理解台灣作家為什麼沒有受到中國作家的影響。

比較值得注意的當推賴和，他在一定程度上受到魯迅的影響。但是，賴和的寫實主義與批判精神卻有他自己的殖民地社會條件的限制。身為台灣第一代的新興知識分子，賴和有著中國作家無法體會的苦悶。面對日本資本主義所挾帶而來的現代化，賴和希望台灣民眾能夠在知識上得到啟蒙，以便對抗日本殖民者的霸權論述。然而，他也痛苦地發現，獲得啟蒙的台灣知識分子都必須受日本教育。於是啟蒙越深，反而越向殖民者的價值觀念靠攏。他終於覺悟到，台灣人學習了日文，反而失去了抗拒的能力。在鼓吹啟蒙之際，他也流露了反啟蒙的傾向。

賴和的心境，頗能反映殖民地知識分子的兩難困境。受到現代醫學訓練的賴和，理解到自己處在殖民化與現代化之間的緊張矛盾，也夾在封建性與本土性的衝突縫隙中。陳映真認為，只要強調日本資本主義在台灣的擴張，以及知識分子受到現代化的洗禮，就是等同於對日本殖民體制的肯定。這種黑白分明與二元對立式的思考，使他很難體認殖民地社會的複雜性。只要是台灣作家，就被規定為反帝、反封建的。只要談到現代化，就被劃歸為對日本統治的歌頌。他純潔的、高尚的中國民族主義，容納不了任何日本人帶來現代化的事實。他印象派地閱讀日據台灣作家的文學，卻從來沒有虛心去探討其中的困頓、掙扎與矛盾。

台灣作家一方面抗拒殖民統治，一方面批判地接受現代化。同時，他們又一方面堅持本土性，一方面卻又抨擊封建文化。王詩琅的〈沒落〉，朱點人的〈秋信〉，都生動地表現了面對殖民文化時的迎拒態度。這種複雜的性格，絕對不是「反帝‧反封建」一詞就能概括的。陳映真把台灣文學史看得太容易、太簡單；只要採取中國新文學的立場，便足以解釋台灣文學的一切。所以，他三萬字的長文，處處出現餖飣式的「反帝反封建」字眼。離開了這個名詞，他簡直說不出台灣文學的具體內容。

陳映真之所以拒絕承認日據時期的台灣是殖民地社會，全然與馬克思主義無關。他把台灣文學史的討論，刻意引導到台灣社會性質史論的檢討之上，更與馬克思主義拉不上關係。整篇論文的主旨，並非是在討論文學，而是鋪陳他個人的政治信仰。所謂馬克思主義，不過是做為表達或發洩其中國民族主義情緒的工具。這說明了為什麼他需要耗費那麼多文字，只是為了證明日據時代的台灣與當時的中國在社會性質上是多麼近似。於是這個作家反帝，那個作家也反帝，台灣文學經過他的賣力解釋，變得困窘不堪，乏善可陳。何況，陳映真對馬克思主義的理解，仍然停留在年少時期偷閱禁書的讀書會程度。他的左派思考方式，既不屬於新馬，也不屬於西馬，更不屬於老馬，而是不折不扣的怪馬。在他的冗長文字中，是找不到科學，也找不到知識的。

他對我的《台灣新文學史》進行批判，有一個更深層的理由，便是台灣不能發展出一套獨自的文學史觀，更不能擁有一部自主的文學史。在他的思考裡，並沒有台灣文學的存在。如果有的話，也應該只能是「在台灣的中國文學」。因此，對於我的各個章節討論，他完全興趣索然。畢竟他的目的，並不在於討論文學。他對普羅文學、皇民化文學提出種種奇怪的質疑，我在各章分論中已有具體敘述與解釋，在此不再回應。

為什麼戰後台灣社會是再殖民時期

《台灣新文學史》的歷史分期，把一九四五年國民政府的來台接收，到一九八七年戒嚴體制的終結，劃為再殖民時期。這種分期方式，陳映真當然是不能接受的。他認為，這種解釋方式是屬於「台獨理論」。他如此提出指控：「台獨派把四百年台灣史一律看成迭次『外來政權』對台灣的殖民，則依陳芳明的高論，荷據台灣是『殖民社會』；明鄭台灣才是『再殖民社會』。清朝台灣是『再‧再殖民社會』；日據台灣是『再‧再‧再殖民社會』，一九四五—一九八七的台灣，就是『再‧再‧再‧再殖民社會』矣。世之謬說，曷甚乎此！」

陳映真的這種批判方式，簡直是在與自己打影子拳擊。他發揮豐富想像力，在精神上片面宣稱技術擊倒。不過，陳芳明並沒有這樣的「高論」。在我整部文學史裡，也從未把國民黨政權視為

「中國人外來政權」。所謂再殖民時期，乃是延續殖民地社會而來的。國民政府的來台接收，被定為殖民政府，始於一九四七年上海出版的《觀察》雜誌。這份由儲安平主編的重要政論刊物，在當時就已指出，國民黨在台灣的統治方式較諸日本的台灣總督還要嚴苛。

一個社會是不是屬於殖民統治，可以從國語政策的有否實施得到驗證。殖民地社會的重要特徵，往往反映在語言文化的歧視之上。日本殖民者對台灣社會內部的語言文化進行高度壓制與排斥，特別在太平洋戰爭期間，思想統治與語言控制更是加倍嚴厲。但是，國民政府來台後，不僅繼承這種荒謬的國語政策，甚至還予以系統化、制度化。

然而，國民政府所延續的，尚不止於語言文化上的控制。壟斷式的金融資本，監視型的戶籍制度，以及強制性的民族教育，都是日本殖民體制的再浮現。這種事實無需援引馬克思主義，便不證自明。陳映真卻刻意要把它歪曲成反共政策下的軍事法西斯體制如韓國朴正熙、全斗煥者，他們如何能對自己的同胞再殖民呢？朴正熙政權並未進行語言文化的歧視政策，更不會在自己的同胞之間施行省籍區隔。每個社會的本土化都是理所當然，唯獨台灣受到制度性的打壓。如果這樣的事實都必須否認，則歷史很有可能會繼續重複犯錯。中國國內幅員那樣廣大，也未聞中國共產黨實施過國語政策（雖然他們對邊疆民族的變相殖民是無可否認的）。戰後初期國民政府如果在台灣具有法統的話，在某種意義上，並非來自中華民國憲法，而是承襲日本的六三法。

把戰後劃為再殖民時期，乃是對失去母國的國民政府之統治性質給予定義。它實施的戒嚴體制，較諸總督體制，毫不遜色。依賴戒嚴體制的支配，強勢的中原文化才能夠透過宣傳媒體、教育制度與警察機構等等管道而建立了霸權論述。誠如陳映真所說，「二次戰前，世界上有百分之七十五的人口生活在各式各樣的殖民制度下」。整個地球有三分之二以上的土地，以及三分之二以上的人口都有過殖民地經驗，台灣社會也不例外。然而，這些殖民地社會於第二次世界大戰後，紛紛擺脫殖民統治，並且也開始對曾經有過的殖民歷史進行反省與檢討。唯獨台灣並不容許重建日據時代的歷史記憶，遑論對日本殖民文化的批判。不能閱讀台灣歷史，也不能閱讀台灣文學，無異是制度化地拒絕台灣住民對殖民經驗的反省。朴正熙政權會禁止韓國人閱讀韓國歷史嗎？存在於台灣的霸權論述，與日據時期的殖民論述，在這個意義上正好形成了一個微妙共犯結構。

國民政府為了代表中國，接受美國的經濟、軍事支援，並且使台灣被編入全球的冷戰體制中。與美國冷戰體制的結合，使台灣淪為文化殖民與經濟殖民的事實，則是公認的事實。然而，對台灣本土文化展開排斥並邊緣化的工作，並不是美國人執行的，而是國民政府強制去貫徹的。陳映真認為中華民國是「美國在東亞冷戰戰略下一個人工的、虛構的國家」，然而，這樣虛構的政府卻對台灣社會有實際的強勢支配能力。它對台灣文學的干涉與監視，絕對不能以虛構來概括。

便是在這樣的體制下，才會產生反共文學這種受官方控制並鼓勵的文類。不過，陳映真把反共文學與現代主義視為「雙生兒」，並不符合歷史事實。現代主義確實是伴隨美國文化在台灣的擴散傳播而挾帶進來的，但是在接受過程中，台灣作家並非是沒有自己的主體。包括陳映真本人在內的許多本地作家，無一不是經過現代主義的洗禮。陳映真為了要與現代主義劃清界線，從而表現其對美國帝國主義的鄙夷，遂不惜否認他早年文學生涯的事實。即使到了八〇年代創造〈趙南棟〉時，陳映真的那種意識流表現技巧，仍然不脫現代主義的氣息。

對於現代主義的反省是一回事，但是在現代主義中受洗的事實則又是另一回事。陳映真在一九七七年鄉土文學論戰受到的政治指控，使他對現代主義懷恨至今。然而，文學史的發展並非是以陳映真個人的主觀意志為轉移，現代主義的在地化與本土化，是回顧這段歷史不能輕忽的。

現代主義引進台灣時，本地作家大多是從模仿開始的。白先勇、王文興、陳若曦、歐陽子四位《現代文學》的創辦者，從未否認他們是如何複製現代主義的技巧。甚至陳映真極力肯定的黃春明，早期也寫過現代主義式的作品，至於劉大任、七等生、施叔青、李昂等人，沒有一個不是穿越過現代主義的拱門。他們描寫死亡、孤絕、焦慮、疏離，都隱隱暗示他們與現實政治的緊張關係。包括陳映真的作品在內，小說人物的蒼白與流亡，都呈現了他們在那個時代的苦悶。當時的官方文藝政策，並未期待現代主義作家會有這樣的表現，而是寧可看到反共的、健康的、光明的文學大量產生。從這個意義來看，現代主義確實為台灣作家開啟了一些思考上的窗口。心靈的釋放也許意味著逃避現實，但是在強勢殖民權力的陰影下，卻因此而維繫了許多活潑的文學想像。

沒有現代主義的刺激，今天台灣文學的成就不可能如此可觀。陳映真為了維護其聖潔的中國民族主義之意識形態，全盤否定現代主義作家的努力，使他個人的靈魂得到救贖與昇華。他以雙元劃分的方式，刻意把寫實主義與現代主義對立起來。然而，在殖民地社會裡從事這種涇渭分明的區隔，並沒有意義。殖民地社會往往被迫接受各種不同的美學思想，問題在於接受過程中，是照單全收呢，還是予以批判性的轉化。事實證明，所有現代主義作家在創作時，很少不將之與本土的題材結合起來，王文興如此，王禎和如此，七等生亦復如此。

陳映真猶有餘恨地表示，「七〇年展開的現代詩論戰和七八年鄉土文學論戰中，現代主義和官方結盟，以扣政治帽子、寫密告信的方式惡毒打擊鄉土文學」。他當然是指余光中、彭歌等人而言，不過，在文學史上最先反省現代主義的，卻是余光中。早在六〇年代寫出〈再見，虛無〉時，就已意味現代主義在台灣已開始轉型、改造。余光中後來與官方結合，絕對不是因為他遵奉現代主義，而是牽涉到當時複雜的政治因素。陳映真當時酷嗜扣人以「買辦知識分子」的帽子，也迫使部分作家必須表態。就像他後來動輒指控本土作家為「皇民化」一般，全然欠缺事實的依據。有關這段公案，《台灣新文學史》當會闢章討論。

以鄉土文學論戰的立場來論斷稍早的現代主義文學，不免帶有各自政治偏見。但是，文學史並不能這樣討論，如果文學只能高舉「反帝」才能進入歷史，則戰後台灣文學史只能寫出一章而已，而且這一章就只能記錄陳映真的文學。陳映真的自我膨脹，甚至急忙地要搶先進入歷史，可以從他對鄉土文學的討論得到印證。

他特別強調七〇年代的鄉土文學論戰「是中國三〇年代左翼文學理論與實踐同國民黨右派反動文論的鬥爭史在七〇年代台灣的回應」，而且是「中國左翼文藝思潮的復活」。陳映真編造的故事情節，又是純屬巧合，特別是與他擅長虛構故事的技巧完全巧合。在那個年代的鄉土文學論戰，出現了一些素樸的寫實主義理論。這樣的理論，把它膨脹成為「中國左翼文藝思潮的復活」，既可以使當事人陳映真的地位提高，又可以使其統派意識形態在歷史記憶的重建中產生發酵作用。這是陳映真事後追加上去的，藉用《古史辨》編者顧頡剛的術語，這是「層累造成的歷史觀」。時間拉得越長，歷史內容就可製造得越豐富。

鄉土文學運動並不是以陳映真所標榜的「中國左翼文藝思潮」為主流，而是以反映台灣社會現實為基調。當時的新世代作家，包括宋澤萊、洪醒夫、鍾延豪、吳錦發等人所寫的小說，刷新了文學想像的格局。他們這一世代，正是全然沒有中國經驗的新興作家。他們接受最完整的中國文學教育，但是他們對於國民黨殖民體制的抗拒，以及對於中共的中華沙文主義之批判，遠勝過他們之前的任何一個世代。

新世代作家開始在文壇上初試其卓越演出之際，也正是陳映真逐漸把小說寫壞的時候。從〈鈴璫花〉、〈山路〉，一直到一九九九年發表的〈歸鄉〉，陳映真江河日下，掩飾不了黃昏老人的傾塌之勢。如果陳映真文學想像之枯萎，便是「中國左翼文藝思潮的復活」之明證，這樣的復活也不免過於早衰了。

中國左翼文藝思潮並沒有復活，從陳映真憤恨的語言就可得到印證。他說：「進入八〇年代，主張把台灣文學從中國文學分離出來，以『台灣意識』為檢驗台灣文學的標準的台獨派文論，做為八〇年代在台灣逐漸發展起來的台灣分離運動的一個組成部分，有巨步的發展，逐漸成為台灣文藝論述的霸權。」自囚於孤絕的中國圖像內的陳映真，是無法理解本土文學是如何崛起的。

身為馬克思主義者，他永遠只看到台灣社會被美帝國主義的支配，卻看不到台灣作家長期為文化主體重建所做的不懈努力。在這裡有必要與陳映真討論幾個問題。他說，八〇年代以降，有人主張把台灣文學從中國文學分離出來。在這個問題上，文學精神與內容若是一體的話，他就應該很清楚那不是任何一個人主張分離就可分離的，陳映真完全喪失了他政治經濟分析的能力，以致不能判斷為什麼中國文學會在台灣消逝。陳映真的長文動用了不少精力去解釋日據時期的台灣與中國在社會性質上是何等近似。到了戰後，由於美帝國主義的介入，使得台灣社會與中國社會分離了，這樣的分離，無論是自願或被迫，都成為無可動搖的歷史事實。

他在分析戰後台灣社會發展的分期時，動用了以下幾個令人動容的術語：「半殖民地・半封建社會」（一九四五—一九五〇），「新殖民地・半資本主義社會」（一九五〇—一九六六），「新殖民地・依附性資本主義」（一九六六—一九八五），「新殖民地・依附性獨台資本主義」（一九八五迄今）。這些經濟的內容是什麼，而這樣的經濟基礎與台灣文學有何種互動關係，陳映真全然置而不論。不過，通過他卓越的見解，正好可以看出這樣的經濟發展，恰恰與中國社會漸行漸遠。對於中國社會的經濟分析，陳映真向來都束手無策，或是特別寬容看待，從他上述對台灣社會所揑造出來的幾個術語，相信不至於可以套用在中國社會之上。

換句話說，中國社會與台灣社會的分離，應該發生於一九五〇年之後。面對如此罪孽深重的歷史，陳映真應該會特別懷念日本對台灣的殖民統治。但是，他必須注意到，在兩個分離的社會中所產生的文學，其美學品味與文學精神，自然也就各自處於分離的狀態。因此，台灣文學與中國文學的分離，於一九五〇年以後，就已經產生，而並不是到了八〇年代因某些人的主張才分離的。

對於八〇年代的台灣民主運動，陳映真將之命名為「台灣分離運動」。這是他對島上民主運動，從未予以正面肯定的一貫態度。如果沒有這樣的民主運動，國民黨的殖民體制是不可能終結的。今天台灣社會能夠從文化霸權的囚牢中釋放出來，使整個文學想像呈現蓬勃多元的現象，都是伴隨著民主運動的開花結果而獲致的。陳映真能夠在現階段宣揚其馬克思主義的理念，散播其虛擬的中國圖像，無非是拜賜了民主運動所開創出來的空間。他當然是不會欣賞民主運動努力的成果，就像當年第三國際的宣傳策略那樣，「利用資產階段國家被迫提供的一切機會，如出版自由，結社自由，以及各種形式資產階級議會機構，做為宣揚馬克思主義的武器。」中共統治下的中國社會，有沒有言論自由或結社自由，陳映真是毫不在意的。在他的思考裡，早已習慣以分離主義的方式來看待海峽兩岸的社會。

為什麼解嚴後台灣社會是後殖民時期

戒嚴體制的存在，使台灣文學的開發受到極大的阻礙。它的權力支配並不止於語言的壓制，對於作家思想的箝制，以及情感、情欲、情緒的控制，都滲透到靈魂的深處。女性的想像，原住民的想像、同志的想像，即使未觸及現實的政治，也相當公平地遭到囚禁。因為戒嚴的殖民體制，其權力中心乃是由漢人／中原心態／男性優勢／儒家思想所凝鑄而成，它不能容忍背離這種權力核心的任何思考方式。台灣本土文學運動者，與民主運動桴鼓相應地攜手並進，終於突破了殖民戒嚴體制的城堡。以中產階級的改革理念為主流價值，不斷挑戰保守、腐舊的戒嚴體制。這樣的民主運動，兼容並蓄地容納了農民、工人、女性、外省族群、原住民等等弱勢力量，而匯成滾滾洪流。反對黨在一九八六年能夠成立，便是藉助這些弱勢團體所累積起來的聯合陣線力量而造成事實，從而迫使國民黨必須宣布解嚴。

我把後解嚴時期定義為後殖民時期，就在於強調殖民式的戒嚴體制終於抵擋不住整個社會力量的挑戰。所謂後殖民，是文化上的一種去殖民（decolonization）的行動。它旨在檢討舊體制在既有社會所造成的傷害，同時也在重新建立屬於自我主體的文化內容，解嚴後的台灣文學，便是在這樣的情境下次第展開。台灣意識文學的崛起，在於批判傲慢的中原沙文主義。女性意識文學的大量產生，則在於挑戰既有的男性沙文主義。眷村文學的出現，則是出自對台灣意識過於激化的畏懼與戒心。原住民文學的營造，則是在抗拒漢人沙文主義。同志文學的釀造，則在抵制異性戀中心思考的氾濫。這些文學以共存共榮的方式同時產生，為台灣社會的後戒嚴時期展現龐大的去殖民的決心。

我對後殖民時期文學的探討，大致沒有偏離上述的範疇。但是，陳映真並不理會我的解釋，反而又熱心打起他的影子拳。他如此虛構我的觀點：「和絕大多數台獨理論家一樣，陳芳明把國民黨台灣人李登輝繼蔣經國出任總統，取得政權，看成台灣人從『中國人』對台『殖民統治』解放。中國對台灣『再殖民』因李登輝繼任而獲致解放，從而展開了『後殖民』這樣一個歷史和社會轉變！」陳映真的唯物論思考，突地變成唯心的推理，誠然偏離馬克思主義的精神。他的論理方式是相當後現代式的，亦即把事實與虛構交織成模糊一片。

陳映真畢竟是衰老了。當馬克思少爺變成馬克思老爺時，其形象思維就是陳映真這個樣子。他指控台灣學界討論結構主義、解構主義、女性主義、同志論述、後現代主義、後殖民主義，是對美國新殖民主義的扈從化。但是，陳映真抄襲馬克思主義，甚至對中共欠缺批判精神時，不知又是怎樣的自我奴化。

他的三萬字長文，可以把中文寫得如此不通不順，對於一個中國民族主義者來說，是相當不容易的。如果把文章中的馬克思主義，半殖民、半封建的術語剔除，這篇批評的可觀之處便所剩無幾。雖然他的思想表達得如此艱難困頓，我仍然必須承認，這是近期陳映真最為博大精深的力作。我還是歡迎他繼續提出批評，但最好能夠就文學論文學。馬克思主義有那麼嚴重嗎？

註釋

1 見陳映真，〈以意識形態代替科學知識的災難：批評陳芳明先生的〈台灣新文學史的建構與分期〉〉，《聯合文學》第十六卷第九期（二〇〇〇年七月），頁一三八—六〇。

本文刊登於《聯合文學》第十六卷第十期（二〇〇〇年八月），頁一五六—六五。

當台灣文學戴上馬克思面具

再答陳映真的科學發明與知識創見[1]

歷史的孤兒

中國社會科學院院士陳映真所寫的長文〈關於台灣「社會性質」的進一步討論〉，不禁讓我強烈想起年少時期在海外的那段左傾歲月。那時候，我涉獵了一些有關馬克思主義的書籍，並且也旁及列寧、毛澤東的思想。一九七六年中國文化大革命結束之後，我對中國的幻想與憧憬急速冷卻。一九七九年四人幫下台時，我對於自己曾經有過的左傾幼稚病，感到不勝疲憊之至。這並不是說從此不再閱讀左派書籍，我只是在客觀政治環境的巨大衝擊下，調整一個角度來看待所謂的正統馬克思主義。

在陳映真的長文裡，我恍然瞥見當年的癡情身影。在那段早年海外流亡的時期，我深深相信過陳映真長文中引用的馬克思名言：「不是人們的意識形態決定人們的存在，相反，是人們的社會存在決定人們的意識。」當年，我也迷信過陳映真在現階段所奉為神明的陳腔濫調語言：「不同的生產方式，因其相應的、不同的社會生產關係，形成不同的經濟基礎，從而有相應的、不同的上層建築，也就是包括文學藝術在內的意識形態體系。」這種教條的、僵化的思考方式，早已偏離了唯物的軌道，而帶有濃厚的唯心傾向。陳映真照搬這些老掉牙的、落伍的馬克思語言，無怪乎他回到中國去演講時，被他筆下形容的「我國」的大學生譏諷為「比老幹部還老幹部」。

如今，頂著中國社會科學院院士的尊貴名號，陳映真又回到台灣販售諸如此類的老幹部語言，他的思想之孤絕情境自是可想而知。不是說「人們的社會存在決定人們的意識」嗎？不是說「不同的社會生產方式，形成相應的、不同的上層建築」嗎？這裡可能有一些不禮貌，但又不能不提的一個問題，試問陳映真的意識形態是由怎樣的「社會存在」來決定？又是由怎樣的「生產方式」來形成？他的馬克思主義思考，究竟是由現階段的中國生產方式來決定，還是由台灣的生產方式來決定？如果是由前者決定，為什麼中國大學生會說他是「老幹部」；如果是由後者決定，為什麼台灣大學生會稱他是「黃昏老人」？

台灣統派語言的疲態，極其精確而典型地由陳映真表現出來。他的思考方式，不僅悖離了當今的中國社會，同時也與當前的台灣社會全然脫節。陳映真的左派語言，恰恰與他引用的馬克思「社會存在論」與「生產方式論」，發生了可笑的矛盾衝突。他雖然是自稱為唯物論者，他的思想內容在台灣社會與中國社會卻是找不到相應的經濟基礎。包括中國領導人江澤民、朱鎔基在內，北京城裡已經找不到真正的、唯物的馬克思主義者了。他們不僅向西方資本主義靠攏，而且還高舉「改革開放」的旗幟，恬然向台灣的資本家招手討好。陳映真口口聲聲的「我國社會科學界」，早已整編到資本主義的文化邏輯之中。他們的思考才是真正唯物的，真正由中國社會的存在所決定。這樣看來，在北京的整個中國社會科學院裡，恐怕只剩下陳映真是一個不折不扣的歷史孤兒，一個徹底唯心的偽唯物論者。對於他的尷尬處境，我不能不寄以「一種令人同情的哀痛」。

為什麼說他是一位歷史的孤兒？理由至為明顯，正統馬克思主義已經是一個歷史名詞。那樣規規矩矩地背誦馬克思主義的信條，在中國社會，甚至放眼世界的左派思考中，已經不再存在陳映真式的模範信徒。不要說陳映真文中提到的詹明信（Fredric Jameson），即使是稍早的馬庫色（Herbert Marcuse）及其法蘭克福學派，以及更早的西方馬克思主義者，早已對庸俗的、機械反映論的老馬進行了革命性的修正與擴充。人類歷史已經跨越了二十世紀末，陳映真的思考卻仍選擇停留在十九世紀末。珍惜這種世紀末的世紀末思維的陳映真，可能不只是歷史的孤兒，恐怕還是歷史的棄兒。他緊緊吮吸馬克思奶嘴的姿態固然撩人，卻不免是時空倒錯的演出。

陳映真之所以是歷史的孤兒，乃在於他落伍的左派思想已經趕不上中國社會裡和平演變的速度。他拒絕看到中國社會的向右傾斜，拒絕面對緩慢卻篤定朝向多元化發展的中國社會，拒絕看到中國百姓前仆後繼地擁抱資本主義，更拒絕看到中國當權者在享受革命果實之餘而開始腐化、墮落化。他拒絕見證的理由很簡單，只因為他不願承認理想彼岸的社會主義祖國之果敢消逝。

他死死抱住庸俗的馬克思主義，只不過為了證明他的左派精神之不滅。這裡不厭其煩地說明陳映真之變成歷史孤兒，乃是為了指出他再三強調「社會存在決定人們的意識」，並不是什麼科學知識態度。他頑強地拒絕面對客觀現實，而自囚於他馬克思主義的空中閣樓之中，恰恰證明了人們的意識是可以決定社會存在的。這裡揭露他的思考與他所賴以生存的社會發生嚴重的脫節，並非是在拆穿他的洋相；恰恰相反，通過這樣的說明，乃在於協助陳映真釐清他自己的思考方式。我樂於協助他，只不過是要提醒陳映真，馬克思的名言並沒有那麼神聖而偉大。在歷史發展過程中，有許多事實可以證明不同的生產方式會形成相應的、不同的上層建築。但是，也有許多具體的證據足以說明，人們的意識也能決定社會的存在。陳映真的思考方式，便是極其科學地證明這個命題是可以成立的。我與陳映真之間的對話，在思考方式上足足相差了一百年。不過，遙望著十九世紀末期的陳映真，我仍然願意耐心地與他討論台灣文學的問題。這位可敬可畏的馬克思老爺，誠然需要一些協助。

「以意識決定社會存在」

陳映真說：「估計短期內我和陳芳明的討論，很難引起能夠以馬克思歷史唯物主義的、社會性質理論的辭語和方法論的進一步縱深討論。而社會性質的討論，最終是要從對社會性質之科學性的分析，得出當面社會改革實踐的理論，這就非得經過廣泛深入的爭鳴、批判和發展不為功。」他的語氣說得如此悲壯而沉鬱，但是仔細讀來，卻令人有一種喜感。當他這樣說時，無非是要把自己塑成一位嚴謹的馬克思主義者。然而，正如我在〈馬克思主義有那麼嚴重嗎〉一文指出的，陳映真使用馬克思主義的假面，是為了護航他的民族主義立場。雖然他以科學態度自居，以左派思考自豪，他的整篇長文仍然還是找不到科學的根據。因為，不待馬克思主義的論證，他的政治立場早已預設完備，而他的歷史分析也已有了圓滿的結論。

為了方便以下的討論，請容許我把陳映真在思考上的兩種模式分辨清楚。他酷嗜往返跳躍地使用這兩種模式，以建立看來彷彿是非常慧黠的歷史解釋。第一種是，凡談到台灣社會與台灣歷史時，他就搬出「社會存在決定意識」的所謂唯物論。對於台灣社會裡的經濟基礎與階級結構，他會端出莊嚴的科學表情進行分析解剖。第二種是，凡談到中國社會以及中國與台灣之間的關係時，他就毫不遲疑地改變使用「以意識決定社會存在」的唯心論，發揮他的浪漫想像與民族情緒。只要觸及民族主義，他便完全放棄自認為是嚴謹的科學分析。陳映真擅長使用悲情的語言，來獲得喜劇式的結論。有關這點，稍後再進一步申論。

首先，就台灣的社會性質而言，他堅持站在馬克思唯物主義的觀點，認為台灣在日本人統治之下不能稱為「殖民地社會」，而應該稱為「殖民地‧半封建社會」。在馬克思主義的文獻中，陳映真嚴正指出，從來就沒有出現過「殖民地社會」這樣的名詞。他認為，唯有把日據下台灣規定為殖民地‧半封建社會，才能夠理解那個時期的台灣文學之所以是反殖民、反封建的。陳映真如此精準的分析，當然值得景仰。不過，文學與社會之間的關係並不是這樣以一對一的相應方式就可以概括的。這種經濟決定論、機械反映論的堅持，與其說他對老馬懷有強烈的鄉愁，倒不如說他在思考上貪圖一時的省事與偷懶。

人的主觀思考難道永遠只受到客觀經濟條件的制約嗎？陳映真把文化的複雜性看得過分簡單了。使用粗糙的兩元論（binary）的區別方式，自然可以產生黑白分明的效果，對於事物的理解便較為容易。這就好像兒童在觀看武俠電影，只要弄清楚誰是好人誰是壞人，就相當輕易地能夠掌握故事情節的發展。陳映真對歷史的理解，正是做如是觀。在他的經濟決定論裡，並沒有看到人的主體之存在，並沒有看到經濟基礎與上層建築相互滲透的事實，更看不到人的心理結構，以及人本身就是自己的歷史之創造者。由於對於文化複雜結構的理解之欠缺，陳映真特別偏愛把日據下台灣社會堅持說是殖民地‧半封建社會，從而以這樣的社會性質來定義台灣文學的內容。這說明了為什麼他解釋台灣文學時，幾乎每位作家都是反殖民、反封建的。歷史與文學的詮釋，到了如此機械反映的地步，真是太可觀了。

陳映真為了要使自己的社會性質論更具說服力，還特別引述哥德曼（Lucien Goldman）與詹明信的歷史分期說來為自己壯膽。他說：「哥德曼與詹明遜（信）都在社會結構中去尋求與社會結構的連繫。」這種說法已是眾所周知的常識，陳映真卻當做學問的新發現。但是，詹明信的左派思考絕對沒有陳映真那樣教條、僵化而機械。詹明信的寫實主義、現代主義、後現代主義的歷史三段論法，乃是受到曼德爾（Earnest Mendel）有關資本主義制度下機器三階段發展理論的啟發。他的歷史分期理論，誠然受到許多文學理論者的非難與批評。這是可以理解的，因為分期的運用，往往誇大了不同時期之間的性格差異，並且也模糊了同一時期之內的文學差異。

歷史原本就是一種連續體（continuum），並不可能切割得那麼整齊。我也曾經說過，歷史分期（periodization）是一項迷人而危險的工作。它之所以迷人，端賴研究者對於社會性質的判斷，並給予一個廣泛的定義。它之所以危險，乃在於這樣的分期失諸武斷，往往不能照顧到每一個時期的複雜內容。然而，為了找出歷史上的轉變，從而發現每個時期的文化特色，分期的工作乃是不得不做的權宜之計，以方便討論的進行。最近哈特（Michael Hardt）與威克斯（Kathi Weeks）合編的《詹明信讀本》（*The Jameson Reader*, Blackwell, 2000），其〈導論〉也特別指出：「一個歷史分期從來就不可視為靜態的名詞，彷彿歷史只是在革命性變革的突然爆發中發展，而一切事物又同時停留不變。而毋寧是，每個分期都在掌握其中的運動，以及內在的動力，那是由階級之間、現在與過去之間的無數衝突與對峙所造成。」所謂現在與過去之間的衝突，絕對不會只是停留在經濟層面，其中還包括上層建築的藝術文化之渲染與擴散。

陳映真邀請詹明信與他並排站在一起時，剛好可以對照出兩人思考上的天壤之別。同樣都是討論社會性質的議題，陳映真仍然還擁抱功能學派的概念，把文化的複雜性、多重性化約成可以預知的經濟結構之產物。詹明信當然也相信每一種文化生產，絕對不能脫離其所賴以生存的社會而自主存在。但是，詹明信並不會迂腐到認為文化與社會是固定不變的對應關係。他特別強調，下層結構與上層結構之間的關係是相互穿透的，亦即是相互辯證的。這本來就是顯而易見的道理，在西方馬克思主義的傳統中已是耳熟能詳的見解。六〇年代最具基進思想的左翼運動者馬庫色，在他的《美學的空間》（*The Aesthetic Dimension*）也已經指出，美學形式的本身就已經包含了政治的顛覆性，也已蘊藏了革命的潛能。文學藝術以至文化，絕對不可能只是受到下層結構的決定，上層結構也能夠影響或決定下層結構。不過，這裡必須立即提醒的是，這樣的說法並不是在支持陳映真思考中的另一種唯心論的模式。

繞這樣一大圈來解釋，可能稍嫌麻煩，不過也只有這樣做，才能協助陳映真如何認識文化的複雜結構。如果只是背誦禁書時期的《政治經濟學基礎知識》之類的書籍，他永遠會被老馬的經濟決定論迷得暈頭轉向。從陳映真的文學品味來看，便足以道盡一切。對於文學史的回顧，他總是孤注一擲、獨沽一味地肯定寫實主義的作品；原因是不言自明的。他永遠只是相信文學是現實的反映，而且只能是機械的反映。他對現代主義文學充滿了仇恨，對新世代的後現代文學抱持了高度敵意，問題就出在他始終走不出經濟決定論的陰影。對於寫實主義以外的文學世界，他已經到了草木皆兵的地步。社會的急速變遷，不斷向作家、評論家提出新的質疑。無論是台灣社會也好，或是中國社會也好，各種文化危機的深化，都在考驗著知識分子的適度回應。陳映真堅決拒絕面對世界，頑固地拒絕成長。站在台灣社會的此岸，眺望十九世紀末期彼岸的陳映真，益加使人感受到歷史的寂寥。

我確實說過，文學史的建構「應該注意到作家、作品在每個歷史階段與其所處的時代社會之間的互動關係」。然而，這段陳述的關鍵字眼就在「互動」（interaction）之上。陳映真對於文學史的解釋，始終把作家與作品視為被動的產物；在這點上，我正好與他有了清楚的界線。每個時代的作家與作品，既被動地受到社會變遷的挑戰，但是具有主體性的作家則也會積極而主動地回應他的社會。作家既然能夠主動回應時，就不必然僅是採取寫實主義的方式來表達。即使是浪漫主義、象徵主義或現代主義等等的美學思考，作家都可以用來做為回應的管道。

在這樣的美學基礎上，我把台灣文學帶進殖民地社會的脈絡裡。陳映真指控說：「陳芳明在社會形態理論上是個全然的外行人。」這是非常不好的罵人方式，畢竟洩盡情緒後，並不能因此就能證明陳映真是一位內行人。以他的博學精深，事實上是可以好好經營一部台灣的殖民地•半封建文學史，好好寫出一部以寫實主義為中心的文學流變史。

不過，我的思考方式與陳映真是不同的。殖民地社會的文化問題，並不能只是使用經濟決定論來觀察。在殖民地社會裡，經濟權固然操在殖民者手上，文化詮釋權、歷史發言權也同樣受到殖民者的掌控。對於被殖民的知識分子來說，他們一方面意識到經濟地位的低落，一方面也警覺到固有的文化主體也受到有計畫、有系統的扭曲與壓制。陳映真不惜使用二、三萬字來解釋殖民地經濟的形成，在這點上，我與他之間並沒有可以爭論的。陳映真複誦的那些事實與數據，並未超越他文中引述的涂照彥、劉進慶等教授的研究。但是，文學史的書寫絕對不是在討論經濟發展史，更不在鋪陳社會性質演變史，而是在建構作家對其所處時代、社會的回應史。

殖民地社會之所以成為殖民地社會，就在於它對被殖民者的心靈構成傷害、貶抑、侵蝕、敗壞的效果。殖民政府的建立，就在於使被殖民者在心理上產生自卑、受歧視、次等公民的感受。非殖民國家的國語政策，可以像陳映真所說的，是一種「語言的中央集權」。但是，在殖民地社會裡，不能輕易使用中央集權一詞就可放過。在殖民者眼中，文化是具有優劣勝敗的等級（hierarchical）觀念。被殖民者的文化就是被征服者的文化，在強勢的論述下，自我矮化、自我貶抑的心理會瀰漫於殖民地社會。殖民者攜來的醫學、科技、人類學、法律等等現代性的產物，其實是屬於「種族性的科學」（ethno-science）。被殖民者在接受過程中，自然而然或是毫無意識地會覺得外來的殖民統治者具有較進步、開化的文明。

關於現代性

這就牽涉到現代性（modernity）的問題。所謂現代性，指的是啟蒙運動以降西方人所尊崇的理性與科學客觀性。以理性做為知識追求的最高原則，對盲昧無知的封建文化予以強烈的批判並揚棄。誠如韋伯（Max Weber）說的，人類文化之朝向現代化，無非就是祛除巫魅（disenchantment）的過程。重商主義的崛起，現代國家的塑造，民主法治的建立，工業革命的誕生，都是在理性的驅使下次第完成。這種理性的擴張，便是西方殖民主義的張本。他們對於未經理性洗禮的社會，往往視之為「落後」或是「不文明」。西方殖民者自認為有一種天職，那就是要把他們所享有的理性知識與進步文明傳播到諸如亞洲、非洲、拉丁美洲等等「未開化」的地區。殖民文化的合理性，從而隨之而來的帝國主義合法性，都在現代化的假面下獲得掩護。

對於包括台灣在內的東方社會，在受到殖民主義的侵襲時，也同時接受了「晚到的現代性」（belated modernity）。殖民地台灣的住民對於理性的認識與理解，是通過日本殖民體制的建立而接觸到的。島上初識現代性雖然是遲到的，但是在客觀條件還未完備之際，就被迫要投入現代化的改造；這是殖民地社會最常見到的早熟現代化（premature modernization）。從山林調查的工作開始，歷經原始資本的累積，一直到資本主義在台灣的紮根，日本殖民者毫無留情地展開現代化的改造。在壓縮的空間與壓縮的時間裡，殖民者並未顧慮到島上是否存在著相應的政治、經濟條件，便著手實施西方耗費將近四百年的現代化改造工程，而於短短領台的最初二十年之內急速達到轉化社會的目標。

台灣人認識所謂現代文化的知識論（epistemology），是透過殖民教育、媒體、宣傳甚至暴力的管道而獲得的。其中挾帶過多的種族偏見與文化歧視的成分，除了少數知識分子稍有自覺而能夠予以批判地接受，許多島民往往不能夠清楚辨識現代性之為何物。陳映真說，在殖民文化教育下，台灣出現兩種知識分子，一種是抗拒型的如賴和，一種是妥協型的如周金波。這樣說，只能說對了一半，因為殖民地知識分子對現代性的回應，遠比上述兩種類型還要複雜得多。

賴和之所以得到後人的普遍尊敬，就在於他意識到現代化本身具備了雙刃性。我在論賴和的章節中，已有過解釋，在此只能簡單說明。做為現代知識分子，賴和比同時代的任何人還更清楚現代化與殖民化的孿生性格。只要接受了日本人帶來的現代化，就會受到一定程度的殖民化影響。但是，要抗拒日本人的殖民化，就必須在知識上能夠與日本人抗衡，而不能停留在固有的封建文化傳統裡。這說明了為什麼他主張台灣人應該接觸現代知識，以達到啟蒙的目的。然而，他也知道民眾接受現代知識之餘，會被滲透殖民化的思想。所以，在某種程度上，他又不願見到台灣民眾接受日本人的現代教育。因此，在啟蒙與反啟蒙之間，顯示了賴和的兩難心境。我不知道為什麼陳映真在這個問題上，必須刻意曲解，並繼之以「瞎說」的罪名。我說賴和在鼓吹啟蒙之際，也透露了反啟蒙的傾向，陳映真竟認為這是對賴和的「羞辱」。我一直建議他應該多讀文學，不要流於空想與幻想。動不動就祭起中國民族主義的旗幟，那樣好戰，又那樣脆弱，令人看不出他論理的基礎何在。

殖民地知識分子，在現代化洗禮之下，固然有賴和這種批判地接受現代化，卻又清楚地抗拒日本人這樣的先知人物，但也有接受日本的合法體制，卻又間接抗拒者，蔣渭水、葉榮鐘即是。除此之外，也有與日本人合作，卻又抗拒現代性者，連雅堂便是知名的例證。當然也有反日本人，同時也反現代化者，朱點人小說〈秋信〉中的主角斗文先生便是。周金波既接受現代性，也接受日本統治，並反過來指控台灣人落後，這是知識分子中等而下之者。從這些思想的光譜，當可發現殖民地知識分子的信仰位置，也可發現現代性在台灣社會造成的複雜人格。陳映真酷嗜使用二分法，一邊是正面人物，一邊是反面人物，彷彿中間不存在任何灰色地帶。他會做這樣的思考，只不過是庸俗辯證法的演練，一黑一白，一正一反，不斷鬥爭，不斷相剋。日據台灣文學史並不是這麼簡單明白，他所謂的科學知識，便是認為歷史是可以量身訂做的。經過他的精心剪裁，尺寸剛好符合他的思想框架，非常靈巧。

這裡要重複強調的是，台灣社會性質的討論不能夠只停留在經濟層面。在同樣的社會性質裡，作家的回應絕對不會是一致的。從最激進的批判，到最保守的妥協，都有可能發生，何況是不同的社會。在台灣社會的作家與在中國社會的文學運動，中間存在著的，就是殖民地與非殖民地的差異，他們如何可能被「規定」成為相同性質的產物？陳映真既然都已主張不同的生產方式形成相應的、不同的上層建築，為什麼提到台灣與中國的關係時，就立刻離開科學知識的立場，開始做唯心論式的虛構？已經發生過的歷史，又如何能夠按照陳映真的意識形態去發展呢？台灣作家對中國有「孺慕」，與社會性質一點關係也沒有。陳映真的統派主張，與現階段台灣社會性質又有什麼牽連？

就文學論文學

陳映真表現最為憤怒之處，便是回應我所要求的「就文學論文學」。他非常生氣的理由是，這根本不是在討論台灣的「社會性質」。我不能理解他為什麼要在這個問題上發那麼大的脾氣？他費盡口舌之後，終於還是沒有說明清楚台灣文學與他所說的社會性質究竟存在怎樣的連繫。他的長文反覆強調，日據台灣社會是屬於「殖民地•半封建」的性質，所以台灣文學就是反帝、反封建的文學。就在這個推理上，我特別給他一個機會說明他對台灣文學的認識。任何文學史的考察，或是史觀的建立，不能夠一方面討論社會性質，另一方面討論文學內容，兩者竟然毫不相干。如何把二者結合起來，才是建構文學史的主要課題。

我已經指出，陳映真並不熟悉台灣文學，並且也從未在原手史料上做過任何的整理與研究。他比較感興趣的是這樣的信念：「兩岸社會性質的近似性，規定了兩岸革命的性質都是反帝（民族主義），反封建（民主主義）的，同時也規定兩岸救亡運動之一環的文學鬥爭的口號和內容，勢必也是反帝、反封建的。」他會說得這麼武斷而英勇，就在於他並未發現台灣作家並不是一直都在革命的。歷史條件並不容許台灣作家像中國的左翼文學運動那樣，始終都在吶喊、鬥爭，把台灣文學與中國文學等同起來，並不是歷史規定的，而不過是陳映真一個人在規定而已。

通過這樣「規定」的動作，恰好暴露了陳映真的唯心論思考。只要觸及兩岸的關係，他的語氣立刻變得熱心而熱情，全然把「社會存在決定人們意識」的立場拋諸腦後。既然不同的生產方式決定不同的上層建築（文學、藝術），則殖民地社會與半殖民地社會孕育出來的文學內容如何可能被規定是相同的呢？文學內容若是可以如此簡單等同起來，則韓國文學、印度文學、非洲文學、拉丁美洲文學都是反帝、反封建的，是不是也可以混同起來？

為了證明台灣文學與中國文學關係之密切，並且為了證明中國文學對台灣文學產生巨大影響，大量列舉一九二四至一九二六年之間《台灣民報》轉載五四作家與作品的事實。在這個事實的基礎上，陳映真下結論說：「台灣從一九二〇年代初開始了白話文運動，一九二四年就有人寫出小說作品，至二六年有賴和的《鬥鬧熱》和《一桿稱仔》，若不是前此上述的來自祖國大陸『文學理念』和『創作技巧』的影響以為範式，就絕不可能。」這樣的解釋，在我的《台灣新文學史》就已經提過。然而，不能忽略的事實是，由於台灣是一個殖民地社會，作家不可能全然在文學書寫上獲得全盤自主的空間，因此也就不可能只是採用中國白話文，也不可能只是接受中國五四文學的滋養。

陳映真刻意忽略台灣的第一篇小說，是一九二二年謝春木以日文所寫的《她往何處去》。他所豔稱的反殖民作家楊逵，在一九二七年於東京所寫的第一篇小說《自由勞動者的手記》，也是不折不扣的日文作品。如果只是片面地、偏愛地高唱「中國影響論」，就不可能認清台灣文學的實貌。即使是有台灣新文學之父尊號的賴和，他的小說並不純粹是中國白話文。身為殖民地作家，他的書寫往往被迫混合使用台語與日語於作品之中。在所有堅持白話文的作家中，包括王詩琅、楊守愚、朱點人等人，小說中都摻雜了過多的台語與日語。陳映真酷嗜採取印象派的閱讀方式，凡是看到漢文，就判定是白話文作品；既是白話文，他毫不遲疑就論斷為受中國文學的影響。這種喜劇式的推論，既未照顧到台灣作家在語言使用上的痛苦心情，也未考慮到殖民地社會中的文化駁雜性格。

對於原手史料的《台灣青年》、《台灣》與《台灣民報》，陳映真並未去翻閱查看。這份擔負台灣思想啟蒙的媒體，固然是以推行白話文為主要目的，但是這一系列的出版，都是中文、日文並行刊出的。為什麼需要使用日文？事實很清楚，新一代的知識分子大多被迫去學習殖民者的語言。日文的普及化，使得具有自覺的政治領導者處於兩難的境地。因為，他們知道日文的普遍使用是無可抵擋的趨勢。在討論語言的問題時，陳映真完全避開日文教育的事實，不斷強調「台民拒絕接受公學校日語教育」；強調台灣在二〇年代爆發的新舊文學論戰，是受到中國五四文學挑戰傳統文學的事實之影響。這些都是眾所周所知的歷史，但不能因為這樣的事實，就忽視整個日語文化的大環境。殖民地社會之所以會產生殖民地文學，便在於語言的混融性。政治運動者要啟蒙台灣民眾，就不可能純粹使用漢文（無論是台語或白話文）。空想式的歷史解釋，很容易抽離殖民地社會的脈絡，把所有的作家都塑造得非常悲壯，非常民族主義，非常浩氣長存。台灣歷史並沒有依照陳映真的雄偉結構去發展；文學史若是這樣去重建，簡直就是在撰寫一部中華正氣在台發展史。

三〇年代初期的鄉土文學論戰與台灣話文運動，非常典型地反映了殖民地文學的掙扎。在那段時期的論戰中，作家的爭議並非是要與中國白話文對立鬥爭，他們關切的是使用何種語言才能接近大眾？採用何種題材才能建立文學主體？這場論戰是從大眾文藝的立場出發，也是當時左翼作家為民眾思考的一次總討論。陳映真一聽台灣話文便心驚膽跳，以為又是在與中國白話文搞對立。陳映真「想當然爾」地推論；「近十年間，陳芳明一派的人大談『台灣話』，以『台灣話』寫論文、寫詩，大談『台灣話』之『優秀』，結果都知難而止。」對於三〇年代的鄉土文學論戰，陳映真全然沒有看到我的討論，便如此提出指控，這場論戰「絕不是陳芳明和他一夥人腦子裡中國的白話文和台灣的台灣話語的對立鬥爭」。

從陳映真的表達方式，就知道他對這場長達將近五年（一九二九—一九三四）的鄉土文學論戰毫無涉獵，因此他也就不知道論戰參與者的關係位置。我希望他能夠就文學論文學，便是期勉他不要一味深陷在意識形態的冥想裡，應該睜開眼睛看看文學的實相。台灣文學史並不像所想那麼單純而具有潔癖，只要套上中國框架，戴上馬克思面具，文學史就順理成章鋪陳出來。他顯然並未發現，在論戰中最左、最具馬克思主義思考的兩位作家郭秋生、黃石輝，正是強調台灣話文最力的人。我並不必然贊成郭、黃的觀點與立論，但是，他們有那樣的主張完全是由殖民地社會的條件所決定。陳映真可能還不知道，這場論戰的全部史料，最近這兩年才被挖掘出來。過去對於三〇年代鄉土文學論戰的檢討，由於史料的侷限，都以為只發展到一九三二年就結束了。新的史料推翻了這種看法，同時也推翻了舊有的解釋。陳映真的思考方式，仍然停留在史料未發現之前的階段。

我對台灣話文的基本態度，便是尊重它，不要傷害它。在我寫過的文章，從未有任何隻字片語是大談台灣話很「優秀」，也未有任何字句主張台灣話文與中國白話文是對立的。陳映真對我無中生有的指控，只不過是再一次情不自禁露出唯心論的尾巴。長年以來，我深深相信要從事文學工作，無論是統派或獨派，無論是使用台語或北京話，都有必要把白話文寫得通暢。在這個觀點上，我與坊間的台語論者確實存在很大的落差。文壇上，絕對沒有「陳芳明一派」的說法，也沒有「陳芳明和他一夥人」的提法。我已相當習慣孤獨地往來，絕對不會像陳映真必須圍聚一群統派人士，相互取暖，才能活下去。在語言議題方面，陳映真若是與任何集團有過恩怨，找我顯然是找錯對象了。在這裡我願意向他建議，即使再如何賣力宣揚中國民族主義，至少也應該把白話文寫得通順些。要清楚表達語言，首要條件就是要理清自己的思想。陳映真的問題，出在他永遠搞不清楚什麼是意識形態，什麼是科學知識。很少有馬克思主義者像他這樣談問題的，知識含混，語言模糊，說理又提不出充分證據，與他對話誠然是一件艱難的差事。

由於意識形態與科學知識的糾纏不清，陳映真在討論台灣文學時，就不斷圍繞著「中國傾向」與「中國社會性質近似」等等字眼渲染他的統派理念。犧牲文學的內容，硬套統派的社會性質論，正是他前後兩篇長文的總體表現。台灣的語言問題，究竟與中國社會性質有何關係，他一直語焉不詳。

戰後歷史與現代主義

對於戰後再殖民歷史的發展，陳映真特別辛勞地解釋，國民政府的文化政策是中央集權式的，而不是殖民式的。依照他的邏輯思考，日本在台統治顯然也是中央集權式的，而非殖民式的。曾經發生過的制度化、歧視性的國語政策，陳映真更是殷勤為統治者緩頰：「有可能是忙著推行『國語』的善良動機，由某個本省老師仿照日據下的掛罰牌手段，把這不當的方法延續到戰後台灣以國語制抑方言的措施，也未可知。」如果因為不說國語就必須被罰掛牌，只是出自一、二人之手的偏頗心態，則陳映真的說法就可成立。但是歷史事實證明（包括我的經驗在內），這種罰牌制度是以集體的形式出現，而且這樣的制度獲得國家權力的默許與縱容。這種制度化的歧視，不是一時的個別現象，而是牽涉到整個文化的問題。

國家權力的滲透，絕對不可能依賴少數幾位統治者的意志就可獲致。必須是一方面壟斷知的權利，一方面藉由鷹犬與腐敗知識分子為其宣揚、辯護並合理化，才能使國家機器的掌控之手觸探到社會的各個階層與各個角落。日本人的文化政策能夠滲透，就是如此做到的；國民政府的統治手法，正是模仿日本殖民體制而來的。陳映真說得很精闢，承認戰後的國語政策不僅是出自「善良」動機，並且是「仿照日據下的掛罰手段」。這種殖民統治的延續性，正好為「再殖民」做了恰到好處的注腳。

戰後再殖民時期的形成，當不止於國民政府接收時所繼承日本人的政治體制，更為出色的，又在於對台灣本地文化的壓制與貶抑。只有在殖民地，語言、歷史、文學等等的文化問題會變成政治問題。陳映真曾經提出台灣漢人政權對原住民的壓迫，就是一種內部殖民。這就像中共政權對蒙古、新疆、西藏等等的文化迫害，也是典型的內部殖民。在一個非殖民的社會，語言、歷史不可能成為敏感的緊張政治議題。

國民政府的對台殖民，並非只是由於本身具備自認優越的中原文化沙文主義，而更重要的是它相當露骨地依賴美國的變相殖民主義。把戰後國民政府視為美國政權的在台代理人，並不為過。陳映真對美帝國主義在台掠奪事實的補充說明，恰恰更為有力地為台灣社會所遭遇的雙重殖民做了清楚的佐證。陳映真對我的指控是，「終其全部寫過的文章，從來看不見對美國新帝國主義自五〇年代以降，在軍事、經濟、政治、外交、思想、文化和意識形態上對台灣的統治。」這是很可笑的一種批判，我以同樣的字句，也可反問陳映真寫過的全部文章，可曾分析過美國軍事、經濟、政治、外交、思想、文化和意識形態上對台灣的統治？對於殖民體制的反省與批判，如果必須像陳映真所撰寫的政論那樣才能彰顯立場，那不免是幼稚而庸俗的。我從未看過他在這方面有過任何扎實的研究與深刻的分析，他的反美政論只不過是以鬥爭的口號為主調。

在我的專書《謝雪紅評傳》，已經對國民政府的雙重殖民性格有過解釋。批判帝國主義的代理者國民黨，我在多冊的政論集也表達了強烈的態度。與我的批判態度相反，陳映真對國民黨曾經表達過高度的樂觀。他的動搖與轉向，具體呈現在一九八三年接受《亞洲週刊》的訪談之中。他對記者公開承認：「長久以來，對於台灣我是樂觀的。這就像賭局一樣，我現在押上國民黨了，我相信他們會贏的。」對於這段談話，他一直不敢有公開的辯白；甚至還誣指記者「捏造」出來的，並且以「不記得」這件事做為搪塞。陳映真不但押國民黨會贏，當年出國前夕他還向國民黨文工會主任寫了感謝的公開函。他刻意遺忘這段歷史，盡其所能百般遮掩。只有利用歷史失憶症，陳映真才能維持其「一代完人」的形象。

我頗為清楚國民黨的再殖民歷史。在背叛它之後，我就在批判的反對立場。我從未押過國民黨會贏，更未對國民黨表示過任何感謝的話。這裡必須指出的是，批判立場只是陳映真的假面。他後來又再度轉向了，轉到對岸的北京。尤其是接受北京的政治酬庸式的中國社科院院士一職之後，他對北京的胡作非為就已完全失去批判的能力。他現在是公認的統派「貴族」，而且成為北京的「凡是派」——凡是中國的任何政策都是正確的。這種忽國忽共的緊急轉向，不是我謙虛，我實在沒有陳映真那樣卓越的能力。批判國民黨，也等於是對美帝國主義的抗拒；就像我批判陳映真，目的不在要他改變立場，而在於抗拒他背後所代表的中國帝國主義。所有的變相殖民，無論是國民黨的、共產黨的或美國的，我都批判。對於陳映真採取「一國兩制」的方式，一方面批評國民黨，一方面縱容共產黨；我也必須承認，我做不到這種分離主義模式的思考。

所謂批判，特別是文化批判，不必然要採取政治鬥爭的方式反對到底。由於台灣歷史穿越過不同的殖民階段，文化的形塑混合了太多複雜的文化因素。台灣歷史，既是殖民史，也是移民史，夾帶而來的多元文化，已成為這個島嶼無可分割的一部分。由於有殖民史的文化遺產，外來的日語與英語混雜到台灣的漢語、原住民之中，乃是不可否認的事實。同樣的，由於有移民史的文化遺產，不同族群的語言也並存於台灣社會之中。早期移民的漳、泉、客，晚期移民的外省族群，再加上原住民九個語系，這都構成了台灣文化的駁雜與豐饒。使用單一價值的中華民族主義尺碼來衡量台灣，常常會發現尺寸不符。使用庸俗的經濟決定論來看待島嶼文化，更會發現理論與實際的扞格不合。

我從來不否認對於現代主義有過誤解與曲解。在許多文章裡，我已數度自我批判這種美學上的偏頗、美學問題不是政治立場，即使我發現早年的錯誤，仍必須執迷不悟堅持到底嗎？我對現代主義的再評價，乃是結合對台灣歷史的認識之後而重新出發的。陳映真認為我「對文藝上『現代主義』的理解太過於膚淺」，這是他個人的學養問題。面對歷史問題，我重視的是更為深刻的文化意義。

正如前面說過，陳映真是一位機械反映論者，永遠只是獨守寫實主義的據點，他的品味就只能欣賞清澈見底、固定反應的作品。他的美學傾向，乃是以政治主張為基調；文學作品一旦超越寫實主義所要求的底線，就不是他能夠忍受的。現代主義在台灣的傳播，不能只是採取黑白分明的方式予以論斷。歷史上的文學思潮，有其產生的特定環境，僅從反帝的角度來看待現代主義，並不能理解它的成就與影響。陳映真的小說創作之所以會枯萎，他的文學批評之所以會變得僵化，就是受困於狹隘定義的寫實主義美學。他的想像與詮釋，已淪為政治工具而不自知。中國左翼文學家對寫實主義的實踐，最後會一敗塗地，就是由於它變成僵斃的文學。在這樣失敗的基礎上，陳映真才正牙牙學語要建立「民族文學」與「民眾文學」。在指控現代派「把人與社會絕對地對立起來」時，陳映真其實已把他個人的思考與整個台灣社會絕對地對立起來。

西方資本主義的崛起，刺激了工業社會兩種美學的發展；一種是以中產階級生活為主調的現代主義，一種則是以勞工階級認同為基礎的寫實主義。前者關心的是現代生活中人類心靈的孤寂與空虛，後者則是注意到一般民眾所面臨的不公平社會制度。兩種美學傾向，一是對內省思，一是對外批判，無疑都是對資本主義的疏離與抗拒。陳映真只看到現代派的消極與陰暗，認為他們「不相信生活上、創作上的任何意義，生活不可理解」。對於末流的現代派而言，這種說法自然有其事實根據。不過，並非現代主義者都是強調「敗德、肉欲、毒品」。在高度現代主義（High Modernism）發展時期，現代詩與現代小說對都會生活腐敗、墮落的批判，並不遜於寫實主義。

現代主義在台灣的傳播，無疑是拜賜了戒嚴殖民體制的操控。國民政府對島上母語教育的壓制不遺餘力，卻反常地大力提倡英語教育。對本地文化歷史千方百計封鎖，卻大方地讓美援文化源源不絕進口。從歷史事實觀察，現代主義之介紹到台灣，乃是島上殖民者與西方殖民者相互勾結之後的結果。因此，主張現代主義在某種意義上是帝國主義文化的延伸，其實是無需爭辯的。然而，要建構文學史，並不能讓歷史停格於台灣受到文化侵略的階段。台灣作家在最初接受現代主義的影響之後，便開始對現代主義進行改造與擴充，使其本土化、在地化。

陳映真說：「陳芳明沒有經人同意，為台灣現代主義文學拉了一大班徒子徒孫，包括白先勇、王文興、陳若曦、歐陽子、七等生、施叔青、劉大任、李昂、黃春明與陳映真。」這群六〇年代作家，是不是屬於現代主義者，無需爭辯。對文學作品的評價與歸類，必須經過作者同意嗎？陳映真把賴和、楊逵都拉入「民族文學」的範疇，徵求過作者的同意嗎？何況，現代主義作家群的討論，早已跨越爭辯的階段。張誦聖教授的英文專書《現代主義與本土抵抗》（*Modernism and the Nativist Resistance*），有非常精闢的分析與解釋，請陳映真自行參閱。

回顧六〇年代的文學時，陳映真把現代主義者形容得那樣敗德、墮落，只有他才是乾乾淨淨未曾受過現代主義的影響和啟發。他再一次展現歷史失憶症的能力，以凸顯自己的天生麗質，但這並不能改變曾經發生過的事實。不僅如此，他還否定五〇年代到七〇年代的現代詩成就，質疑這些作品「能沉澱下來的究竟有多少」？對於這個問題，當然又涉及他的學養與品味。

這裡必須指出的是，台灣現代主義者所寫出的焦慮、苦悶，以及以意識流技巧所表達的疏離與夢魘，正是封閉的反共年代之投射。他們會那樣表現，其實寓有對戒嚴體制的反諷與抗拒。陳映真終於也讓步同意說：「台灣現代主義文學、作家和作品，應該就個別作家和作品進行具體研究，應該同意幾個個別作家的個別作品在一定程度上表現了對戒嚴現實的不滿和抵抗。」說這樣的話，雖然已遲到了整整二十年，卻還是可以接受的。文學史的檢討，不都是這樣在進行的嗎？不只是評價現代主義作品，包括浪漫主義、寫實主義以及後現代主義的作家在內，也都需要針對個別作家的成績予以評價。今天，引起現代主義的爭辯，乃是出自於陳映真對文學史上現代主義的全盤否定。在鄉土文學論戰時，他若是能夠針對個別作家給予正面的評價，也許誤解與錯覺可以減少一些。

陳映真強調少數現代主義者與國民黨的權力有著密切的關係。這個問題也無需爭辯。這與美學信仰無關，欠缺自主性的作家或多或少都會與當權者掛鉤。五〇年代以降的中國寫實主義，不就與中國共產黨權力有著相當細緻的緊密關係？陳映真在現階段大力提倡寫實主義，也是與北京權力支配下的文學主張有著密切關係。陳映真的〈歸鄉〉，充滿了交心表態的技巧。作家選擇向權力靠攏，是個人的意志取向，但不能因此就殃及整個文學上的美學信仰。

我在撰寫《台灣新文學史》時，重新閱讀白先勇的《台北人》，王文興的《家變》，陳若曦的《陳若曦自選集》，歐陽子的《秋葉》，七等生的《我愛黑眼珠》，劉大任的《紅土印象》，施叔青的《約伯的末裔》，以及黃春明的早期作品，確知題材是本土的，技巧則是現代主義的。他們追求新感覺、追求新思維的努力，大大不同於五〇年代的五四文學遺風，而開創了文學的廣闊版圖。使用中國民族主義來審判他們，絕對是偏頗的。他們豐富了台灣文學的想像，同時相當有力地證明，作家的內心世界必然比外在現實還更複雜多褶。反共的文藝政策企圖封鎖這方面的想像，但是社會存在並沒有決定意識，相反，人的意識終於也還是決定了社會存在。

病態的民族主義

表面上是在討論台灣的社會性質，表面上是在主張馬克思主義的分析，但是陳映真的兩篇長文，骨子裡則是在販賣中國民族主義，而且是北京政權式的民族主義。他一方面選擇生活在「人工的、虛構的」中華民國國土上，享有島嶼內部的言論自由，一方面則貶抑台灣的民主運動，並揮汗肯定中國毛式的新民主主義革命。在台灣，他要求別人必須「維護言論自由」，卻對中國的剝奪言論自由不發一語。陳映真是一位自由主義者嗎？當然不是。不過，他享盡了台灣自由主義傳統的好處。他的雙重標準，為北京的「一國兩制」做了最好注解。雙重標準的思考，也靈活表現在他的唯物論與唯心論之交互運用。對台灣做唯物論的科學分析，對中國則做唯心的浪漫想像。我在十年前發表〈死滅的，以及從未誕生的〉，就已經指出他的雙元模式，陳映真想必是不會遺忘的。

陳映真是一位社會主義者嗎？當然也不是。不過，他享盡了中國社會主義的好處。他在長文最後自稱是「布衣百姓」，這是統戰伎倆，試圖爭取台灣讀者的同情支持。他的這番表白，正好笨拙地暴露他的矯情。陳映真不是布衣，而是中國社會科學院院士。他進出北京，都是貴賓，任何節慶都是官方的座上客。中國的布衣百姓，絕對分享不到他的絲毫榮耀。他又自稱是「刑餘之人」，對於他的政治犯歷史，我一直是非常敬重，不敢有任何造次冒犯。不過，「刑餘之人」典出司馬遷的〈報任少卿書〉，乃是指被宮刑的殘廢者。陳映真要如此引申自況，我當然不便反對。

這些原非屬於重要的討論，但是他的長文既已控訴我的學風，又說我立場多變，專業上不牢靠，並且說要清理清理云云，我不能不予以正面答覆。先就學風而言，陳映真是沒有發言權的。他能夠進入中國社科院擔任院士，根本無需任何的專業訓練與學術著作。請問，這是何種學風？

其次，他指控我「沒有人民觀點，沒有第三世界視角」。在這問題上，陳映真也沒有發言權。在八九年天安門事件之後，整個中國社會以及全世界都落入深沉的悲悼氣氛之中。台灣作家第一位向北京劊子手致敬握手的，不是別人，正是陳映真。中國不就是他口中宣稱的第三世界嗎？被坦克車輾壓過去、被機關槍無情掃射的爭取民主的學生們，不就是第三世界的人民嗎？面對如此不正義的鎮壓手段，陳映真的人民觀點與第三世界視角突然消失了。想必他又「不記得」這件事了。

一九九六年台灣在總統大選時，中國解放軍對台灣海峽猛射飛彈，企圖威脅台灣的民主運動。陳映真適時出版了一冊《戰雲下的台灣》，完全是配合北京的軍事行動。在這本書裡，他撰寫一篇長長的序章，題目是〈如果十五天、七階段的戰爭終結中華民國的紀年〉。在長文中，他發揮想像力大談「中共攻台的戰略戰術」，主張搶先在外國干涉之前，中共在短短十五天內就以七階段武力行動迅速完成侵台。如此仇視民主運動，如此憎惡台灣人民，為了中國民族主義，他完全站在北京統治者的立場。這種民族主義，是人體犧牲式的民族主義（human-sacrifice nationalism）。面對不正義的軍事行動，陳映真的人民觀點與第三世界視角又突然消失了。請問院士，在優游於北京學官之餘，這種恣情暴論屬於那一國的學風？只有生病的民族主義者，才會瘋狂訴諸中共的軍事侵略。

他又重提余光中的舊事，那樣好的歷史記憶是值得討論的。陳映真引述我的〈死滅的，以及從未誕生的〉，那篇文章是可以公開閱讀的文字，無需說得那樣神祕。在那篇長文中，我對於余光中的反共立場表示不能苟同；並且，由於他的反共，使我對文學感到幻滅。我的批判態度，說明得很清楚。至於說，那篇文章是對陳映真「調查、入罪和指控」，讀者可以自行覆按。在那篇文章中，我只不過點明陳映真的中國民族主義是虛偽的、病態的、落空的。我分析他病態的民族主義，是雙重人格式的思考。這個觀點，許多人都同意接受。陳映真隱忍十年之後，才回應我的長文，而且又回應得不清不楚，企圖誤導不知情的讀者。我歡迎有興趣的讀者，可以自行翻印傳閱該篇文字。

我與余光中的決裂，源自於一九七七年鄉土文學論戰期間，他發表一篇〈狼來了〉。我認為這篇短文，傷害了自由主義的精神，我無法同意他的論點。在政治立場上，可以因為理念的不同而分手。但是，討論文學時，審美觀念是無需受到政治理念的限制。尤其我正在撰寫《台灣新文學史》，對歷史上傑出作家的個別成就，不能因政治立場的相左而逕行否定。我無法同意余光中的政治理念，但無法否認他對台灣現代詩運動的貢獻。如果我閉起眼睛忽視余光中的文學造詣，等於是在逃避歷史。

陳映真在文中提及余光中寫信向警總密告一事，這是我不知道的。這段恩怨情仇，可以直接找余光中討論，無需刻意對我做無謂的渲染與聯想。不過，提到密告文化，陳映真也是沒有發言權的。一九九〇年我代表美國的台灣出版社到上海，準備與周明先生簽約出版他的自傳《在追隨謝雪紅的日子裡》。陳映真為了搶奪版權，遂寫一封傳真給上海台聯會，密告陳芳明是海外「台獨大將」，藉此威脅周明讓出版權，並且得逞。他的密告行徑，我以一篇文字〈冷戰體制下的告密文化：答出版商陳映真〉給予回答。這也是一篇可以公開的文字，收入我的《探索台灣史觀》（台北：自立，一九九二），讀者可以自行參考，在此不再贅述。陳映真提到美國現代詩人龐德（Ezra Pound）在二次大戰期間，為墨索里尼宣傳，認為是罪不可赦。他以此例子來形容余光中的密告，強調應予嚴厲譴責。如果這種說法可以成立，陳映真誠然應該攬鏡自照。他為獨裁者緩頰，向獨裁者密告，竟還能奢談知識分子的風骨，確實是中國的奇觀。

在民族主義的旗幟下，陳映真全然不必遵守科學知識的規矩。我並不認為馬克思主義能夠概括台灣的社會性質，也不認為中國民族主義能夠套用在台灣社會性質上。戴上馬克思主義的面具，陳映真如入無人之境；既談社會性質，又談文學內容，並涉及學風問題與人民的第三世界立場。但是，他貌似科學分析的解釋，全然禁不起科學分析。台灣文學史絕對不是陳映真想像的那樣單純。這門學問既牽涉到歷史發展，也關連到文學內容。陳映真企圖以籠統的表達，就要概括整個文學史的流變。他的社會性質論與台灣文學論，是毫不相干的兩個範疇。唯一能使二者串聯起來的，便是他一再惡用、濫用、誤用的中國民族主義。

遠在十年前，陳映真從來不承認「台灣文學」一詞的存在。他的知識創見是，一九四五年日本投降時，台灣文學就消失在中國文學之中。因此，他堅持主張，所有在台灣產生的文學，只能稱為「在台灣的中國文學」。為了這個名詞，他到處找人辯論。直到北京改變對台政策，開始以人海戰術撰寫各種版本的「台灣文學史」之後，他才放棄神聖的「在台灣的中國文學」一詞。我很歡迎他朝「台灣文學」的立場轉向，也歡迎他在奢談社會性質論之餘，多讀台灣文學的原典，少談科學知識，少談意識形態，因為文學史不是這樣研究討論的。台灣文學有其主體發展的歷史，有待更多人虛心的討論。到現在，還有人自負、傲慢，不知學問的真誠，當台灣文學戴上馬克思面具。

註釋

1 見陳映真，〈關於台灣「社會性質」的進一步討論：答陳芳明先生〉，《聯合文學》第十六卷第十一期（二〇〇〇年九月），頁一三八—六一。

本文刊登於《聯合文學》第十六卷第十二期（二〇〇〇年十月），頁一六六—七九。

有這種統派，誰還需要馬克思？

三答陳映真的科學創見與知識發明[1]

偏離歷史經驗，而空談馬克思主義理論，乃是陳映真三篇挑釁文字的共同色調。馬克思主義是一種科學的思考，卻也是一種粗暴而獨斷的語言。我閱讀馬克思，但不迷信馬克思。我知道左派的批判精神，當然也理解左派的教條僵化。陳映真引用了許多馬克思的文字，但他的思考方式卻全然悖離馬克思。他討論了許多的歷史事件，但他的歷史都是憑空想像的，全然不能在史實中得到印證。陳映真主動向我提出質疑，徒勞無功之後，卻單方面宣稱不願再回應了。現在，我請他別急著想要遁逃。在他揚言離去之前，我要讓陳映真以及與他相互取暖的陳映真們知道，歷史是不能這樣討論的。

陳映真討論歷史的策略，其實是把台灣歷史靜態化、陰性化、空洞化，然後再填補他自以為是的科學的馬克思主義，與他引以為豪的中華民族主義。他認為，所有台灣作家的文學創作與思考，似乎都只是為了符合中華民族主義的尺碼。如果不符合這樣的尺碼，就是不符合馬克思主義的科學理論。陳映真刻意把台灣作家陰性化，只不過是為了豐富中國文學的壯美與偉大。他的這種史觀，無以名之，只能稱為「採陰補陽的史觀」。確切而言，採陰補陽的史觀，在於強調中國文學的陽剛雄偉。因為中國文學是「反帝反封建」的，所以台灣文學必須接受領導，也跟隨中國「反帝反封建」。陳映真的三篇連作，彈奏的都不脫如此論調。台灣文學是不可能有自主性的；而中國文學的主體性，則應該由台灣文學來襯托。陳映真的推理彷彿天衣無縫。但是，他從未發覺，這種解釋全然違背他所遵奉的馬克思主義的科學精神。

陳映真的思考方式與邏輯推演，根本顯現不出他自己的主體，相反的，他的文字充分洩漏了一個事實，他的思考是典型的被殖民知識分子的心態。他是被殖民的，所以被馬克思主義迷惑得失去方向而不自知。他是被殖民的，所以被中華民族主義牽著鼻子走而渾然不覺。在去殖民，批判殖民的口號特別響亮的今天，陳映真適時地提供了一個極為恰當的被殖民的範例。分析陳映真的思考，就等於解剖了台灣被殖民史的損害與創傷。我願意不厭其煩再審視一次陳映真的被殖民心靈，乃是為了使去殖民的工作獲得一個借鏡。

馬克思是殖民主義的變相延伸

我接觸過社會主義的書籍，但我從來不以左派自居。陳映真是我看過的知識分子中，酷嗜以馬克思主義者自居。他堅決認為，馬克思是帝國主義的批判者，因為馬克思指出帝國主義以自由貿易的手段，對殖民地進行不等價交換的「殘酷的、敲骨吸髓的過程」。然而，他對馬克思主義的領會，只是把他當做帝國主義的批判者，卻從未察覺到馬克思也是西方殖民者中的一位典型的東方主義者（Orientalist）。

有關這個問題，牽涉到陳映真的被殖民心態，也牽涉到他對馬克思主義的盲目信仰。為了使他認識清楚自己落入殖民主義的陷阱，也為了讓他知道為馬克思幫腔時而不自覺成為東方主義論的共謀，這裡需要一些解釋，才能釐清陳映真夾纏不清的思考方式。

在他的第三篇挑釁文字〈陳芳明歷史三階段論和台灣新文學史論可以休矣〉（發表於《聯合文學》第一九四期，二〇〇〇年十二月，以下簡稱〈休〉文），再三渲染馬克思的真知灼見。文中的「殖民地和現代化問題」一節特別提到，馬克思在論及英國在印度的殖民時說，「（英國）殖民主義所能做，只是為建立新社會（指資本主義社會）奠定物質基礎」。但「印度人民若要真正收穫殖民統治播種的新社會因素的果實，就要靠自己革命，推翻殖民統治」。陳映真所引述的，來自馬克思的〈不列顛在印度統治的未來結果〉一文，這種斷章取義的說法，無非是要神聖化馬克思主義的思想進步性。但如果仔細考察的話，馬克思為提出這樣的見解，不僅是出自他機械的歷史定律，而且也是出自他為英國殖民主義的辯護。

馬克思並沒有陳映真所說的那樣神聖而偉大。陳映真自稱閱讀過薩依德（Edward Said）所寫的《東方主義》（*Orientalism*）一書，但是，對於馬克思主義的理解，卻正好與薩依德全然相反。為什麼陳映真對馬克思主義迷悟到了盲目的程度？理由是很明白的，他太過於崇拜所謂的「科學」，也太過於崇拜中國的社會主義。

在一八五三年，馬克思投書給《紐約日報》（*New York Daily Tribune*），一系列地討論英國人如何統治印度。在這些文字裡，馬克思相當巧妙而含蓄地把資本主義的進步性與殖民主義的進步性密切銜接起來，在西方白人的社會裡，馬克思非常尖銳地站在無產階級立場批判資本主義的罪惡與腐化。但是，在觀察印度的殖民地社會時，馬克思的階級立場兀然消失了，對資本家的批判也無端萎縮了；取而代之的，是馬克思極其露骨的種族主義立場，以及傲慢的殖民主義態度。陳映真對馬克思主義的歌頌與讚美已經到暈頭轉向的地步，以致未能洞察馬克思所隱藏的殖民者黑暗之心。試看馬克思是如何表達他對英國統治印度的態度：

> 誠然，只有基於英國極其卑鄙的唯利是圖，以及極其愚蠢地鎮壓人民，才會在印度造成一次社會革命，但是，這不是問題所在。問題在於，亞洲的社會現狀可以不經根本的革命，就能夠使人類完成其命運嗎？如果不能的話，則無論英國的罪孽有多深，它只是充當歷史的無意識的工具，而帶來了這種根本性的革命。

馬克思在這裡所指的「人類」（mankind），絕對不是指印度人，而是指英國人而言。依據馬克思的科學定律，人類必須脫離封建制度（亦即經過社會革命），才能進入資本主義社會。等到資本主義崩壞後（再經一次社會革命），才有可能進入社會主義階段。對於落後無知的印度封建社會而言，英國的殖民統治乃在於製造社會革命。唯有讓愚蠢的東方人經歷根本性的革命，才能夠脫離封建制度的社會。因此，英國人所帶來的資本主義，無論是如何不公平，如何剝削掠奪，都是人類進程的必要之惡。馬克思的看法，完全是出自歐洲中心論（Eurocentrism），只有摧毀了印度的文明，白人才能夠往前邁進。

薩依德指出，馬克思的經濟分析與科學觀點，無懈可擊地契合了西方人的東方主義理念。然而，陳映真對於馬克思的文字，竟然理解為：「殖民主義一切野蠻，破壞的作用都出於殖民者的自覺。而殖民主義造成的『文明化』、『建設性』作用，無不出於殖民者不自覺的結果，『充當了歷史的不自覺的工具』。」這種語無倫次的解釋，不僅在美化馬克思主義，更在合理化西方人的殖民主義。陳映真刻意忽視馬克思在同一篇文字所流露對印度的鄙夷與輕佻：「印度社會根本沒有歷史，至少沒有可知的歷史。我們所謂的歷史，只不過是一連串入侵者的歷史，他們在這個不抗拒、不改變的社會之被動基礎上建立了王國。因此，問題並不在於英國人是否有權利征服印度，而在於印度寧可讓土耳其人、波斯人、俄國人征服，還是寧可讓英國人征服？」

馬克思的心態，全然是殖民者的心態。在他的眼中，印度這個封建社會的歷史，其實就是被征服的歷史。印度既然遲早都要遭到征服，則與其讓落後的土耳其人、波斯人、俄國人侵略，倒不如讓進步的英國人來征服。顯然，英國人的殖民任務負有解放人類與救贖人類的使命。這也就是陳映真把這種使命理解為「文明化」、「建設性」作用的關鍵所在。陳映真應該繼續細讀馬克思緊接下去的文字：「英國人必須在印度實現一個雙重的使命；一是破壞性的，一是改造性的，亦即消滅古老的亞細亞社會，並且在亞洲奠下西方社會的物質基礎。」

馬克思放膽而露骨地宣揚英國人的殖民主義，原因無他，這一切發展都符合馬克思預設的所謂歷史定律，也正是陳映真所津津樂道的歷史科學。在科學的假面下，西方人對於人類的苦難就負起拯救的責任。西方人是科學的，東方人是盲昧的；西方人是文明的，東方人是野蠻的。這種兩元化（binary）的邏輯思考，支配了十八世紀啟蒙運動以降的西方科學訓練之中。西方人的歷史進程既然是科學的，東方人無論如何抗拒都無法抵擋這一潮流。因此，東方人被侵略、被占有、被支配，都符合此一科學定律。西方人的東方主義，亦即殖民主義的想像，也同樣在這種科學精神中釀造出來。

誠如薩依德所說的，馬克思的社會經濟革命論綱帶著種族主義的嚴重缺陷。因為，他的進步觀念只不過是在重複申論十九世紀西方人的普遍假設：東方與西方之間存在著根本性的不平等。同時，他把被殖民的東方視為理論上的一個抽象的解釋，而不是具體存在的大多數受苦受難的個人。更為嚴重的是，馬克思服膺西方人所暗藏的文明使命邏輯，亦即要救贖可憐貧窮的亞洲。薩依德的深刻分析，等於拆穿了馬克思主義的偽科學面具。

陳映真幼稚地以為，馬克思主義具有高度的科學精神，所以馬克思所寫的每一字句都精確無比。事實上，西方人建立起來的科學，滲透了豐厚的白人中心論的主觀意願，其中還填塞著種族偏見論與文化優越論。具體言之，所謂科學，運用在西方可能就是真正的科學（science），但是，運用在東方時，則變成了具有種族性的科學（ethnoscience）。如果陳映真也閱讀過法農（Frantz Fanon）的《大地苦難》（*The Wretched of the Earth*），應該注意這部書提到的一句話：「即使是社會主義，也是歐洲精神闊步冒進的一部分。」陳映真在討論社會性質論時，毫無選擇、飢不擇食地完全投入馬克思的懷抱。當他自以為在提倡科學精神時，卻無形中在為白人中心論幫腔，甚至淪為殖民主義的共犯還沾沾自喜。陳映真扮演的角色，一如他自己所說的，已經變成西方殖民侵略過程中「不自覺的歷史工具」。

馬克思的歷史解釋，自始就是以白人的歷史經驗為基礎的。西方資本主義即使是充滿了罪惡，但是比起東方人始終都停留在盲昧的封建社會階段，畢竟還是進步的。根據馬克思的史觀，人類遲早都是要往前進步的。西方白人社會碰巧比東方有色人種的社會還要進步，因此殖民者把資本主義帶到落後的東方，就負有解放與救贖的使命。說得更清楚一點，殖民主義乃是實踐馬克思主義拯救人類的必要措施。

如果馬克思對印度殖民歷史的解釋是可以接受的，則帝國主義對中國的侵略也是合理的。因為，在馬克思的眼中，愚昧無知的中國人，永遠在封建政權的角逐中更迭輪替，如果沒有西方帝國主義帶來資本主義化的工業，如果沒有帶來新的「秩序」到上海、南京以及大運河的口岸，中國是不可能產生革命的。（參閱馬克思《流亡中的觀察》〔*Surveys from Exile*〕，三三一）確切地說，今天中國歷史能夠突破封建社會的格局，能夠製造中國社會主義式的革命，馬克思筆下的愚蠢中國人民（包括陳映真之流在內）誠然應該感謝西方帝國主義的侵略，否則現階段的中國社會恐怕還停留在封建政權的惡性循環中。

因此，把馬克思主義奉若聖經的陳映真，企圖在社會主義經典裡尋找到「殖民地社會」一詞，當然是不可能的。這不僅僅是馬克思生前還未見證到西方殖民主義臻於鼎盛時期，而且更重要的是，馬克思對於帝國主義在東方社會擴張的事實，極為周密而有系統地為其合理化並合法化。充滿被殖民心態的陳映真，不斷抱怨在馬克思主義找不到「殖民地社會」這樣的說法，遂宣稱這種說法是不符合馬克思所定義的社會生產方式。為了表示他是多麼忠心於馬克思主義，陳映真還非常乖巧地、學舌地把封建社會、資本主義社會、半殖民半封建社會的異同畫成表格。這種以白人歷史經驗，硬性套用在東方社會，特別是中國社會，並沒有使史實獲得釐清，反而更加露骨地證明陳映真是如此馴服地擁抱白人中心論。

陳映真的困境，在於他始終把中國社會主義做為他思考的主體；而中國社會主義當權者，又把馬克思主義視為中國思考的主體。從這樣的思考位階來看，中國社會主義者把西方歷史經驗當做中國文明演進的複製對象；而陳映真又以中國近代歷史經驗當做台灣社會發展複製的對象。在他的整個思考裡，表面上是中國中心論，骨子裡卻是白人中心論。這種思想上的被殖民，陳映真並非是孤立的例子。在文革期間及其之前的中國社會主義學者，有誰不是自甘做馬克思的信徒？中國會發生文革如此悲慘的災難，中國當權派利用馬克思主義的幌子而對無辜百姓進行迫害與壓制，不就是由於過分迷信馬克思的白人歷史經驗嗎？中國共產黨的首腦，把馬克思主義視為至高無上的「科學」，然後又把這套「科學」強制運用在中國人民身上。中共把這種實驗尊崇為社會革命。正是這樣的邏輯思考，中國社會果然就被帶進了噩夢的深淵。但是，更為悲慘的是，噩夢在中國土地上生動演出之際，又有一群幫閒文人如陳映真者，在旁搖旗吶喊，無視人權、人格、人命之受到剝奪。

陳映真在行文之中，不斷指控這個指控那個，說什麼別人不懂馬克思主義，只有他才是最理解馬克思。這種辯論之論為幼兒症，一向就是陳映真的最大嗜好。為了表示對他的尊敬我樂於承認他是最懂得馬克思的。正是因為他懂得最徹底，所以，只要超出馬克思的範圍之外，他就不懂了。當他談台灣歷史時，他並不是在談歷史，而是在談馬克思。當他談台灣文學，他並不是在談文學，而是在談馬克思。比較不幸的是，馬克思碰巧不是東方人，他不可能是中國人，更不可能是台灣人。馬克思只知道西方歷史經驗，完全不能理解台灣史。因此，陳映真無論是多麼懂得馬克思，卻無法透過馬克思來理解台灣。陳映真全盤否定台灣是殖民地社會，正是他迷信馬克思的明證。

陳映真最感傷心之處，就在於他為社會主義祖國捍衛之際，卻又目睹中國社會日益向資本主義傾斜。在〈休〉文中，他提到「關於中國社會主義的變化」，語氣變得特別脆弱。他無法為中國社會的資本主義化做出合理的辯護，而只是隨手舉出一部四百餘頁的書，亦即梅岩著的《清算改革開放二十年》，做為自己的護身符。緊接著他的語氣突然一變，開始吶喊如下的口號：「當敵人對中國社會主義的挫折和蛻變歡天喜地，當敵人對中國社會主義的選擇發出詛咒，我們就深刻地認識到了社會主義強大的、令一切資產階級反動派喪膽的力量。」沒有引證、沒有事實，陳映真再度發揮他空想的能力，中國社會主義立刻從挫折的境地，搖身變成讓資產階級喪膽的力量。他淒厲的號聲，益加顯示他的悲哀、蒼涼與孤立。資產階級有沒有喪膽，陳映真可能需要親自向王永慶求證，更需要向許多有意移民上海的台灣商人求證。究竟他們是受到中國社會主義的感動，還是受到資本主義的召喚？可憐的陳映真，也許這輩子都不想知道答案。陳映真可能也需要向北京領導人求證，偉大的社會主義祖國，為什麼從未照顧過台灣的工人階級，竟反而特別偏愛台灣的資產階級？被遺棄的陳映真，恐怕沒有勇氣去尋找答案。

依照馬克思的科學史觀，資本主義是給封閉的中國社會帶來了生機。沒有資本主義，豈有中國的改革開放？馬克思白人中心論的科學精神，誠然是中國社會的希望。中國人自己從事的革命，並不屬於「徹底的革命」，必須經過白人資本主義的洗禮，中國才有可能走向革命性的開放道路。以馬克思主義尺碼來衡量的話，毛澤東式的農民革命並不能稱為革命，那只不過是中國封建社會的朝代循環而已。這種革命，並不能使「人類」完成其命運。今天，中國共產黨向資本主義傾斜靠攏，正好應驗了馬克思主義的科學精神，陳映真應該感到喜悅才對。尤其是中國共產黨開始吸收企業家入黨，這到底是社會主義越來越強大呢，還是資本主義越來越強大呢？陳映真為這樣的問題應該感到苦惱吧。被殖民的陳映真，處處服膺馬克思主義的科學真理，終於還是沒有掙脫白人中心論的圈套，北京當權者的資本主義實踐，更是恰到好處地證明了白人優越論的合法性。陳映真思維方式的諧星性格，誠然帶來了無可名狀的滑稽與喜感。

殖民地文學的特徵

然而，陳映真服膺的不僅是白人中心論，並且也患有嚴重的歷史唯心論。關於「現代性」的問題，他始終搞不清楚何謂現代性（modernity），何謂現代化（modernization）。一個具有現代化的社會，並不必然就具有現代性。舉實例來說，一個可以把人造衛星發射到外太空的國家，基本上是具有現代化的能力；但是，這種具備現代化能力的國家，卻相當殘酷地摧殘人權，也相當殘酷地活活餓死數萬人，這就表示它並不具有現代性。更具體而言，現代化強調的是物質基礎的改變與轉型，現代性強調的是理性的思維方式與價值判斷。

為了辯護中國很早就已經現代化了，陳映真非常英勇地表示：「台灣現代化始於建省的前後，在清廷著名洋務派中堅沈葆楨、丁日昌、劉銘傳主持下，二十年的經營，台灣出現了全中國最早的自辦電報和新式郵政事務，出現了全國最早投產的新式大規模煤礦。鐵路的舖設，電報電燈的建設，新式學堂的開設，新式貿易船隊的組成，民族資本和民族資產階級的登場，也都在這十九世紀九〇年代之前發生。」這種初階的、可笑的歷史知識，正好暴露了陳映真科學精神之荒謬。依照這樣的觀點，中國現代化的起點應該始自一八六〇年代的自強變法。甚至在明代，在宋代，中國就已有現代化的萌芽了。

現代化的發生，必須有相應的生產方式。如果依照陳映真的馬克思主義觀點，中國在十九世紀就已經現代化，是非常違背科學精神的。正如我在前面兩篇文章指出，只要涉及中國歷史與中國社會，陳映真就不遵守馬克思所規定的歷史規律，而一廂情願的、相當濫情的、極其浪漫的搞起他的唯心論。「當舊的生產關係嚴重阻礙生產力的發展，舊的上層建築、特別是國家政權拚命維護舊的經濟基礎，阻撓社會前進時，必然引起各種社會矛盾與階級鬥爭的尖銳化。代表生產力發展要求的革命階級，就或遲或早要組織起來用革命手段奪取政權，摧毀舊的生產關係和上層建築，建立和發展新的生產關係和政治制度，解放生產力，從而推動整個社會的發展。」抄錄這段教條式的文字，是為了讓陳映真重新溫習什麼叫做歷史唯物論。在盲目民族主義的蒙蔽下，陳映真已然忘記，凡是偏離這樣的歷史唯物論，任何思考都是屬於空想的歷史唯心論。

陳映真的歷史唯心論，建基在粗糙而幼稚的歷史知識之上。沈葆楨、劉銘傳等洋務派在台灣進行「開山撫蕃」的工程並不能稱為「現代化」，而只能稱為「師夷長技」而已。也就是說，他們只是進行一些模仿西方科技與船堅砲利的皮毛罷了。他們在台灣建設清廷最早的新式郵政事業與鐵路電報時，背後並沒有科學知識與科學教育予以輔助。整個台灣社會仍然停留在封建生產關係的階段，科舉考試與書院制度依舊掌控著儒生的思考，島上還未出現絲毫工業化與都市化的跡象，甚至也還未出現任何工人階級的徵兆。在沒有現代性物質基礎支撐的情況，沈葆楨、劉銘傳為統治階級所服務的治績，絕對與現代化沒有具體的掛鉤。

在陳映真的科學知識裡，只要有鐵路、有電報，就可稱為現代化。沈葆楨、劉銘傳的這批洋務派官僚，還必須從帝國主義的西方引進科技，完全不是由中國人創造發明的。陳映真竟然如此夸夸而談：「日據前在台灣的現代化的績效仍然相當可觀，使台灣成為全中國少數最先進的省份之一。說台灣人認識『理性』是拜日本殖民之賜，是妄自菲薄，是民族劣等主義，美化了日本帝國主義。」罔顧客觀歷史事實的存在，而熱中於罵街式的叫囂，正是「不理性」的典型表現。具體而言，陳映真的盲目民族主義，是完全不具現代性的。我還是不能不很抱歉的說，台灣人開始認識近代的理性，誠然是來自日本的殖民體制。因為，沈葆禎、劉銘傳並沒有為台灣社會帶來理性。即使是整個清朝的官僚，也未曾為中國社會帶來理性。這些官僚只知道現代化的皮相，卻不知道現代性的真貌，又如何認識「理性」之為何物？

何況，沈、劉官僚在台灣進行所謂的「現代化」工程時，當時島上移民社會並未存在相應的現代化之生產關係。清廷官僚來到台灣，絕對不是為了推動整個社會的發展。恰恰相反，他們的所做所為乃是為了維護舊有的生產關係，是為了鞏固封建的國家政權，更是為了強化保守落後的上層建築。歷史事實清楚證明，這批統治台灣的官僚表面上是在從事舖鐵路、設電報的工作，骨子裡則是全心全意在為腐敗的滿清政府效勞並效忠。他們是台灣社會進步的絆腳石，是腐化政權的捍衛者。相對於其他清廷的貪官汙吏，他們誠然表現了一些進步性，但如果說他們是在現代化台灣，則是過於誇張史實，而且也脫離了台灣現實。

要看待殖民地「現代化」的問題，陳映真認為「應該依據世界史中長達五百年的殖民史」。這種建議的確有其建設性，但是，拋出這樣的空話之後，陳映真並未好好考察西方殖民史是如何發展的。殖民史的崛起，與西方資本主義的擴張有密切的關係。不過，西方能夠在近四百年來一躍成為全球霸權，絕對不能只是停留在對其侵略掠奪行為的指控，而應該探討其背後為何能夠變成強權的一些因素。毫無疑問的，理性覺醒與科學精神是促成西方文化抬頭的主要動力。所謂理性，乃是相對於中古世紀蒙昧無知的神權時代而言。在黑暗中古時期，教會假借上帝之名，對歐洲人民進行神祕而不可知的思想支配。透過巫術、儀式與神學，人們的知的權利受到全面封鎖。當整個歐洲社會陷於無知恐懼的狀態，教會才能掌控至高無上的權力。

西方理性的浮現，一方面表現在對教會壟斷地位的不斷質疑與挑戰，一方面也表現在科學知識的不斷質疑與挑戰。要回顧近數百年來西方殖民史的發展，就不能不注意這種理性力量的湧現。理性告訴人們，這個世界上的事物不再是神祕無知的，而是可以解釋，可以認識，也可以探索的。因此，所謂現代化，其實就是一連串祛除巫魅（disenchantment）與去除神祕（demystification）的過程。理性的深化與強化，並非只是停留在廣設電報、鋪設鐵路的膚淺層面上，而是西方人開始重視事物的客觀分析與系統觀察。他們對於自然界的理解，是透過實驗、剖析與分類，以及推理，演繹與歸納的方式，一步一步獲致的。因此，現代性的一個重要基礎便是理性。也就是說，理性代表思考上的一種組織、系統、秩序、原理、分類等等科學精神。我在這裡不憚其煩說明這些有關理性的粗淺道理，是為了讓陳映真知道，中國社會到了十九世紀末期還並未產生類似這種現代性的東西。請陳映真不要又義和團式地辯護說，中國自古就有火藥、羅盤、印刷術，也不要又頑強地表示中國早已擁有《本草綱目》與《天工開物》。個別地出現某些近似科學的東西，並不意味整個社會就已接受了科學精神。

我必須要再次提醒陳映真，清廷並沒有為台灣社會帶來現代化，遑論讓台灣人民認識現代性。

當我說，日本殖民體制把現代性與現代化帶來島上，並不在於肯定或稱頌殖民主義。但是，為了防止陳映真的民族主義幼兒症再度發作，我不能不強調，台灣人民之認識現代性，接受現代化，乃是在殖民強權的壓制下被迫接受的。這點之所以很重要，主要是關係到台灣殖民地文學的特徵。

在陳映真的〈休〉文中，已經長篇累牘地說明了日本殖民主義，如何在台灣粗暴地建立起來。他提到的那些知識與常識，剛好為我的論點做了最好的註腳。他自始至終，一直反覆強調日據時期的台灣社會，不能稱之為殖民地社會，而只能稱為半殖民，半封建的社會。然而，他的論點又不斷在補充，台灣是如何被殖民化，日本人是如何建立殖民制度。他在文中提到，台灣社會在日本殖民下並未受到充分的現代化，因為舊有的封建社會仍然有它的殘餘。這個論點，凡是涉獵日據台灣史者都相當清楚。畢竟封建文化在島上根深蒂固地發展了三百餘年，豈是日本殖民體制能夠輕易搖撼的。一方面是殖民文化的侵蝕，另一方面是封建文化的殘餘，這就構成了台灣殖民地文學的重要關切。

台灣社會開始認識現代性，開始理解何為理性，乃是伴隨日本殖民主義的到來。殖民者強迫台灣住民必須遵守時間，遵守交通規則，遵守衛生治安，都是在據台之初戮力推行的。自一八九六年以後，台灣總督府開始宣傳格林威治標準時間，督導行人必須靠左邊走，強制住民每年春秋二季必須進行家庭大掃除。這是台灣社會邁向現代生活的最初步驟，這是現代性的基本要求，亦即生活節奏都受到秩序、組織等等理性的規範。這種殖民地社會的現代性，乃是透過權力支配而得以遂行。但無論是受到何種程度的強迫，畢竟漸漸成為台灣人民生活習慣的一部分。這種社會變遷，到了一九二〇年代就相當成熟。

社會學家陳紹馨在《台灣的人口變遷與社會變遷》（台北：聯經，一九七九）提出他研究的結果，認為二〇年代是台灣現代生活的重要轉捩點：「本期（一九二一—一九二五）為下期（一九二六—一九四〇）之急速發展的準備期。交通發達，人民的流動性高。農產品及農產加工品的生產增加，生產力提高，人民日常生活上的消費量也略增。人民的態度開始改變，漸願意採取各種新生活方式。漸多用機械（腳踏車、汽車之類），西醫的人數超過中醫，初等教育也漸普及。出生率再升，死亡率比前期（一九一〇—一九二〇）降約千分之四・八，自然增率平均千分之五・五。」就在這段時期，台灣社會見證了民族運動與政治運動的風起雲湧；同樣的，台灣新文學運動也正是在社會轉型的劇烈時期展開的。因此，認識台灣文學的殖民地性格，就不能不結合客觀的現實條件來考察，否則就淪為空想式、向壁虛構式的想像。在陳映真的思考裡，台灣社會簡直是凝滯不變的一個「殖民地・半封建」社會，是一個與中國「半殖民・半封建」毫無二致的社會。他不斷強調，台灣作家保持「民族氣節」，台灣文學在語言上不受影響，台灣知識分子拒絕接受現代性。無怪乎他談到台灣文學時，這個也反封建，那個也反帝；這種靜態式的空頭主義，已經變成學界的公開笑話了。

台灣殖民地文學，並不可能用「殖民地・半封建」一詞就可概括。他對我的指控是，台灣社會「根本不是陳芳明所說接受了什麼『晚到現代性』的『早熟現代化』社會」。這是因為陳映真全然不能釐清何為現代性、何為現代化。事實上，所謂「晚到的現代性」，乃在於指出理性的啟蒙相對於西方社會而言，台灣社會誠然是遲到的了。西方資本主義、殖民主義發展過程中，如前所述，理性的思考也是跟隨著成長。他們的科技特別發達的原因，就在理性的基礎上建立起來的。憑藉著這種由理性發展起來的科技，西方白人開始對外進行擴張侵略。也是透過理性思維方式，西方白人也在人種學上進行分類。進步的白色人種，落後的有色人種，就在西方哲學思維中劃清了界線。哲學家康德表現出來的白人優越論，正是西方殖民主義的重要理論。東方人認識理性的存在，當然較諸白人還要遲晚，因此科技發明自然就趕不上西方殖民國家。台灣社會的「晚到現代性」，便是在這種殖民歷史的背景下發生的。這是很簡單的歷史認知，我無法理解陳映真在發什麼脾氣？魏源主張「師夷長技以制夷」，也正是晚到現代性的有力佐證。這樣說，值得發作民族主義的情緒嗎？

至於「早熟的現代化」，乃是指台灣社會的現代性還未充分發達之際，台灣的封建文化還未全然清除之前，日本殖民者就以暴力的強制方式在台灣從事山林開發、土地調查與工業改造等等支配的手段。台灣社會還未產生相應的現代性之前，殖民者就逕行推動現代化的工程；這種躁進強迫的方式，對台灣而言，當然就是早熟的，就像前述陳紹馨的研究所指出的，必須等到一九二〇年代，台灣住民才漸漸能接受新的生活方式。因此，在現代化推展的過程中，島上人民付出了相當慘重的代價。這些論點，我在《謝雪紅評傳》與《台灣新文學史》的章節中都已有過申論。陳映真只是故作視而不見狀，或是惡意斷章取義。我長期以來對日本殖民化與現代化的批判，已有過長篇論述。陳映真的刻意瞎纏，並不能動搖我的批判立場。

台灣新文學運動的殖民地性格，就是在「晚到現代性」與「早熟現代化」的衝擊下誕生的。台灣新文學既然是在殖民地社會孕育，自然就不可能與非殖民地的中國新文學，全然具有共同的精神風貌。陳映真不斷指出中國是「半殖民・半封建」的社會，事實上，所謂半殖民僅是集中在沿海地區的城市，而半封建則是泛指廣闊的未曾讓帝國主義染指的廣大農村。能夠認識現代性與接受現代化的知識分子，大多是居住在沿海的都會如廣州、上海、天津。但是，占人口大多數的中國農民，仍然還是固守著封建文化。受過現代化的中國知識分子，由於有廣大的農村腹地做為精神支柱，他們在國族認同上並未產生動搖。在知識分子中可能偶然會出現「買辦」或「漢奸」，卻並未質疑過自己是中國人的立場。

台灣的情況全然不一樣，幅員狹小的島嶼整個落入日本殖民體制的統治之下，並沒有廣大的農村腹地做為緩衝。中國知識分子可以不必接受日語或英語教育，但台灣住民則毫無例外必須接受日語的「義務教育」。陳映真舉了一大堆數據，終於還是證明台灣人被迫接受日語教育的事實。陳明真所要強調的是，台灣人雖然受到日語教育的洗禮，但還是堅守著中國的民族立場。這種唯心的、違反科學、背叛史實的提法，完全是從殖民地社會脈絡中抽離出來的胡言亂語。依照這種邏輯去思考，日本殖民地體制彷彿對台灣文化沒有帶來任何影響，殖民歷史簡直從來就沒有在島上發生過。

接受日語教育的台灣知識分子，在殖民者的強勢「現代化」論述席捲之下，或多或少也會接受所謂「理性」、「現代性」是屬於進步的價值觀。衛生比不衛生，守時比不守時，守法比不守法，對台灣知識分子而言，自然會認為是進步的。為了防止陳映真民族情緒的再度發作，我必須重申，日本殖民者對台灣人灌輸衛生、守時、守法的觀念，雖然不是為了造福台灣人，而是為了使日本人在台的掠奪剝削更加順利。然而，除了少數有自覺的知識分子能夠洞察現代化教育的背後陰謀之外，大多數的島上住民都在潛移默化中融入了全新的生活方式。

這就必須回到賴和的啟蒙與反啟蒙的立場。陳映真在這個問題上說了許多氣話，最後卻都在支持我的見解。賴和在〈無聊的回憶〉一文提到：「六個年間受過學校教育的薰陶，到現在沒有一些影響留在我的腦中，所謂教育的恩惠，那是什麼？是不是一等國民的誇耀胚胎在學校裡？絕對服從的品性是受自教育？」賴和對日語教育帶來的禍害觀察得非常清楚，因為台灣人被迫進入公學校，讀的課本都是接觸「一等國民的誇耀」之類的政治宣傳。在受到洗腦之後，竟然養成了「絕對服從的品性」。對於頗有自覺的知識分子如賴和者，面對整個社會的對日本傾斜，自然感到無比痛心。所以，他才會產生反啟蒙的念頭。在同一篇文章裡，賴和沉重地指出：「不讀書多麼單純，痛苦，不幸；那些不祥的字不識，自然也感不到他的滋味，那是何等幸福的一生。」這種矛盾的心情，只有具備批判性、自覺性的殖民地知識分子才會表現得如此鮮明而生動。畢竟接受殖民地教育的結果，只會被灌輸「一等國民的誇耀」，只會造就「絕對服從的品性」。然而，不接受教育的話，固然會使人保持單純的狀態，卻又使人陷於痛苦不幸的境地。所以，賴和才會如此喟嘆，不認識字反而是「何等幸福的一生」。同樣是閱讀一篇文章，陳映真反覆申論賴和的民族立場，卻未讀出殖民地知識分子的複雜內心衝突。民族氣節對陳映真固然是很重要，但是對賴和而言，他見證的則是強權下台灣社會的傾斜與頹勢。誰不知道賴和是主張回到人民的中間，誰又不知道賴和是強調介入社會運動。在這些政治立場的背後，其實還暗藏知識分子對社會觀察後所產生的矛盾。討論文學僅停留在民族精神之上，又如何區別同時代不同作家的不同思維，這個愛國，那個也愛國；這個反帝，那個也反帝。我無法忍受毫無品味的文學觀與歷史觀，我也無法忍受以後世的政治信仰來取代過去的歷史事實。文學的情調與格調，都被陳映真教條式、僵化式的解釋而扭曲成民族立場的高調與變調，這簡直是在糟蹋台灣文學。

接受日語教育的台灣作家，語言使用的混融性格是無可抵擋的趨勢。萌芽時期（一九二一—一九三〇）的作家，如賴和、陳虛谷、張我軍、楊雲萍，都還堅持使用中文從事創作。到了成熟時期

（一九三〇—一九三七）的作家，如王詩琅、楊守愚、楊逵、巫永福、吳大賞、翁鬧等，就逐漸出現中文與日文創作同時並存的現象。這說明了日文教育，已在台灣知識分子中間產生具體的效應。直到決戰時期（一九三七—一九四五），台灣作家如張文環、呂赫若、龍瑛宗、楊熾昌、林修二等，已都純粹使用日語了，而且是極其純熟的日語。歷史事實證明，中文創作的空間已經被強勢剝奪了。

面對這種語言的苦惱，左翼詩人吳新榮在一九三八年元月三日的日記有了如此的省思與感嘆：

> 今日起用日文寫日記甚覺不慣。回顧十多年來，日本國的膨脹，意味著日本語的氾濫。我一個小小的古城塞，當然不可能防禦它的氾濫。正同我的日常生活使用日語一樣，我的日記也用日語是極為自然的事。
>
> 想起我一生下來，就已是日語統治下的人，而此半生完全接受日語教育，……我寫日記只記錄我的生活，因此想要記錄私生活的人，不得不以最容易了解的語言去寫日記不可。

台灣作家在殖民地社會所產生的困惑，不是以中國立場去詮釋就可理解，也不能以所謂的民族主義，做過度的曲解。他們所面對的語言問題，絕對不會發生在中國作家身上。以化約式的、教條式的語言如「殖民地．半封建」或「半封建．半殖民」來概括，都不能生動地看到台灣作家的複雜處境。吳新榮縱然承認使用日語很「不慣」，但他還是「不得不以最容易了解的語言去寫日記不可」。日記是個人最私密的內心紀錄，也是個人思維方式的最直接呈現。吳新榮是鹽分地帶文學的左翼詩學旗手，對於殖民地的批判不遺餘力，對於故鄉土地的擁抱則熱情有餘。批判精神特別旺盛的他，尚且需要使用日語來保留心中祕密，那麼當時一般社會大眾之接受日語自是可以推見。這種困境，豈是中國新文學史觀可以解釋的？陳映真把台灣社會性質說得那樣艱深難懂，一旦接觸文學作品時，腦袋卻又變得那樣簡單而天真。

事實上，一九三五年《台灣文藝》編輯與無政府主義作家王詩琅對談時，也提到他在語言問題上的困惑。他說：

> 我們有很多事想用漢文表達，但是我們和中國新文化的距離遙遠，又日漸退步。雖然不想用日文寫作，不過懂得語彙比較多，到頭來就不得不用日語書寫了。

殖民地文學是如此具體表現出語言的特殊性。陳映真一直認為台灣作家是如何抵抗日語，是如何堅持中華民族主義的立場，事實證明他的見解都是唯心的，而且是空頭的。由於在吸收新知識時，乃是透過日語使用而獲得的。大多數比較不具警覺與自覺的知識分子，無形中會認為介紹理性到台灣社會的殖民者是比較進步的，甚至是比較優越的。日本人的位階會處於優勢，不僅是他們掌有統治者的權力，更重要的是，他們還擁有現代化論述的傳播權。一般知識分子常常把現代化與日本化混淆起來，他們有些人以為通往現代化道路的首要條件，就是要在人格上先要改造成日本人。這種國族認同的混亂，就成為台灣作家關切的一個議題。殖民地文學的特徵，便是在語言使用的問題之外，作家在創作中反映台灣社會中浮現的文化認同焦慮。這種認同的問題，在中國新文學作品中是找不到的。

最早注意到這個問題的是陳虛谷的〈榮歸〉，作品中已開始反映第二代知識分子逐漸被日本化的傾向。這篇小說批判精神之旺盛，頗為動人。他並不把焦點集中在殖民體制上，而是檢討反省台灣知識分子的精神傾斜。其次是巫永福所寫的〈首與體〉，刻劃了台灣知識分子留學東京後，開始受到現代都會文明的吸引，而使人格呈現分裂的徵兆。此後，又有蔡秋桐的〈興兄〉與朱點人的〈脫穎〉，極其尖銳地揭露部分知識分子以「升格」做為日本人的畸形現象。直到一九三七年，龍瑛宗所寫的〈植有木瓜樹的小鎮〉，正式把日本人／現代化與台灣人／封建化的對立界線劃分清楚。台灣知識分子努力往上爬，企圖達到與日本人平起平坐的夢想，在小說中非常清楚呈現出來。

文化與國族的認同議題，散見於大部分作家的小說之中。呂赫若如此，張文環如此，戰爭期間的皇民化作家如陳火泉、周金波更是如此。這種認同的迫切與焦慮，源自日本殖民者在台灣傳播現代化價值觀的影響。現代化知識的衝擊，不僅新文學內容大量反映新的生活方式，即使是古典漢詩界也不能不起重大變革。日據初期的新竹詩人王松下寫下一冊《台陽詩話》，特別提到一個現象：「近十年間，士之負笈航海、遊學於東西洋者，日不乏人。譯書層出，競先遺餉；而又以東京為輸出新智識之孔道。其當轉輸之大任者，則宜首推橫濱新民報社。余見其論說所用新名詞，如『結果』、『起點』、『程度』、『目的』、『間接』、『直接』等字眼，皆取和文而用為漢文也。風氣所推，各處報館又從而仿行之激揚之；奇詞異語，遂放出今日文學上之大光明，而成為廿世紀變遷之大勢，洋洋乎沛然莫之能禦矣。」語言之更新，來自器物之變革，從而現代化的價值觀念也深植人心。即使是古典詩人，也無法抗拒這種趨勢。文化認同之產生動搖，與這種殖民地歷史背景息息相關。

關於陳映真的一些雞毛與蒜皮

陳映真挑釁的三篇文章，一直在旁枝末節上開闢戰場，而不願在文學問題上討論文學。為了滿足他的挑戰欲望，我願就兩個無需回答的問題予以回答，因為這兩個問題的答覆，可以幫助我把殖民地社會的觀念說得更為清楚一些。第一個是關於謝雪紅的「殖民地革命論」，第二個是關於一九四八年的文學論戰的問題。針對這兩個問題來討論，可以釐清陳映真的一些混淆觀念。

首先是謝雪紅的歷史問題。身為台共的領導人，謝雪紅在一九二九年在台灣重建黨中央之際，就已清楚認識到台共的任務與中共是截然不同的。我在〈台灣共產黨的一九二八年綱領與一九三一年綱領〉一文中特別指出，「從台灣所處的政治環境與經濟條件來判斷，共產國際的組黨策略是正確的。台灣共產黨進行的是『殖民地革命』，與中國共產黨所從事的『社會革命』可以說性質全然不同。」（參閱拙著《殖民地台灣》，頁二二八）關於這個論點，陳映真發了很大的脾氣，他說翻遍歷史檔案，中共黨史上並未有「社會革命」一詞。並且，他又說馬克思主義中並未見到「殖民地革命」這樣的用語。所以，他認為「殖民地革命」論是一個瞎說。

在台共組黨過程中，部分台共黨員企圖利用中共的力量來奪取領導權。我在論文中特別強調，台共積極對日本殖民體制進行反抗之際，中共當時不但沒有給予正面的協助，反而在暗中策動分裂策動破壞。這樣的歷史事實，是陳映真最不樂於見到的。然而，客觀的史實卻不是主觀意願所能改變的。謝雪紅非常堅決地拒絕來自中共的革命指導，因為她很清楚認識，中國社會性質與台灣社會性質並不一樣，從而革命的策略、手段與目標也就不可能相同。

正如我在前面提及的，馬克思主義在某種程度上是一種殖民主義的變相延伸。馬克思的論調，有為白人中心論合理化並合法化的企圖，他根本不可能提出「殖民地革命」的見解。真正提出殖民地革命論者，乃是共產國際領袖列寧。謝雪紅在一九二五年至一九二七年之間赴莫斯科留學，學習的正是殖民地革命的理論。列寧在這問題上所寫的重要文獻，包括〈社會主義革命和民族自決權〉、〈革命的無產階級與民族自決權〉、〈關於自決問題的爭論總結〉，都在強調被殖民的弱小民族爭取革命與獨立的合法性。其中有關殖民地與帝國主義之間的相互關係，最值得注意的文件是〈帝國主義是資本主義的最高階段〉。在這篇重要論文中，列寧強調，帝國主義既然以弱小民族的殖民地做為資本輸出與市場開拓的根據地，則要瓦解帝國主義的命根子，便是在殖民地進行暴動與革命。如何在殖民地製造革命，以便切斷帝國主義的經濟命脈，正是列寧民族自決權理論的核心。

謝雪紅既然在莫斯科吸收了列寧的殖民地革命理論後，她在台灣殖民地社會的實踐，自然是考慮到這些理論的適用性。但是，謝雪紅在一九三〇年前後進行革命運動的擴展時，中國共產黨正好出現三次極左的路線，這包括了瞿秋白、李立三與王明三位領導人先後相繼採取激烈的工人革命冒進主義。我在論文中所提的「社會革命」，便是指這段時期中共領導階層的「左傾」路線。台共部分黨員藉共產國際的名義，企圖引進當時中共的激進革命策略。瞿秋白、李立三、王明等人主張在中國進行城市暴動，發起工人革命，這種左傾冒險主義的軍事進攻，果然使中共遭到了嚴重的挫敗。因為，社會革命的時機並未成熟。依賴工人階級來製造社會革命的策略，既不適用於中國社會，當然也就更不適合台灣社會。這樣的解釋，乃是有具體史實做為基礎，陳映真強不知以為知，竟然說「殖民地革命」是瞎說，未知他的膽氣生自何處？陳映真所感厭惡者，乃是因為他竭盡思慮要把台灣社會與中國社會聯繫起來；前者是「殖民地・半封建社會」，後者是「半殖民・半封建社會」，雙方的近似性豈可輕易區隔？問題是，在馬克思主義文獻中，並不存在「殖民地・半封建社會」一詞。那都是後來列寧、毛澤東創造出來、擴充出來的觀念。依照馬克思主義，他並未為殖民地說過正義的話。

陳映真在挑釁文字裡，提到台共與中共史實，都是跳躍性、選擇性、抽樣性的。所以談到歷史問題時，都停留在語無倫次、支離破碎的狀態。要說得較為完整些，請陳映真參閱我的《謝雪紅評傳》與《殖民地台灣》，當可釐清許多概念。我更建議陳映真好好把握時間，有系統、有史觀地建立他的台共史，這樣才能擺脫史實認識不清的困境，也不至於對自己的一知半解亂發脾氣。

第二個問題則是關於一九四八年的文學論戰。對於這個問題，我在《台灣新文學史》第十章〈二二八事件後的文學認同與論戰〉已有討論（參閱《聯合文學》第一九八期，二〇〇一年四月）。陳映真說，「一九四五年至四九年間，台灣前進的知識分子宋斐如、王白淵、蘇新、賴明弘和楊逵等人的脫殖民反思的結論是『中國（人）的復歸』」。這種說法，再次暴露他長期以來善於編造史實、揑造結論的脾性。從一九四七年底到一九四九年初的文學論戰，正好說明了台灣社會在戰後又淪為「再殖民」的事實。

這場論戰是《台灣新生報》的「橋」副刊進行的，從留下來的文獻，誠然看不出這場論辯竟得到了「中國（人）的復歸」之具體結論。陳映真憑空想像、向壁虛構，於此又得到明證。依據史料所顯示這場規模相當大的文學討論，發生在一九四七年二二八事件的大屠殺之後。二二八事件的正式結案，必須要到一九五〇年五月才由警總宣告。當時台灣社會仍然籠罩在風聲鶴唳的陰影之下，在大屠殺後的清鄉運動中，逮捕槍決等事仍屢有所聞。誠如當時國民黨省黨部主任李翼中所說：「陳儀又大舉清鄉，更不免株連、誣告，或涉嫌而遭鞫訊，被其禍者無慮數萬人。台人均囁氣吞聲，惟恐禍之將至。」這段話是李翼中在一九五二年的回憶錄《帽簷述事》中記錄下來的。台灣知識菁英被殺的被殺，逃亡的逃亡，當時文化界的慘狀，以楊逵的語言來形容，便是「不哭不叫」。在那段悲慘時期，文學家竟然出現「中國人的復歸」的論調，寧非怪事？陳映真苦心孤詣地要把這場論戰，變造成為「不問省內省外，不論文論的差別，眾口一辭、三復斯言地強調了台灣是中國的一部分，從而台灣文學是中國文學的一環」。但是，細讀全部的文字之後，真正這樣主張的都是出自外省作家筆下，本地作家沒有一位是附和或支持這種論調的。

這場文學討論，自始就使本地作家處於劣勢的地位。他們都在二二八事件的餘悸中動筆的，許多作家還不能使用中文來表達，包括楊逵與葉石濤在內，需要藉助於翻譯，才能使其日文思考獲得表達。當他們的朋輩死於刀叢，血跡未乾之際，參與討論的本地作家並不可能說出真正的思考。更值得注意的是，本地作家自始就被迫站在辯護的位置，必須為台灣文學的歷史發展再三解釋。陳映真全然視而不見，一味繞著「台灣文學是中國文學的一環」大作文章，強暴前人的思想。那種蠻橫的程度，簡直匪夷所思。

在二二八事件發生之前，官方立場就以「奴化教育」來概括台灣知識分子所接受過的日文教育。到了事件之後，官方仍然沒有改變這種暴理的霸權態度。《台灣新生報》的第一位文藝副刊主編何欣，在發刊詞中就傲慢宣示：「我們斷定，台灣不久的將來會有一個嶄新的文化活動，那就是清掃日本思想遺毒，吸收祖國的新文化，在這新文化運動中，台灣也會發生新的文學運動。」何欣的預告，終究是落空了；不過，他要「清掃日本思想遺毒」則是千真萬確。這種政治用語，完全是為了配合二二八事件的清鄉運動。另一位外省作家沈明，緊接著發表一篇〈展開台灣文藝運動〉，更進一步落井下石，指控受到日本殖民的台灣人，種下了法西斯遺毒，而在文化教育上低落，以致不能認清世界大勢與祖國今日達到的歷史階段。沈明並不因此而停止，他繼續指控，台灣的文藝仍是「一塊未經開墾的處女地」。因此，他呼籲必須展開台灣文藝運動，不要只看到祖國的黑暗面，而應與祖國同胞「負起反帝反封建的歷史任務」。

陳映真的「反帝反封建」提法，其實是抄襲自這段論戰時期的理論。他的文學認識水平，完全沒有超越一九四八年的外省作家。因此，他看不到何欣發起台灣文藝運動背後的政治動機。他當然也更看不到這場論戰背後的官方指導的立場。何欣與沈明，在論戰序幕拉開時，就先判定台灣作家揹負日本思想遺毒與文化教育低落的罪名。他們刻意把台灣的文學和歷史全盤空洞化而淪為未開墾的處女地。台灣文學經驗的主體被抽離之後，何欣等人便立即填補以中國反帝反封建的歷史任務。這種抽樑換柱的討論方式，正好為戰後的再殖民做了最恰當的註解。也就是說，台灣的歷史經驗優先被宣判有罪，繼而使這種經驗污名化、空洞化，於是中國文化論述就順理成章取而代之。這是文化殖民的最佳策略，日本作家在戰爭期間就如此試驗過。例如西川滿所寫的台灣歷史小說與民間故事，便是以日本價值觀念為主體，來取代台灣人民的歷史經驗。現在，二二八事件的浩劫甫過，代表國民黨立場的作家也使用同樣方式來抽換台灣的歷史主體。這種統治策略，不必經過所謂「半殖民・半封建」或「殖民地・半封建」等等的胡扯濫言來檢驗，就已不證自明地顯示了再殖民的性格。

王詩琅與廖毓文立即為文駁斥何、沈二人的說法。他們只能以具體的史實，來證明台灣文學所具備的抵抗與批判的精神。然而，格於形勢，他們不能暢所欲言。當外省作家在提倡反帝反封建的口號時，本地作家卻正感受到霸權論述的壓迫與干涉。陳映真對於這種站在不平等立足點之文學討論，採取荒謬而輕忽的態度。在隨後而來的「橋」副刊上進行的論戰，基本上也是延伸自何欣主編時的不平等立足點。

「橋」副刊的文學討論，包括了二十餘位作家，但真正參與的本地作家只有楊逵、葉石濤、朱實、彭明敏、瀨南人（林曙光）等五位而已，其餘都是清一色的外省作家。在陣容方面，雙方的人數簡直不成比例。因此陳映真說，大家都「眾口一辭、三復斯言地強調了台灣是中國的一部分」這就是公然的捏造。他甚至說，這場論戰是在強調「中國人的復歸」，這也是公然的說謊。陳映真主編的《人間思想與創作叢刊》，曾經以「橋」副刊的論戰出版過專輯，題為《一九四七—一九四九台灣文學問題論議集》。他以「石家駒」署名寫了一篇〈序〉，竟然說：「……這樣一個在台灣文學史上具有重大意義的爭論，卻因為國民黨反共、獨裁的意識形態機制，和八〇年代以降台灣文學研究領域中台獨派研究者刻意歪曲和欺騙，至今無從窺見爭論的真實面貌。」使用這種毫無理性、毫無常識的罵街方式來表現其人格，一直都是陳映真最為偏愛的。然而，就是因為他到處咬人、到處製造謠言的劣根性不值一駁，我原先是不屑理會的。然而，他挑戰我在這段論戰的議題默不作聲是罔顧史實，現在我樂於予以回答。

最先挖掘這段論戰史料的文學研究者，是林瑞明、彭瑞金與葉石濤諸先生。他們從泛黃的報紙中收集資料，終於整理發表在鄭炯明等人所主編的一九八三年《文學界》。他們落實而誠實去搜集資料，為台灣文學研究填補了缺口，終於使後來研究者注意到這段史實。沒有他們的挖掘，陳映真根本不知道有這場論戰的存在。在別人辛苦的成果上，他不僅不存感激，卻還如此造謠生事，說什麼「台獨派研究者刻意歪曲和欺騙」。如此惡質地損毀學術行規，如此違背事實來提升自己的人格，正是被殖民者陳映真的絕佳身段。葉石濤、林瑞明、彭瑞金、游勝冠，以及後來的研究新秀許詩軒，都曾經為文檢討這段史實的來龍去脈。他們依據第一手資料提出各自不同的見解、澄清文學史上這場被蒙蔽的論戰，他們究竟在什麼地方「歪曲和欺騙」？他們挖掘史料的十餘年之後，陳映真才事後聰明地要奪取歷史解釋權，而且還以惡毒誑騙的手段扭曲別人的研究成果，這就是統派所標榜的愛國主義與民族立場嗎？

陳映真以強暴的方式，歪曲楊逵在論戰中的台灣立場。他說：「在一九四八年背景下，楊逵對於文學和政治上的民族分裂主義和反民族主義鮮明、尖銳、決不含糊的批判和鬥爭。」這些正義凜然的字眼，在楊逵的原文中都看不到一絲絲的影子，而完全是陳映真憑個人主觀的臆測，依照自己的意識形態為楊逵量身訂做的。統派的悲哀，在此表現得最為徹底。他在台灣社會越來越孤立之際，找不到任何事實和理論基礎為自己辯護，只好從過往歷史中死者的身上剝取他的想像。事實上，楊逵在一九四八年八月發表的〈台灣文學問答〉，乃是針對台大文學院院長錢歌川的惡意發言而回應的。錢歌川透過中央社的文稿表示，台灣文學是不可能成立的。因為日後中國各省語文相通以後，建立某省文學是不可能的。錢歌川的論點是當時官方霸權身段的一個典型。楊逵強烈駁斥這種罔顧歷史事實與現實條件的統派觀點，極其鮮明地表達了他的台灣認同。在文中呈現出來的台灣意識，即使在今天回頭閱讀仍然鏗鏘有力：

自鄭成功據台灣及滿清以來，台灣與國內的分離是多麼久，在日本控制下，台灣的自然、經濟、社會教育等在生活上的環境改變了多少？這些生活環境使台灣人民的思想感情改變了多少？如果思想感情不僅只以書本上的鉛字或是官樣文字做依據，而是切切實實到民間去認識，那麼這統一與相通的觀念，就非多多修正不可能了。這，不僅我們本地人這樣想，就是內地來的很多朋友都這樣感覺到的。所以內外省的隔閡，所謂奴化教育，或是關於文化高低的爭辯都是生根在這裡的。

請陳映真謙卑地好好重溫這段文字，楊逵的立場是如此耳提面命地對傲慢的統派作家嚴正教訓。當他說「切切實實到民間去認識」，無疑極其崇高的歷史召喚。對於現階段的象牙塔統派分子如陳映真者，楊逵在半世紀前寫下的文字，仍然還是有力地回敬以漂亮的一擊。陳映真就是相當典型地「以書本上的鉛字或官樣文字做依據」，自我關閉在自己虛構的美好想像之中，泡製「台灣文學是中國文學的一環」之類的夢幻囈語。

我說，戰後國民黨不容許「重建日據時代的歷史記憶」，不容許「對日本殖民史化的批判」，這乃是客觀的史實。經歷過白色恐怖與戒嚴體制的台灣人民，對於這種歷史記憶受到壓制的經驗，至今仍然感到刻骨銘心。陳映真卻說，一九四八年的文學論戰就已允許台灣之重建歷史記憶，並且也容許對日本文化進行批判。陳映真這樣說過來那樣說過去，都是惡意地在製造誤導與曲解。我必須在此嚴肅提醒他，一九四八年論戰是台灣知識分子被形勢所迫而不得不為台灣歷史提出辯護，這與歷史記憶的重建毫不相干。何況，參與論戰的外省作家，翻來覆去都在扭曲並空洞化台灣歷史經驗，更使得歷史記憶的重建遭到嚴重的破壞。面對這些具體的史料文學，陳映真實無需繼續招搖撞騙了。為了釐清陳映真的混淆視聽，也為了這場論戰的認識不致流於空泛，我願意就幾個重點提出答覆：

第一，「橋」副刊的主編歌雷，代表的是官方立場。他是把台灣文學形容為「邊疆文學」的始作俑者。在一九四八年舉行的第二次作者茶會上，歌雷公開表示，由於現實的狹窄，台灣作家在作品上與思想上受日本作家的影響與感染。歌雷的說法簡直與陳映真對日據台灣文學的解釋完全兩極化。陳映真說，日據台灣作家都是受中國文學的領導，但歌雷在戰後初期的觀察竟不是如此。這個事實再次證明，這兩種解釋都是把台灣文學從台灣社會的主體中抽離出來。台灣既然是殖民地社會，不同外來文學的影響是無法避免的。但是，台灣住民在特殊的現實條件下所產生的文學，則有它自我的主體。這也是楊逵所說，台灣的社會環境已經改變了許多，台灣人民的思想感情也改變了許多，他們的文學就在反映這種改變後的具體內容，絕對不是「日本影響論」或「中國影響論」就可輕易概括。企圖蔑視台灣文學的主體，正是再殖民的具體表現。因為，這種以中國文學經驗或日本文學經驗來取代台灣文學的說法，與日據時期的殖民文化政策是同條共貫的。

第二，陳映真對論戰一位署名歐陽明的作家特別偏愛，並且一口咬定他就是台灣作家藍明谷。這又是另一次台灣學界的公開笑話。為了變造戰後初期的歷史，為了誇張中共對台灣文學的影響，陳映真已不止一次篡改藍明谷的身世。說什麼當時的作家歐坦生就是藍明谷，現在又說歐陽明也是藍明谷，對於陳映真而言，藍明谷已化身成為千手觀音，什麼題材什麼理論都能寫。所幸歐坦生的本尊丁樹南出面辯護澄清，否則台灣文學史要被扭曲成什麼程度，令人不敢想像。歐陽明是誰？至今仍死無對證，陳映真竟然緊咬不放，硬要把他說成藍明谷。

從歐陽明的文字來看，他絕對不是藍明谷，更不是台灣作家。他是「橋」副刊第一位引起討論的作者，因此格外值得注意。他所寫的〈台灣新文學的建設〉，雖然肯定台灣文學的抗日精神（這個看法，就與副刊主編歌雷有了極大的衝突），但他的重點並不在此，而是在於強調：「歷史命令著，台灣的文化絕不可以與祖國的文化分離；事實上，五十年來的台灣文學，雖然得不到祖國新文學運動者直接的交流，可是在原則上是互通聲息的。換言之，台灣文學始終是中國文學的一個戰鬥分支，過去五十年來事實證明如此，現在將也是如此。」這段沒有邏輯思考，就是陳映真所豔稱的「中國人的復歸」。細察歐陽明語意，他完全是站在殖民者的立場。為什麼「歷史命令著」？從當時的政治環境來看，以血洗屠殺方式來肅清日本思想遺毒，歐陽明當然就輕易占據了「命令」的位置。歐陽明已公開承認，五十年來的台灣文學得不到中國新文學的「直接交流」，為什麼竟能得到「台灣文學始終是中國文學的一個戰鬥的分支」？

全然沒有台灣歷史經驗的歐陽明，從來就沒在台灣與島上住民一起受難、一起奮鬥。在二二八事件的屠殺之後才來到台灣，根本沒有走到人民中間去謙卑認識，便如此無禮地以他的中國想像來曲解台灣文學。表面上是在理解台灣作家的批判精神，實質上則是在合理化中國文學的優越論。以中國文學為主流，貶抑台灣文學成為從屬地位，正是歐陽明思考的主要論點。陳映真論及歐陽明時，推崇備至，認為他主張中國文學與台灣文學的聯繫，「在整個論爭結束前，受到論者幾乎眾口一辭的支持和強調而殆無異說」。這種欺罔的語言出自陳映真筆下，並不使人訝異。前引的楊逵所做的回應，就足以道盡一切了。

第三，參與論戰的許多作者，大多是名不見經傳的。即使有些人名事後可以考證，例如雷石榆、揚風、孫達人、駱駝英等人，但是歷史事實顯示，這些人事前從未參與過台灣新文學運動，事後也未繼續為新文學的發展貢獻心力。在台灣空發議論之後，便揚長而去。他們主張「反帝反封建」的歷史任務，他們主張台灣文學必須與中國文學聯繫起來，這些不切實際的政治口號，都丟下來要求台灣作家去履行。相形之下，少數發言的台灣作家如葉石濤、彭明敏、林曙光、楊逵，即使在台灣受到政治迫害，繼續被剝奪發言權，但是，為台灣新文學的努力，他們從未逃跑，更未動搖意志。

外省作家的言論，特別是地下中共黨員駱駝英（羅鐵鷲）談起台灣文學時特別從容優裕。他們未曾承擔過台灣作家那種被迫害、被汙辱的歷史經驗，一旦來到台灣，就以高姿態的指導角色教訓台灣作家。為什麼他們能夠如此擁有發言權，原因無他，二二八事件後的殖民體制創造出來的優越空間，使他們能夠侃侃而談。他們的文字中，全然沒有表現認同的焦慮，如果觸及文化認同時，他們都一致把中國認同強加在台灣作家身上。

這些左派作家，在白色恐怖的政治風暴襲來時，仍然還可逃回中國大陸。台灣作家就完全沒有退路可言，戰後文學運動的推展任務就落在他們身上。左派外省作家，高倡重建台灣文學的主張，都一一變成了空頭支票。誰的文學理論可以實踐，誰的理論空泛無據，至此判然分明。

陳映真提出的三篇挑釁文字，都是抄襲馬克思主義的教條字眼，卻無法務實地照顧到台灣文學與歷史的具體經驗。白人中心論是他的歷史觀，中國中心論是他的文學觀。然而，他用心良苦建造起來的理論，卻完全無法實踐。我的後殖民史觀，乃是以台灣社會、台灣歷史、台灣文學為主體，在建構《台灣新文學史》時，我對每個階段的文學內容與精神，都能夠以後殖民史觀來詮釋。這項書寫計畫，預定在二〇〇二年春天就可全部完工，我的理論就是我的實踐。陳映真提出許多論點，是不可能實踐的。只要觸及歷史事實，他就情不自禁發揮長才，如果不是纂改，便是扭曲；如果不是變造，便是誤導。這樣那樣寫了許多理論，始終都沒有看到他寫出一部紮實的、有系統的專書。他抄襲馬克思主義，抄襲歐陽明理論，抄襲不知出自何處的文字，然後自稱是唯物史觀。他真正的理論只有一點：「台灣文學是中國文學的一環」。除此之外，他便索然無趣了。有這種統派，誰還需要馬克思？

註釋

1 見陳映真，〈陳芳明歷史三階段論和台灣新文學史論可以休矣！〉，《聯合文學》第十七卷第二期（二〇〇〇年十二月），頁一四八—七二。

本文刊登於《聯合文學》第十七卷第十期（二〇〇一年八月），頁一五〇—六七。

國家圖書館出版品預行編目資料

後殖民台灣：文學史論及其周邊／陳芳明著.-- 四版. -- 台北市：麥田出版：家庭傳媒城邦分公司發行, 2017.06
面； 公分. -- (陳芳明作品集；4)
ISBN 978-986-344-464-0(平裝)

1. 台灣文學史

863.09 106007754

陳芳明作品集【文史卷】 4

後殖民台灣——文學史論及其周邊（新版）

Postcolonial Taiwan: Essays on Taiwanese Literary History and Beyond

作　　者　陳芳明
責任編輯　林俶萍

國際版權　吳玲緯
行　　銷　艾青荷　蘇莞婷　黃家瑜
業　　務　李再星　陳玫潾　陳美燕　枏幸君
副總編輯　林秀梅
編輯總監　劉麗真
總 經 理　陳逸瑛
發 行 人　涂玉雲

出　　版　麥田出版
城邦文化事業股份有限公司
104台北市中山區民生東路二段141號5樓
電話：（886）2-2500-7696 傳真：（886）2-2500-1966、2500-1967
發　　行　英屬蓋曼群島商家庭傳媒股份有限公司城邦分公司
104台北市中山區民生東路二段141號11樓
書虫客服服務專線：(886)2-2500-7718；2500-7719
24小時傳真服務：(886)2-2500-1990；2500-1991
服務時間：週一至週五09:30-12:00；13:30-17:00
郵撥帳號：19863813　戶名：書虫股份有限公司
讀者服務信箱E-mail：service@readingclub.com.tw
麥田部落格：http://blog.pixnet.net/ryefield
麥田出版Facebook：https://www.facebook.com/RyeField.Cite/

香港發行所　城邦（香港）出版集團有限公司
香港灣仔駱克道193號東超商業中心1樓
電話：(852)2508-6231　傳真：(852)2578-9337
E-mail：hkcite@biznetvigator.com

馬新發行所　城邦(馬新)出版集團【Cite(M) Sdn. Bhd (458372U)】
41, Jalan Radin Anum, Bandar Baru Sri Petaling,
57000 Kuala Lumpur, Malaysia.
電話：(603)9057-8822　傳真：(603)9057-6622
E-mail:cite@cite.com.my

印　　刷　中原造像股份有限公司

初版一刷　2002年4月1日
二版一刷　2007年6月1日
三版一刷　2011年2月17日
四版一刷　2017年6月1日

定價／360元
ISBN：978-986-344-464-0

城邦讀書花園
www.cite.com.tw